中國語言文字研究輯刊

初 編

許 錟 輝 主編

第 **10** 冊

楚金文研究

黃 靜 吟 著

花木蘭文化出版社

國家圖書館出版品預行編目資料

楚金文研究／黃靜吟 著 — 初版 — 新北市：花木蘭文化出版
社，2011〔民 100〕
目 2+220 面；21×29.7 公分
（中國語言文字研究輯刊　初編：第 10 冊）
ISBN：978-986-254-706-9（精裝）
1. 金文　2. 研究考訂
802.08　　　　　　　　　　　　　　　　　　100016361

ISBN-978-986-254-706-9

9 789862 547069

中國語言文字研究輯刊
初　編　　第十冊　　　　ISBN：978-986-254-706-9

楚金文研究

作　　者　黃靜吟
主　　編　許錟輝
總 編 輯　杜潔祥
出　　版　花木蘭文化出版社
發 行 所　花木蘭文化出版社
發 行 人　高小娟
聯絡地址　新北市永和區中正路五九五號七樓之三
　　　　　電話：02-2923-1455／傳真：02-2923-1452
網　　址　http://www.huamulan.tw　信箱 sut81518@gmail.com
印　　刷　普羅文化出版廣告事業
初　　版　2011 年 9 月
定　　價　初編 20 冊（精裝）新台幣 45,000 元

楚金文研究

黃靜吟　著

作者簡介

黃靜吟，女，臺灣省屏東縣人。1997 年畢業於國立中山大學中文系，獲文學博士學位。曾任教於國立空中大學、國立中山大學、國立花蓮師範學院，現任國立中正大學中國文學系專任副教授。從事古文字、現代漢字、古漢語及古文獻的研究；講授文字學、古文字學、訓詁學、國學導讀、應用文……等課程。著有《秦簡隸變研究》、《楚金文研究》、《漢字筆順研究》、〈試論楚銅器分期斷代之標準〉、〈「徐、舒」金文析論〉、〈漢字筆順的存在價值析論〉、〈春秋三傳「滕侯卒」考辨〉、〈論項安世在古音學上的地位〉、〈從段玉裁"詩經韻表"與"群經韻表"之古合韻現象看古韻十七部的次第〉、〈《穀梁》：「大夫出奔反，以好曰歸，以惡曰入。」例辨〉、〈周禮井田制初探〉……等學術論作。

提　要

　　本論文之研究目的，在於對楚國金文作一全面的介紹、分析、考察，期望透過對楚金文的瞭解，探查楚國歷史、文化，進而反映出中國先秦的古文明，奠定研究漢字發展史的良好基石。

　　本文共分正文與附錄兩大部分。正文是本文研究主題之相關論述，概分七章：

　　第一章「緒論」，說明研究動機、目的、範疇與方法，以及先秦時期楚國銅器的發展，前人對楚金文的著錄與研究等課題。

　　第二章「楚金文之斷代與分期」，提出十八組楚金文標準斷代器，一一考察其年代，再據以將搜羅所得的一百四十二組楚金文，劃分為西周時期、春秋早期、春秋中期、春秋晚期、戰國早期、戰國中期、戰國晚期七期。

　　第三章「楚金文之筆勢與形構變化」，分析楚金文表現於筆勢風格與形構演變上的現象，突顯其字形不定形、多變化的特點。

　　第四章「楚金文與各系金文之比較」，以楚金文與春秋戰國時期其它四系金文作比對，歸納出同異之處，發掘楚金文與四系金文在形構上的特色，以作為日後研究金文，分域與斷代的依據。

　　第五章「楚金文之異體字」，對異體字作一嚴格定義，選繹楚金文中之異體字，以明其與正體字之間「一字異形」的關係。

　　第六章「楚金文考釋」，針對楚金文中部分釋讀尚有疑問的的字，重新加以檢討、論述，求其確解。

　　第七章「結論」，介紹楚金文的研究價值，總結本文研究成果，並提出對未來研究古文字的展望。

　　附錄部分為「楚金文字形表」，以電腦軟體配合掃描器編製而成，總共收錄五百個楚金文字頭，可作為研究古文字的基本材料。

第一章 緒 論

第一節 研究計畫概述

一、研究動機與目的

　　楚國自其首領鬻熊歸附周文王，一直到秦將王翦破楚，前後歷時共八百多年。由於其地處長江流域一帶，自然景觀、人文思想均有異於中原諸國，因而逐漸發展出獨特、奇瑰的文化風貌。在先秦諸國中，楚是東周列國勢力最強、土地最廣的國家，它曾列爲春秋五霸、戰國七雄之一，先後滅國達六十餘之多。在它極盛之時，曾領有今湖北、湖南的全部，以及河南、陝西、四川、安徽、江蘇、浙江、山東的部分，影響所及，遠至廣東、廣西、雲南、貴州，實際曾佔有當時天下之半。《淮南子・兵略篇》云：

> 昔者楚人地，南卷沅湘，北繞潁泗，西包巴蜀，東裏郯邳，潁汝以爲洫，江漢以爲池，垣之以鄧林，綿之以方城。山高尋常，谿肆無景，地利形便，卒民勇敢……楚國之強，大地計眾，中分天下。

《戰國策・楚策》亦云：

> 楚地西有黔中，巫郡，東有夏州、海陽，南有洞庭、蒼梧，北有汾陘之塞、郇陽。地方五千里，帶甲百萬，車千乘，騎萬匹，粟支十年。

在逐漸建立如此強大的國家當中，楚國文化也在兼併南方諸蠻及與中原各國周旋之下得到融合，其於政治組織、經濟制度、社會結構、文學藝術、神話宗教等方面，均有其先進而獨樹一幟的發展，可說是先秦時期一個十分有影響力的國家；文化史上所謂楚式、楚派、楚風，也正代表南式、南派、南風，楚文化與華夏文化，一南一北相互輝映。近年地下出土之楚國文物，不論是竹簡、銅器、漆器……等，其數量之豐富，爲各國所不能及。這其中又以楚銅器出土的數量最大，且年代上起西周下至戰國晚期，有許多可視爲信而有徵的歷史文獻，故若欲探查楚國歷史、文化，進而反映出中國先秦的古文明，便不得不藉由對楚金文的研究以瞭解。

楚國主要在中國南方發展，它曾吸收了中原文化，進而形成一個與北方周王朝抗衡爭輝的楚文化。而中原文字傳入楚地，也在楚文化的孕育下，發展出具有濃厚的地域色彩的楚文字，其風格迥異於諸國，自成體系；何琳儀《戰國文字通論》一書將戰國文字分爲齊、燕、晉、楚、秦五系文字，楚文字儼然成爲南方文字的代表。在出土的楚文字材料中，簡牘文字數量雖豐，其年代卻多屬戰國時期；唯有鑄刻在銅器上的金文，不但數量大，而且其時代跨越最長，各時期器物皆備，故最能呈顯出楚文字發展、演化的全貌。由於楚文字也是古文字的一個支流，又是南方文字的代表，瞭解了楚文字，等於是瞭解了大半的古文字，也就更加顯示出楚金文的重要性。

總結來說，不論是在探討先秦文明史或是漢字發展史上，楚金文均有著十分重要的地位。有鑑於此，故本文擬對楚金文作一全面介紹、分析、考察，期望透過本文的研究，建立探討先秦文明史或是漢字發展史的良好基石。

二、研究範疇與方法

青銅器的種類眾多，包含樂器、食器、酒器、水器、兵器、符節、度量衡器、雜器、貨幣、璽印等等，〔註1〕而鑄刻在青銅器上的銘文，稱爲金文，或稱爲鐘鼎文、彝器文字、彝器款識等。本文研究楚金文的範疇，於時間上，指的是先秦時期，從目前可見最早的楚金文（西周中晚期的楚公象鐘）開始，下迄戰國末年止；在國別上，指的是單純的楚國，不包括楚之大小附庸國，然而若此附庸國後

〔註1〕參考馬承源：《中國青銅器》一書的分類。

被楚所滅，則自滅年起亦畫歸楚國範疇；〔註2〕至於在金文的內涵上，雖然出土了不少屬於楚國的青銅貨幣以及青銅璽印，但由於學界多將銅貨幣的銘文歸屬於貨幣文字，銅印文則歸屬於璽印文字，所以此二類皆不納入楚金文範疇。因此本文所謂之楚金文，其定義爲：凡先秦時期之楚國樂器、食器、酒器、水器、兵器、符節、度量衡器、車馬器、農具以及生活用具等有銘銅器銘文，即是楚金文。

由於楚金文數量龐大，所以本文的撰寫，主要分成下列幾個階段進行：

1. 首先收集各種參考資料，包括各類翻印圖版、簡文考釋，以及學者發表的相關研究成果；唯受礙於個人能力不足與許多現實因素之限制，故仍有闕漏不全之處。

2. 就所獲之參考資料，進行楚金文隸定工作，並利用掃描器以及電腦套裝軟體，將所獲之全部圖版逐字掃描、歸類，編製楚金文字形表。

3. 以前兩項爲基礎，就楚金文的文字現象、疑點及相關問題，參酌現存甲骨文、金文、石刻、簡牘等相關資料，以共時、歷時的觀點，再透過文獻的比勘、古音的考索、語義的研究等方面，來深入剖析楚金文，著手於本書正文之論述部分。

本文共分正文與附錄兩大部分。正文部分是本文研究主題之相關論述，概分七章，主要在考察楚金文之筆勢風格、形構演變，以及與各系金文的歧異，進而探討一些文字釋讀及異體字的問題。至於附錄部分是選擇較清晰的楚金文字形，根據許慎《說文解字》五百四十部首，依序編排歸類，製成字形表，以作爲正文論述的基礎。

〔註2〕 楚文字與楚系文字有別，二者差異之處，在於楚文字單指楚國一國之文字資料；楚系文字則以整個楚文化圈的文字資料爲範圍，以楚國爲主，也兼及其文化圈內的諸小國，如吳、越、曾、蔡、徐、江、息……等小國。所以說，楚系文字的範疇大於楚文字，楚文字是包含於楚系文字的範疇之內的。本文所謂的楚金文即單指小範圍的楚國金文，之所以不選擇大範圍的楚系金文，原因在於，楚系金文所牽涉的問題甚爲複雜，如哪一國該劃歸於楚文化圈、該國於何時正式受楚文化影響……等，且單是楚金文的文字資料即已非常巨大，可想而知楚系文字的數量更爲驚人。個人廣收楚系金文資料，唯慮及能力淺漏，且對於楚系文字的相關問題，尚不能作清楚的釐清與了解，故先以小範圍的楚金文爲研究範疇，期望透過以小窺大的方式，奠碇日後探究楚系金文，甚至是楚系文字的良好基礎。

第二節　楚銅器發展概述

據《史記・楚世家》所載，可推衍出楚國世系如下：

楚國世系表

黃帝→昌意→高陽→稱→卷章→重黎（祝融）→吳回→季連……鬻熊
→熊麗→熊狂→熊繹→熊艾→熊䵣→熊勝→熊楊→熊渠→熊摯紅→
熊延→熊勇→熊嚴→熊霜→熊徇→熊咢→若敖（熊儀）→霄敖（熊坎）
→蚡冒→武王（熊通）→文王（熊貲）→堵敖（熊囏）→成王（熊惲）
→穆王（商臣）→莊王（侶）→共王（審）→康王（昭）→郟敖（員）
→靈王（圍）→平王（居）→昭王（珍）→惠王（章）→簡王（仲）
→聲王（當）→悼王（熊疑）→肅王（臧）→宣王（熊良夫）→威王
（熊商）→懷王（熊槐）→頃襄王→考烈王（元）→幽王（悍）→哀
王（猶）→負芻

在這漫長的時間當中，楚人何時發展出青銅文明呢？關於楚人的青銅文化，有
明確記載的，最早見於周昭王南征楚國之際的過伯簋，其銘文云：

過伯從王伐反荊，孚（俘）金，用作宗周寶尊彝。

這裏載錄周人掠得楚人青銅，在昭王伐楚之際，當時楚國國君應為熊艾或熊䵣，
是以在熊艾的年代楚人已處在青銅時代。然而，我們再藉由出土文物的證實，
豫西南和鄂西地區在商代大致已進入了青銅時代，而楚人在商末周初之際，先
後建都豫西南和鄂西地區，因此實際上楚國青銅器文化的起源，當不晚於鬻熊、
熊麗之世。〔註3〕

雖然楚國世系綿長，國勢與日俱增，但是在春秋之前，楚國的青銅冶鑄技
術比起中原要低得多，甚至還趕不上吳越，再加上原料取得不易，所以在西周
時期，楚國青銅器數量較少，而且繼續延用西周中原文化系統的傳統器類與器
形。到熊渠時，由於進兵鄂地，有了銅礦原料，情況有所改變，雖然器形有些
變化，且出現某些顯示楚特色的因素，但仍不占重要地位。真正突飛猛進的，
還是在成王時期。成王時楚對銅綠山有了有效的控制，這是因為楚同楊越的關
係密切了，〔註4〕礦產原料來源有了保證，產品的質量也就增長了，並促進了鑄

〔註3〕羅運環：《楚國八百年》，頁89～91。

〔註4〕《史記・楚世家》記載：「周夷王之時，王室微，諸侯或不朝，相伐。熊渠甚得江

造工藝的進步與發展。到莊王以後，楚國銅器的採掘、冶煉、鑄造等都已超越中原與吳越，在春秋中晚期位列諸國之首。楚的青銅冶鑄技術，到戰國時代，無論技術水平還是產量，更是顯著地提高，並且首創了鎏金工藝，鑄造了失蠟法與漏鉛法的精品，大量精美的楚銅器面世，各種器類紛呈，尤其在吸收了吳越造兵器的技術之後，楚國也出現了許多質精的兵器。到了戰國晚期，楚銅器的發展由頂峰上跌下來，開始走下坡路，這一方面與楚的歷史發展由盛而衰有關，另方面也與我國逐漸由青銅時代向鐵器時代轉變的歷史過程脫離不了關係。此時的青銅器多粗疏草率，與昔日繁榮時期之景象，不可同日而語，至此，楚銅器的生命也就漸漸沒落了。

　　總結楚銅器的發展歷程，可標示如下：

　　　第一階段　承繼階段　西周時期及春秋早期

　　　第二階段　創新階段　春秋中、晚期

　　　第三階段　繁榮階段　戰國早、中期

　　　第四階段　衰落階段　戰國晚期

第三節　楚金文之著錄與研究

　　民國以前所見的楚銅器多為傳世器，僅偶有一些地下零星器物出土，著錄與研究的學者很少。直到民國成立之後，楚銅器主要經由大量地科學田野考古發掘所得，間或有部分較重要的流散收集品。由於材料眾多，引起廣泛的注意，故參與收集、著錄、研究的古文字學者漸漸多了起來，並取得了一些可喜的成果。

一、楚金文之著錄

　　楚金文的著錄，最早為宋代的金石著作，多半為銘文，有的還附圖形；而目前流傳下來，見於宋代呂大臨《考古圖》等書的，僅有楚公逆鎛、楚王酓珚中嬭

漢間民和，乃興兵伐庸、楊粵，至於鄂。」「楊粵」即是楊越，是生活在漢水中游一帶的越人，屬北越的一支。江南古銅礦地處長江中游及中下游一帶，商及西周時期主要是越人的居住地，所以該銅礦的早期開採者主要應是越人，考古發掘的資料也證明了這一點。有關楚國與江南古銅礦的關係，可參閱后德俊：〈試論楚國青銅器與江南古銅礦的關係〉（《江漢考古》西元 1995 年第 3 期，頁 55～58）一文。

南鐘、王子吳鼎以及楚王畲章鐘等器。宋代以後，零散出土的楚金文，在清代至民國初年的一些著錄中，被記錄的約二十餘件，其中重要者如楚公豪鐘、楚王頷鐘、楚子賸匜、楚屈叔沱戈、楚王畲章劍、戈等。進入民國時期，壽縣楚幽王墓銅器群及其以前出土的楚金文，大都收入《三代吉金文存》一書中，郭沫若的《兩周金文辭大系》收錄了十二件楚金文，于省吾《商周金文錄遺》等書也有一些零星收錄。其後，日人白川靜《金文通釋》及李學勤《東周與秦代文明》也收錄了一些戰國銅器銘文。晚於壽縣楚墓所出土的楚金文，缺乏匯集的著錄，新的銘文拓本、摹本都散見於《文物參考資料》、《文物》、《考古》等刊物，馬承源《商周青銅器銘文選》始將之匯聚，共收錄四十四件楚金文，但對應於楚金文出土數量之巨，仍屬微少。此外，一些大型墓葬發掘報告，如《淅川下寺春秋楚墓》等書，對其墓中所出之器有詳實的報導，也收錄了不少銅器銘文。而《新出金文分域簡目》一書，是著錄民國三十八年至七十年間公布的金文資料，按出土地點分域編排，也頗值得參考。真正對楚金文展開全面收錄的則為《金文總集》、《殷周金文集成》等大型的套書，其中尤以《殷周金文集成》所收最為詳盡，可以說是一部金文著錄的集大成之作；惜此書未對每器加以分域、明確斷代，因此若欲於其中檢索出楚金文，除需配合其他學者的研究成果，尚需仰賴一己之判斷，當為此書最大之缺失。劉彬徽《楚系青銅器研究》一書，非專為研究銅器銘文之作，但收錄了 108 組楚金文，為目前所見數量最多之作。

　　本文鑑於前人對於楚金文之著錄仍有遺漏，故以《殷周金文集成》及《楚系青銅器研究》二書所收錄為基礎，再搜羅散見於報章、期刊、論文之零星楚金文，共得一百四十二組，〔註5〕見本文第章第二節所述。

二、楚金文之研究

　　對於楚金文的研究，早期多以著錄銘文和文字訓詁為重點。宋代呂大臨的《考古圖》，它與只著錄銘文的書不同，有圖形，有大小尺寸，且拓片、釋文兩存，很有利於銅器形制、花紋、銘文等方面的研究。在文字考釋方面，清代學者如孫詒讓釋楚公逆鐘之「逆」為「鄂」，即楚王熊鄂之器，至今仍為不刊之論。

〔註 5〕對於楚金文之分組，本文將同墓所出，屬同一器主之銘文歸為一組；若為同一器
　　　　主，但非同墓所出，為了介紹敘述上的方便，則將其畫分為不同組。故同一組楚
　　　　金文，有些是包含了多件不同之器的銘文，有些則僅有一件銘文。

清末民初，一代國學大師王國維倡二重證據法，將紙上材料與地下材料結合起來，對幾件楚銅器銘文結合歷史進行考證，例如王子嬰次爐，認爲即楚令尹子重之器，學者多宗之。

民國以來，楚器大量出土，加上當前大陸地區有計劃的進行科學性的挖掘，對於瞭解楚器幫助非常大。而對楚金文的研究帶來最大影響的當屬郭沫若《兩周金文辭大系》一書，不但編列了十二件楚銅器，最重要的還是加以分國、斷代、釋文，雖然今日看來，其說有要重新訂正，更需要廣爲補充，但該書仍可說是進行楚金文研究的基礎。此後，由於楚銅器的大量面世，發現楚銅器銘文文字的數量百倍於以往時期，引起學術界的關注，學者紛紛著錄、撰文研究，如張政烺、于省吾、朱德熙、李學勤、裘錫圭等學者，均或多或少對楚金文中一些疑難字作了探討、釋讀，其中尤以對壽縣楚器銘文、鄂君啓節銘文的研究最多。

由於研究楚金文的論著日益增多，但多限於單篇論著，缺乏系統性、全面性的整合，所以開始有學者投入作編年研究，對楚金文作系統整理，研究其年代序列。在這方面已出現的代表性論著有：劉彬徽〈楚國有銘銅器編年概述〉、〔註6〕〈湖北出土兩周金文國別年代考述〉、〔註7〕〈楚國、楚系有銘銅器編年補述〉、〔註8〕《楚系青銅器研究》，李零〈楚國銅器銘文編年匯釋〉，〔註9〕等。何琳儀在《戰國文字通論》一書中，也對一些有絕對年代可考的楚金文進行了斷代、釋形的研究。

雖然楚金文研究的論著甚夥，但重心多放在文字釋讀、斷代編年之上，很少討論到文字形體、風格的變易與演化，雖或於考釋銘文之時偶然涉及，然亦缺乏全面性的分析與比較，故本文特於字形上多加用心，期望能在文字釋讀、斷代編年的基礎上，呈顯出楚金文字形演化之跡。

〔註6〕劉彬徽：〈楚國有銘銅器編年概述〉，《古文字研究》第九輯，頁331～372。

〔註7〕劉彬徽：〈湖北出土兩周金文國別年代考述〉，《古文字研究》第十三輯，頁239～351。

〔註8〕劉彬徽：〈楚國、楚系有銘銅器編年補述〉，《文物研究》總第七輯，頁237～243。

〔註9〕李零：〈楚國銅器銘文編年匯釋〉，《古文字研究》第十三輯，頁353～397。

第二章　楚金文之斷代與分期

　　欲利用青銅器資料說明或證明某一方面的問題，首要的是要確定所利用青銅器的具體時代。若時代斷定錯誤，將影響研究之結果，由此可知時代斷定之重要性。對於青銅器時代鑒定的方法，大約有下列幾方面：

一、綜合考察墓葬、遺址、窖穴或地層關係的各方面情況，參照與銅器同時出土的共存物。

二、考察銅器的造形、花紋、銘文以及鑄造等等。

三、在出土青銅器群體中，有的群體常常屬於同一家族幾代人的器物，以一器或幾器為中心常可把群體的每器時代定下來，這樣就可找到一群標準器。

四、在出土或傳世銅器內，有的自身就標明了器物的年代，這樣的銅器在作為銅器斷代的標準器時，價值尤高。

五、用出土的銅器實物與古文獻記載相印證，確定銅器時代。

六、有絕對或相對年代的墓葬和窖穴出土的青銅器是進行年代鑒定的重要資料。

七、利用現代科學方法，對出土銅器的墓葬、窖穴或遺址內的有機物進行碳十四等方法的年代測定，這樣便可得出銅器的相對年代。

八、科學方法檢驗青銅器的合金成分和主要金屬的合金比例。〔註1〕
利用以上各種科學方法鑑定銅器的時代，對青銅器進行鑑定就有了可靠的方法
與依據。

　　青銅器的年代，有的可以知道其絕對年代，即相當於歷史紀年上的何年或
何王世，但只限於那些有紀年可考的標準器，這僅是青銅器中的極小部分，絕
大部分青銅器卻只能判明其相對年代，這種相對年代的判定，屬於銅器分期問
題。故本章便對於楚金文之斷代與分期分節論述。

第一節　楚金文之斷代

　　郭沫若《兩周金文辭大系・序》謂：

> 余于年代之推定則異是。余專就彝銘器物本身以求之，不懷若何之
> 成見，亦不據外在之尺度。蓋器物年代每有于銘文透露者，如上舉
> 之獻侯鼎、宗周鐘、遹殷、趞曹鼎、匡卣等皆是。此外如大豐簋云：
> 「王衣祀于王不顯考文王」，自爲武王時器；小盂鼎云：「用牲啻（禘）
> 周王、□王、成王」，當爲康王時器，均不待辯而自明。而由新舊史
> 料之合證，足以確實考訂者，爲數亦不鮮。據此等器物爲中心以推
> 證它器，其人名、事跡每有一貫之脈絡可尋。得此，更就文字之體
> 例、文辭之格調及器物之花紋、形式以參驗之，一時代之器大抵可
> 以蹤跡，即其近是者，于先後之相去要必不甚遠。至其有曆朔之紀
> 載者，亦于年月日辰間之相互關係求其合與不合，然此僅作爲消極
> 之副證而已。

郭氏提出標準器斷代法，也就是根據器銘內容，再配合器物本身的造形、花紋、
銘文字體等特徵，判斷別的器物，從而把許多本身並未標明某一王世的銅器歸
結在某一王世之下。

　　本節乃就楚金文中，選擇其銘文有明顯紀年，或有紀年訊息可考者，先簡
述其器之形制、花紋，再針對銘文加以考證、斷代，以確立屬於楚銅器之標準
器，進而聯繫所有楚金文，並予以分期。

〔註1〕杜迺松：《青銅器鑒定》，頁83。

※楚公豪鐘、楚公豪戈

> 楚公豪自乍（作）寶大鎵（林）鐘……
>
> 楚公豪自盥（鑄）揚鐘……
>
> 楚公豪秉戈。

鐘爲甬鐘，有幹有旋有長枚。其中三作篆間飾雲紋，鼓右飾一鷺鳥；另一件篆間飾斜角龍紋，隧部飾雷紋，鼓右飾一象。戈形則類似四川出土的蜀式戈，三角形援，二穿無胡，援末有一圓孔，內上有一梭形穿，援面上有橢圓形銀斑。

器主爲楚公豪。有關「豪」字的釋讀，以及其究爲何人，歷來有許多不同的說法，但以釋讀爲「家」最爲可信。〔註2〕至於楚公豪其人究竟爲誰，則以張亞初所言之楚公熊渠可能性最大。張氏云：

> 家、渠聲韻相同或相近。家是魚部見紐字，渠是魚部群紐字，從韻講它們是同部字，紐則都屬牙音舌根音……從形制、紋飾和銘文字體講，楚公豪鐘沒有西周晚期的痕跡，相反，它具有很多明顯的西周中期的特徵……楚公豪鐘篆間和鼓部紋飾以卷雲紋爲主體，一器篆間飾雙首龍紋，一器篆飾竊曲紋。雙首龍紋頗近于西周早中期的顧龍紋，與西周晚期的雙首龍紋不同……從辭例講，楚公豪鐘銘文都保留有中原西周銅器銘文的「孫子其永寶」這樣的辭例。先寫孫，後寫子。這樣的用詞僅見于西周中期銘文。西周晚期則大都是說子孫，子子孫孫或子子孫，即先講子後講孫。從銘文字體講，口字下半作∨形（見寶字所從），子字上面一劃作平劃而不是圓筆，這都是西周中期以前銘文的書寫特點。〔註3〕

張氏就形制、紋飾、辭例和銘文字體等方面推定楚公豪鐘爲西周中期器；又從音韻關係，考定「家」字當讀爲「渠」。查「家」字《廣韻》音「古牙切」，上古聲紐屬見紐*k-，韻部屬魚部*-a；〔註4〕「渠」字《廣韻》音「強魚切」，上

〔註2〕關於「豪」字的考釋，請參考本文第六章「釋豪」。

〔註3〕張亞初：〈論楚公豪鐘和楚公逆鎛的年代〉，《江漢考古》1984 年第 4 期，頁 95～96。

〔註4〕本文所擬上古音皆據陳師新雄《古音學發微》（臺北：文史哲出版社，西元 1983 年 2 月）一書。

古聲紐屬溪紐*k'-，韻部亦爲魚部。從韻部講它們是疊韻字，從聲紐講則都屬牙音舌根音，即旁紐雙聲，故二字之聲韻關係非常密切，當可假借。熊渠生當西周夷王、厲王時期，屬西周中晚期，正與器之年代相仿。據此，故楚公豪諸器即爲熊渠器，可作爲西周中晚期之楚金文標準器。

※楚公逆鎛、楚公逆鐘

唯八月甲申，楚公逆自乍（作）大雷鎛……。

唯八月甲午，楚公逆祀氒（厥）先高且（祖）考，夫（敷）壬（任）四方首。楚公逆出。求氒（厥）用祀。四方首休多逪（勤）鎮（欽）鱻（融），內（入）鄉（享）赤金九萬（萬）鈞。楚公逆用自乍（作）穌（和）鑘（齊）錫鍾（鐘）百飤（肆）。楚公逆其萬年壽。用保氒（厥）大邦。永寶。

鐘爲甬鐘，甬斷面略呈方形，上端有淺窩及三個溝漕，舞兩面微向下傾，鉦、枚、篆各部位均以雙陰線劃分，雙陰線之間排列乳刺，枚爲平頂兩段式。舞部飾寬陰線卷雲紋，旋飾雲目紋，篆帶飾蟬紋，鼓部中央飾龍、鳳、虎紋，左側以穿山甲紋爲基音點。〔註5〕

阮元云：

此鐘與楚夜雨雷鐘篆文相類，奇古雄深，與他國迴別，且具在未稱王之時，年代相去亦不遠。〔註6〕

就字形與辭例上來看，楚公逆二器確與楚公豪諸器相似，故年代亦應相近。器主自名爲「楚公逆」，孫詒讓認爲即楚公熊鄂，〔註7〕王國維亦爲文考證贊成其說，〔註8〕查《廣韻》，「逆」字爲「宜戟切」，「鄂」字爲「五各切」，上古音同屬疑紐*ŋ-、鐸部*αk，二字爲同音字，當可假借，故學者多從孫說。熊鄂在位之世爲西元前799～791年，約當周幽王時期，屬西周晚期，正與楚公豪諸器年代相近，因此二組器有相似之辭例與字形。

〔註5〕山西省考古研究所、北京大學考古學系：〈天馬——曲村遺址北趙晉侯墓地第四次發掘〉，《文物》1994年第8期，頁1～21。

〔註6〕阮元：《積古齋鐘鼎彝器款識法帖》，卷三，頁14～16。

〔註7〕孫詒讓：《古籀拾遺》，卷中，頁7～9。

〔註8〕王國維：〈夜雨楚公鐘跋〉，《觀堂集林》，卷十八，頁890～891。

※楚王朕邔仲嬭南鐘

> 隹正月初吉丁亥，楚王朕（媵）邔中嬭南龢鐘……

此爲甬鐘，有幹有旋有長枚，甬部、舞部飾雷紋，篆部素面，以小圓點紋作爲篆間、鉦間之界線，隧部素面。

由銘文可知，這是楚王爲邔中嬭南所作的媵器，然而此銘之「楚王」及「邔中嬭南」究爲何人呢？郭沫若云：

> 邔即江黃之江，仲嬭女字，南名。嬭即楚姓羋之本字。江以楚穆王
>
> 南臣三年滅于楚，此江楚尚通婚姻，自在國亡之前。成王熊惲之妹
>
> 有江羋者，或即此邔仲嬭，楚王殆即成王或其父文王也。〔註9〕

郭氏認爲「邔」即「江」，所以傳世之邔君婦龢壺、伯盞盤及伯盞盉三器均爲江國之器；又曾國之器叔姬簠（又名曾侯簠）銘文云：

> 弔（叔）姬乍（作）黃邦，曾侯乍（作）弔（叔）姬、邔嬭朕（媵）
>
> 器鵂彝……

此「邔嬭」與楚王朕邔仲嬭南鐘之「邔中嬭南」當爲同一人。或疑「邔」、「江」非同一國，〔註10〕然而楚文字慣例常於方名加「邑」旁，例如西元 1978 年淅川下寺一號楚墓出土一江叔鬲隩鬲，其「江」字作「邔」，加有邑旁，爲地名專字，「邔」字或即「邔」的省體。〔註11〕據此，則「邔」即是「江」字。

典籍記載楚嫁女於江者，有楚成王的妹妹江羋，郭氏認爲即此器所云之「邔中嬭南」，「邔」是夫氏，「中」即是「仲」，表排行老二，「嬭」是母姓，「南」是其名。劉彬徽考定此器作風乃西周晚期至春秋早期特點，而從文字風格看，也有春秋中期偏早的特點。〔註12〕楚成王於西元前 671～626 年在位，據《史記・楚世家》記載，成王晚年江羋還回國歸省，其生存年代正與此器作器年代相仿，故「邔中嬭南」很可能就是楚成王的妹妹江羋。

〔註9〕郭沫若：《兩周金文辭大系》（更名爲《周代金文圖錄及釋文》，下所引即不再重複說明），頁 165。

〔註10〕馬承源：《商周青銅器銘文選》第四冊（頁 417），於提到邔君婦壺時，認爲邔、江非同一國，邔國姬姓，至於其地則不可考。

〔註11〕李零：〈楚國銅器銘文編年匯釋〉，《古文字研究》第十三輯，頁 353～397。

〔註12〕劉彬徽：〈楚國有銘銅器編年概述〉，《古文字研究》第九輯，頁 331～372。

那麼，銘文中的「楚王」究竟是楚文王還是楚成王呢？查楚文王在位 13 年卒，文王子堵敖在位 5 年卒，堵敖弟成王在位 46 年卒。若江芊爲文王時所嫁，則至成王晚年時最少也有 60 幾歲，似乎不太可能還回國歸省，諒體力無法負荷；由此推測江芊出嫁江國不會早至楚文王時，可能是在楚成王初年，所以銘文中的「楚王」應是指楚成王。

總結來說，楚王臏邛仲嬭南鐘爲楚成王爲二妹出嫁江國所作的媵器，鑄器年代不出成王在位時期，也就是在西元前 671 年至前 626 年之間。

※楚屈子赤角匿

> 隹正月初吉丁亥，楚屈子赤角媵中（仲）嬭璜飤（食）匿……

此器外體飾蟠虺紋。器主自名「屈子赤角」，趙逵夫根據文獻所記載，春秋時楚國屈氏人物之名，推論「屈子赤角」即《左傳·文公九年》所記載的楚公子朱，「赤角」是名，「子朱」是字。〔註13〕《左傳·文公三年》（楚穆王二年，西元前 624 年）記載「息公子朱」，杜注：「子朱，楚大夫」。《左傳·文公九年》：「楚公子朱自東夷伐陳」，杜注：「子朱，息公也」。與此器同出的還有鄁子行盆，說明「屈子赤角」此人與息地的確有密切關係，所以趙氏之說是可信的。如此，則楚屈子赤角匿之作器年代，也應在西元前 624 年前後數十年間，其上限可能在楚成王晚年，歷經穆王，下限或許至莊王初年，屬於春秋中期之器。

※王子吳鼎

> 隹正月初吉丁亥，王子吳擇其吉金自乍（作）飤（食）鼒（鼎）……

其形斂口、鼓腹、三足較矮，失蓋。腹部飾細密蟠虺紋。

張政烺考釋器主名爲「吳」，並斷定爲楚司馬子反（公子側）之器。〔註14〕查《說文》七篇上日部收一「厢」字，段注云：

> 隸作昃，亦作吳。

知「吳」即「昃」的異體字。考「吳」、「側」《廣韻》音皆爲「阻力切」，二字

〔註13〕趙逵夫：〈楚屈子赤角考〉（《江漢考古》西元 1982 年第 1 期，頁 46～48）舉出屈御寇字子邊，屈到字子夕，屈建字子木……等屈氏人物，推論「子朱」是字而非名，其名當爲「赤角」，「赤」與「朱」意義正相關。子朱爲屈御寇之子，並繼屈御寇爲息公。

〔註14〕張政烺：〈邵王之諻鼎及殷銘考證〉，《中央研究院歷史語言研究所集刊》，第八本第三分冊，頁 371～378。

同音，當可假借。又從此器的形體與紋樣來看，具有春秋中期前段的風格，正與司馬子反的年代相當，故張氏之說可信。

《左傳‧宣公十二年》記載司馬子反在楚莊王十七年（西元前 597 年），楚晉泌之戰中立下戰功，很有可能勝而鑄器。其後，《左傳‧成公十六年》記載，子反在楚晉鄢陵之役（西元前 575 年）中，因臨戰之時，嗜酒而醉，獲罪而死。由此可定此器的年代範圍當介於這兩次戰役之間，也就是楚莊王十七年至共王十六年（西元前 597～575 年）之間。

※王子嬰次爐、王子嬰次鐘

　　王子嬰次之庶（燎）盧（爐）。

　　……八（？）初吉日乙（？）□，王子嬰次自乍（作）□鐘，永用匽喜。

爐形類似長方盤而圓其角，口侈，平底下有殘座痕，腹部有四個銜環耳，兩側之環耳上各套一副提鍊。腹部有細線方格細乳丁紋。鐘為甬鐘。

器主自名為「王子嬰次」，依楚金文稱謂之慣例，其身份必為楚國公子，王國維考證即楚令尹子重名嬰齊者，[註15] 郭沫若認為王子嬰次爐器出鄭墓，自當為鄭器，故考器主為鄭子嬰齊。[註16] 二說究竟何者為是？因為王子嬰次鐘為傳世器，所以首先要判斷的是王子嬰次爐究為楚器抑或鄭器。劉彬徽認為此器雖出於鄭墓，但與同墓出土的其他諸器風格迥然不同，不論是在造形、紋飾、字體等方面，俱與中原地區不類，反而具有楚風；且其時鄭未稱王，不會自稱「王子」。[註17] 由此證明此器非為鄭器應為楚器，器主應如王國維所說為楚公子嬰齊（令尹子重），嬰齊為楚莊王弟，故可自稱為「王子」。

楚國嬰齊的記載始見於《左傳‧宣公十二年》（楚莊王十七年，西元前 597 年），楚晉泌之戰時；卒年見於《左傳‧襄公三年》（楚共王二十一年，西元前 570 年），其活動時間跨楚莊、共兩王。莊、共兩王在位期間，正是晉、楚激烈爭奪中原的時期，鄭地正是兩個爭奪的交點，兩國曾於鄭地數次交兵。嬰齊在

[註15] 王國維：〈王子嬰次盧跋〉（《觀堂集林》，卷十八，頁 899～900）認為「次」、「齊」二字古同聲，並舉經典中通假之例，說明銘文「嬰次」即文獻中的「嬰齊」。

[註16] 郭沫若：《兩周金文辭大系》，頁 182～183。

[註17] 劉彬徽：〈楚國有銘銅器編年概述〉，《古文字研究》第九輯，頁 331～372。

莊王時任左尹，共王時任令尹，一些重大戰役和會盟他都有參加，這也就可以解釋其器何以會出於鄭墓，推斷可能是戰役當中遺留之物。由此可定此器的年代範圍爲楚莊王十七年至楚共王二十一年，即西元前 597 年至前 570 年，與王子吳鼎同屬春秋中期之器。

※王子申盞盂

> 王子申乍（作）嘉娟（羋）盞盂⋯⋯

此盞蓋隆起，中有圈形捉手，蓋邊有一周三角雲紋。器主名「王子申」，見於《左傳》記載的的有兩個王子申，〔註 18〕一爲楚共王時人，任右司馬；一爲楚昭王時人，即著名的令尹子西。阮元認爲此器字體同於楚曾侯鐘，因而斷此器爲後一個王子申的器物。〔註 19〕李零、劉彬徽均認爲此器的形制與紋飾是春秋中期所流行，且字體又與淅川下寺出土的王孫誥鐘相似，故應定爲共王時的王子申。〔註 20〕就形制、花紋與字體來考查，二說當以後說爲是。

有關楚共王時公子申的記載僅有兩條，《左傳·成公六年》（楚共王六年，西元前 585 年）：

> 楚公子申、公子成以申、息之師救蔡。

又《左傳·襄公二年》（楚共王二十年，西元前 571 年）：

> 楚公子申爲右司馬，多受小國之賂，以偪子重、子辛。楚人殺之，
>
> 故書曰：「楚殺其大夫公子申」。

公子申既卒於西元前 571 年，這也就是王子申盞盂此器年代的下限；然因其生年不詳，故難以定此器年代之上限。

※楚王酓審盂

> 楚王酓審之盂。

楚王之名見於《史記》等史籍，均寫作「熊⋯⋯」，如熊渠、熊勇、熊通（武

〔註 18〕《左傳》所記載均爲「公子申」，然《左傳》中「公子」的稱謂乃專指王之弟或王之叔，故合於「王子」的身份。

〔註 19〕阮元：《積古齋鐘鼎彝器款識》，卷七。

〔註 20〕李零：〈楚國銅器銘文編年匯釋〉，《古文字研究》第十三輯，頁 353～397。劉彬徽：《楚系青銅器研究》，頁 309。

王）、熊貲（文王）等，器主自銘爲「楚王酓審」，推知「酓」可能即爲「熊」。查「酓」《廣韻》音「於琰切」，古音爲影紐*ʔ-侵部*-əm，「熊」《廣韻》音「羽弓切」，古音爲匣紐*ɣ-蒸部*-ən；聲紐在發音部位上同爲喉音，所以是旁紐雙聲，至於在韻部方面，韻尾雖異，但主要元音相同，故常旁轉，由於聲韻關係俱近，所以「酓」、「熊」二字當可假借。

那麼「酓審」究爲哪一位楚王呢？據文獻所載，楚共王名審，因此「酓審」應即是楚共王之名，器當作於共王之世。由於此器形體、花紋均有晚於王子申盞盂等早期盞的特徵，李學勤指出此器應作於共王晚年，〔註21〕共王於西元前560年卒，故此器年代的下限即爲共王卒年，上限則無法確知。

※楚叔之孫佣之諸器

　　楚叔之孫佣之飤（食）鹽。

　　佣之飤（食）鼎。

　　楚叔之孫鄔子佣之浴缶。

　　鄔子佣之鄟（尊）缶。

由銘文可知，器主名「鄔子佣」，或簡稱爲「佣」，對於其人之身份及器之年代，存在著三種不同的看法：

　　一、「鄔」與「蓮」古音相近，「佣」字在古時與從朋得聲的字相通，「佣」可讀爲「馮」，所以「鄔子佣」就是《左傳》所載的蓮子馮，西元前548年卒，故佣之諸器的年代爲西元前548年。〔註22〕

　　二、「鄔子佣」爲王子午，即令尹子庚，所以佣之諸器的年代與王子午鼎同，應定在楚康王二年至八年（西元前558年至前552年）之間。〔註23〕

　　三、「鄔子佣」既不是王子午，也不是蓮子馮，而是王子午之孫名叫「佣」的人，佣之諸器的年代當在西元前516年左右。〔註24〕

〔註21〕李學勤：〈楚王酓審盞及有關問題〉，《中國文物報》1990年5月31日3版。原稿未能得見，此據劉彬徽：《楚系青銅器研究》，頁301～302所引。

〔註22〕劉彬徽：〈楚國有銘銅器編年概述〉，《古文字研究》第九輯，頁331～372。

〔註23〕《淅川下寺春秋楚墓》，頁320～324。

〔註24〕張亞初：〈淅川下寺二號墓的墓主、年代與一號墓編鐘的名稱問題〉，《文物》1985年第4期，頁54～58。

　　第一、第二種說法，器的鑄作年代較接近，而第三種說法則明顯地年代較晚，所以首先來分析第三種說法。《淅川下寺春秋楚墓》一書針對佣器的形制、花紋來考查，發現均與新鄭南關鄭墓同類青銅器相近，而新鄭南關鄭墓的年代為西元前571年，第三說所定器之年代與此相去較遠，因此其說法是不對的。持第一種說法的，主要是就音韻上的關係來推論，然而這種說法必須面對一個很大的問題，就是被推斷為蔿子馮墓的下寺二號墓，墓中為什麼有眾多的王子午器和王孫誥器？計下寺二號墓出土五十六件有銘青銅器中，佣器僅十六件，王子午器九件，王孫誥器二十八件，不知名器三件；若墓主為蔿子馮，其身為大國令尹，不可能死後隨葬自己的器物反而沒有別人送給的多，這是不符合常理的。其次，王子午鼎為大型禮器，禮器通常是不能隨便送人，而是要傳諸後代子孫的，所以王子午是不太可能將自己所作的禮器送給蔿子馮的，除非是在王子午死後其家族曾被抄滅。然而王子午卒於西元前552年，蔿子馮接替其職擔任令尹，四年後（西元前548年）也就去世了，文獻並未記載王子午（令尹子庚）家族有被抄滅之事，而二人卒年又如此接近，因此蔿子馮也不太可能自王子午的子孫手中獲得王子午之器。綜合以上兩點理由，持「鄔子佣」即為蔿子馮的這種說法是很難令人信服的。

　　如此，則僅餘第二種說法了，「鄔子佣」是否就是王子午呢？《淅川下寺春秋楚墓》一書提出的理由有二：一是二號墓出土的王子午鼎，鼎蓋銘文上說：「佣之遄（鬲）鼒（鼎）」，鼎腹銘則說：「……王子午擇其吉金，自乍（作）鼎遄（彝）遄（鬲）鼎……命（令）尹子庚，殹民之所敬……」，同一遄鼎，蓋說是佣所有，器說是王子午自作，也就表示「佣」、「王子午」、「令尹子庚」三者同為一人。二是從下寺二號墓的規模和隨葬遺物所顯示的墓主人身份看，也與王子午擔任楚國令尹這一身份相合。然而，王子午是否可能有午、子庚、鄔子佣三個名字呢？據文獻記載，古代較為知名的人物，除了有名有字，有時還有號，例如鄭子產，又叫子美、公孫僑；楚公子比，又叫子干、訾敖；宋子魚，又叫子魴、公子目夷。子庚身為大國令尹，亦屬知名人物，所以他有三個名字並不奇怪，只是無法確知何者為名，何者為字，何者為號？

　　總結上述論點，鄔子佣就是王子午、令尹子庚，也就是下寺二號墓的墓主。至佣之諸器的鑄作年代，由於器銘多自稱「楚叔之孫」，而不若王子午鼎自銘為

「令尹」，故疑當是在未任令尹前所作，也就是成於楚康王二年（西元前 558
年）之前，上限則無從考知。

　　※王子午鼎

　　　　隹正月初吉丁亥，王子午擇其吉金，自乍（作）𦅪遂（彝）𩵋（鬲）

　　　　鼎……命（令）尹子庚，殹民之所敬，萬年無諆（期），子孫是制。

　　此器同墓所出共七件，造形為侈口、束腰、平底、三蹄足，口沿立兩長方
耳。器腹有六個龍紋爬飾。腹部紋飾為蟠龍紋、竊曲紋和雲紋。造形雄渾，花
紋瑰麗。

　　據銘文，器主為「王子午」，也就令尹子庚。其人之記載始見於《左傳·襄
公十二年》（楚共王三十年，西元前 561 年）：「楚司馬子庚聘於秦，為夫人寧。」
杜注：「子庚，莊王子午也。」證明子庚的確就是「王子午」。又《左傳·襄公
十五年》（楚康王二年，西元前 558 年）：「楚公子午為令尹」由此可知，要到康
王二年之時他才擔任令尹之職。《左傳·襄公二十一年》（楚康王八年，西元前
552 年）：「夏，楚子庚卒。」據銘文，器是作於他在令尹任內，所以此器的年
代應定在楚康王二年至八年（西元前 558 至前 552 年）之間。

　　※王孫霝匜

　　　　王孫霝作蔡姬飤（食）匜

　　匜由蓋和器身扣合而成，整體呈矩形，蓋頂面、蓋和器身的腹部和口部均
施蟠虺紋，蓋下端的兩長邊口沿各有一獸頭裝飾的垂紐。底上端的兩邊口沿處
也有一獸頭裝飾的垂紐，共為六個垂紐使蓋底卡住。蓋和器身的兩短邊腹部各
有一獸形環耳（已殘）。〔註25〕

　　趙德祥認為「王孫霝」此人即楚史上著名的申包胥。〔註26〕考申包胥為春
秋晚期楚昭王時之人，而曹家崗五號楚墓亦屬春秋晚期的墓葬，二者在時間上
能吻合。其次，《史記·楚世家》云：

　　　　昭王之出郢也，使申包胥請救於秦。

〔註25〕宜昌地區博物館：〈館藏銅器介紹〉，《江漢考古》1986 第 2 期，頁 93～96。

〔註26〕趙德祥：〈簋銘王孫霝和蔡姬考略〉，《考古與文物》1993 年第 2 期，頁 58～59。
　　　　至於「霝」字的考釋，見於本文第六章「釋霝」。

裴駰《集解》引服虔曰：

> 楚大夫王孫包胥。

瀧川龜太郎《考證》云：

> 包胥蓋武王兄蚡冒之後，楚之公族，食邑於申，因以爲氏耳。〔註27〕

由此可知，申包胥爲楚王孫，亦與此器器主「楚王孫」的地位相合。復次，《左傳‧定公五年》記載秦出兵敗吳後，楚昭王返國賞功，申包胥逃賞一事，楊伯峻《春秋左傳注》云：

> 《戰國策‧楚策》一則云：「自棄於磨山」，磨山亦作歷山，今湖北
>
> 當陽縣東有磨山。〔註28〕

申包胥逃賞之處，與曹家崗五號墓亦有地緣上的關係，故此墓有可能即爲申包胥之墓葬。最後，討論「靁」與「包」二字的關係，「靁」字从「焱」得聲，其聲符「焱」字《廣韻》音「甫遙切」，上古聲紐屬幫紐*p-，韻部屬宵部*-au；「包」字《廣韻》音「布交切」，上古聲紐屬幫紐*p-，韻部屬幽部*-o，二者聲紐相同，韻部則爲旁轉，所以聲韻關係頗爲密切，應可假借。然而，「包胥」之名是否可用「靁」代替呢？趙德祥認爲銘文中之所以沒有「胥」字，有可能是避免與他人在名字上的混淆（如伍子胥或稱爲「申胥」），和名字字數上的累贅而省掉的。〔註29〕然而，署名「包胥」並不會與伍子胥之「申胥」混淆，反倒是省爲「靁」易讓人不解其究竟爲誰。且楚金文中屢見署名爲複名者，如楚叔之孫以鄧鼎、王子嬰次爐、楚屈叔沱戈、楚屈子赤角簠、王孫遺者鐘、楚子棄疾簠、王子啓疆鼎……等，這些器並未因字數的累贅，而將複名省爲單名。由此可知，趙氏之說不確。楚金文中亦屢見署單名者，如楚公象鐘、楚公逆鎛、王子午鼎、王孫誥鐘、析君述鼎、盛君縈簠、楚王孫漁戈……等，這些單名之器，因有些器之器主身份未能考定，故無法得知其究竟本即單名，或是有複名省稱單名的情形。據此，則「包胥」之名能否省稱爲「靁」，是無法論定的。但是，由述上述其他理由，我們仍可以說「王孫靁」極可能就是申包胥。

〔註27〕瀧川龜太郎：《史記會注考證》（臺北：漢京文化事業有限公司，西元 1983 年），卷40，頁43。

〔註28〕楊伯峻：《春秋左傳注》（高雄：復文書局，西元 1991 年 9 月），頁 1554。

〔註29〕同註26。

有關申包胥記載，主要見於楚昭王世，故此器之鑄作年代應定爲楚昭王時期，亦即楚昭王元年至二十七年（西元前 515～489 年）。

※昭王之諻鼎、簋

　　卲王之諻之饋鼎。

　　卲王之諻之盧（荐）簋。

鼎之圖象未見。簋的形制爲圓腹，方座四邊下部中間有缺，兩獸形耳，兩耳間有二扉棱裝飾，腹飾竊曲紋，座飾變形龍紋與渦雲紋，其狀若輕雲卷舒。

張政烺考證「諻」同於南楚之方言「媓」，訓爲「母」，「卲王之諻」蓋即「昭王之母」。〔註30〕對於此器之鑄作年代，則有生稱王號或死諡之別。郭沫若認爲諡法之興當在戰國時代，〔註31〕據此，楚昭王處春秋晚期，諡法當未產生，所以二器應是生稱王號，也就是昭王在世時爲其母所作器。然而《左傳·襄公十三年》之文：

> 楚子疾，告大夫曰：「不穀不德，少主社稷。生十年而喪先君，未及習師保之教訓而應受多福，是以不德，而亡師於鄢；以辱社稷，爲大夫憂，其弘多矣。若以大夫之靈，獲保首領以歿於地，唯是春秋窀穸之事，所以從先君於禰廟者，請爲『靈』若『厲』。大夫擇焉。」莫對，及五命，乃許。秋，楚共王卒。子囊謀諡。大夫曰：「君有命矣。」子囊曰：「君命以共，若之何毀之。赫赫楚國，而君臨之，撫有蠻夷，奄征南海，以屬諸夏，而知其過，可不謂共乎？請諡之『共』。」大夫從之。

文中記載楚共王在死前即預爲謀諡，郭氏對此的解釋是《左傳》之文乃僞托。然而《禮記·檀弓下》亦謂：

> 公叔文子卒，將葬，其子戍請諡於君。

公叔文子爲衛獻公之孫，爲衛靈公時人，此則是在死後葬前議諡，時代亦早於戰國，難道《禮記》之文也出於僞托？所以郭氏的說法尚有待商議。依據《左

〔註30〕張政烺：〈卲王之諻鼎及毀銘考證〉，《中央研究院歷史語言研究所集刊》第八本第三分，頁 371～378。

〔註31〕郭沫若：《金文叢考·諡法》，頁 89～102。

傳》所載，楚共王爲春秋中期時人，因此謚法的興起當不晚於春秋中期。

根據謚法之例，則「昭王之諻」之器的作器時代應在昭王死後，大約在惠王時期。據《史記・楚世家》記載，昭王之母本是楚平王爲太子建迎娶於秦的新婦，結果平王自己把她娶了過來，並立爲新后，此時爲平王二年；太子建時年十五，秦女年亦當相若，其年齡要比平王小得多。平王在位十三年卒，其時昭王尚年幼昭王在位二十七年卒，則其母此時不過五十歲左右，所以昭王之母在惠王時猶健在，惠王也就得以爲祖母作器。惠王在位長達五十七年，諒其祖母無法如此長壽，故器應作於惠王在位之初年，即西元前 488 年以後。

※楚王酓章諸器

　　劍莖無箍，中脊長鋒，通長五十釐米。

據楚王酓審盂之釋，「楚王酓章（或作璋）」即楚王熊章，而熊章乃楚惠王之名，故酓章諸器當作於楚惠王元年至五十七年之間，即西元前 488 年至前 432 年。其中鐘、鎛銘文作「隹王五十又六祀」，確知二者鑄器年代爲楚惠王五十六年，即西元前 433 年，楚器中有如此明確紀年的很少，所以這可說是最重要的斷代標準器。

※曾姬無卹壺

　　隹王廿＝（二十）又六年，聖（聲）趄之夫人曾姬無卹……

器的形態方口，有蓋，體橢圓，方圈足。蓋上有四 S 形紐，頭部兩龍形耳；蓋上、頸部、圈足部均飾蟠虺紋。

郭沫若認爲此器字體與楚王酓章鐘極近，大率即惠王時物；〔註 32〕劉節則認爲「聖趄夫人」即「聲趄夫人」，也就是楚聲王之夫人。〔註 33〕查「聲」字《廣韻》音「書盈切」，「聖」字《廣韻》音「式正切」，二者古音均爲透紐耕部字，也就是同音字，故可假借，如江陵望山 M1 竹簡中的楚聲王就寫作「聖趄王」。聲王六年爲盜所殺，嗣立之悼王、肅王在位都無二十六年者，則必爲肅王之後的宣王二十六年（西元前 344 年）。器作於楚宣王二十六年（西元前 344 年），也是一有明確紀年的標準斷代器。

〔註32〕郭沫若：《兩周金文辭大系》，頁 166。

〔註33〕劉節：〈壽縣所出楚器考釋〉，《古史考存》，頁 105～140。

※鄂君啓節

　大司馬卲（昭）鄏（陽）敗晉帀（師）於襄陵之戠（歲），夏屔之月，

　乙亥之日，王尻（居）於茇郢之遊宮，大攻（工）尹脽以王=（命命）

　集尹紹（悼）榗、裁（緘）尹逆，裁（緘）敏（令）阬爲鄂君啓之賸

　（府）睽（續）盗（鑄）金節……

節共五枚，剖竹形式，各長 29.6 釐米。

此節的年代可由首句的以事紀年得知，「大司馬卲（昭）鄏（陽）敗晉帀（師）於襄陵之戠（歲）」句爲以事紀年。《史記·楚世家》云：

（懷王六年）楚使柱國昭陽將兵而攻魏，破之於襄陵，得八邑。

節銘之「大司馬卲（昭）鄏（陽）」，即《史記》之「柱國昭陽」，二者所記史實吻合，而楚國曆法是用殷曆「建丑爲正」，據紀年法可推定金節鑄造年代當爲楚懷王七年（西元前 322 年）。〔註34〕

※楚王酓前諸器

　楚王酓前爰（作）盗（鑄）匋（鐈）鼎……

諸器中，鉈鼎之形態爲大扁腹，附耳有流，高足，素面；臣則爲長方形，矩形足，紋飾爲簡化蟠鳳紋、勾連雲紋；盤則爲圓底素面。

郭沫若認爲「酓前」即「酓忎」，因爲「二字音紐俱相近」。〔註35〕然而酓前諸器與酓忎諸器同出一墓，若器主爲同一人，爲何名字的標示會如此不同？古文字雖屢見假借的現象，在名字上卻鮮有使用不同字來假借的情況，故郭氏之說不確，「酓前」與「酓忎」當爲不同之二人。那麼，究竟「酓前」爲哪一個楚王的名字？先後約有八種說法，〔註36〕本文第六章則考定爲「前」字，至於「楚王酓前」究竟爲哪一個楚王？現在大多數學者都認爲應定爲考烈王熊元。查「前」字《廣韻》音「昨先切」，古音爲從紐*dz'-元部*-an，「元」字《廣韻》

〔註34〕劉彬徽：〈從包山楚簡紀時材料論及楚國紀年與楚曆〉，《包山楚墓》，頁 533～547。

〔註35〕郭沫若：《兩周金文辭大系》，頁 170。

〔註36〕對「酓前」次字之釋，及爲楚何王，計有下列八種說法：（一）釋貲，指楚文王；（二）釋䏍，指楚王負芻；（三）釋肯，指考烈王熊元；（四）釋肯，定爲哀王猶；（五）釋犕，指楚王負芻；（六）釋肓；（七）釋肯；（八）釋前。此見於劉彬徽：《楚系青銅器研究》（頁 357）所引。

音「愚袁切」，古音爲疑紐*ŋ-元部*-an，所以「前」和「元」二字爲疊韻字，應可假借，「酓前」也就是「熊元」。

考烈王二十二年（西元前241年）遷都壽縣，卒於二十五年（西元前238年）。酓前諸器出於安徽壽縣，故應作於其遷都至死年爲止，即西元前241年至前238年。

※楚王酓忎諸器

　　楚王酓忎戰隻（獲）兵銅，正月吉日，窒盗（鑄）鬲（鐈）鼎……

　　楚王酓忎戰隻（獲）兵銅，正月吉日，窒盗（鑄）少（小）盤……

考《史記・楚世家》所載楚王之名，「酓忎」當即楚幽王熊悍，「忎」字從心、干聲，與「悍」字讀音相同。關於酓忎諸器之年代，郭沫若據《史記・楚世家》記載幽王三年「秦魏伐楚」一語，認爲銘文「戰隻（獲）兵銅」當指此役楚戰勝，擄獲兵銅而銷毀之以爲祭器。〔註37〕銘文又云「正月吉日」，若依郭氏之說，則爲次年之正月，也就是於楚幽王四年正月（西元前234年）鑄器。

※郪陵君豆、鑑

　　郪夌（陵）君王子申……以祀皇祖，以會父倪（兄）……

鑒，折沿、平脣、圓底、無耳，形與漢代的銷和鑑相似。豆高柄、淺盤。

由銘文「郪夌（陵）君王子申」一語，確知器主的身份爲王子，名字爲「申」，被封爲「郪陵君」。關於王子申其人，歷來有幾種看法：

（一）可能是幽王之子，也可能是其弟；〔註38〕（二）即春申君，郪陵爲初封地；〔註39〕（三）可能是負芻；〔註40〕（四）即哀王猶。〔註41〕孔師仲溫據器主「王子」之稱謂，及「郪陵」一地地望的探究，考證「王子申」即哀王庶兄負芻。〔註42〕由於「郪陵」一地本屬春申君的封地，所以「王子申」受封爲

〔註37〕郭沫若：《兩周金文辭大系》，頁169～170。

〔註38〕李學勤：〈從新出青銅器看長江下游文化的發展〉，《文物》1980年第8期，頁35～40。

〔註39〕何琳儀：〈楚郪陵君三器考辨〉，《江漢考古》1984年第1期，頁103～104。

〔註40〕何浩：〈郪陵君與春申君〉，《江漢考古》1985年第2期，頁75～78。

〔註41〕劉彬徽：《楚系青銅器研究》，頁374。

〔註42〕孔師仲溫：〈論郪陵君三器的幾個問題〉，紀念容庚先生百年誕辰暨中國古文字學

「㼼陵君」必在春申君被刺幽王即位之後，而幽王在位十年，哀王在位僅二月餘，此後負芻即弒奪王位，故可考定「㼼陵君」三器的時代爲楚幽王元年至十年間（西元前 237～228 年）。

第二節　楚金文之分期

　　大部分的楚金文均無明顯紀年可考，一些傳世的或零散出土與收集的楚銅器，只能依其本身的特點進行斷代，如銘文透露的年代訊息，形制、花紋的時代特徵等。有共存關係的成組成群青銅器，主要出於一些墓葬，一般來說，墓葬的年代也就是該墓出土青銅器的年代，僅偶爾有早於該墓的銅器。此外，透過與標準器之系聯，亦可進行分期的判斷，所以在上一節中，已擇定屬於楚金文之標準器。本節便依據此數項原則，再配合發掘報告及前人之研究，對楚金文加以分期；今可得見的楚金文，年代最早在西周晚期，最晚則到戰國末期，然因春秋與戰國時期年限頗長，且傳世、出土楚器眾多，不若西周之器僅四、五件之數，故本節將春秋及戰國時期再各畫分成早、中、晚三期，總計楚金文共可分爲：西周時期、春秋早期、春秋中期、春秋晚期、戰國早期、戰國中期、戰國晚期七期，各期包含之楚王世如下：

楚國王世分期一覽表

分　期	楚　王　世
西周時期	鬻熊、熊麗、熊狂、熊繹、熊艾、熊䵣、熊勝、熊楊、熊渠、熊摯紅、熊延、熊勇、熊嚴、熊霜、熊徇、熊咢
春秋早期	若敖（熊儀）、霄敖（熊坎）、蚡冒、武王（熊通）、文王（熊貲）、堵敖（熊艱）
春秋中期	成王（熊惲）、穆王（商臣）、莊王（侶）、共王（審）
春秋晚期	康王（昭）、郟敖（員）、靈王（圍）、平王（居）、昭王（珍）、惠王（章）
戰國早期	惠王（章）、簡王（仲）、聲王（當）、悼王（熊疑）、肅王（臧）
戰國中期	宣王（熊良夫）、威王（熊商）、懷王（熊槐）、頃襄王
戰國晚期	頃襄王、考烈王（元）、幽王（悍）、哀王（猶）、負芻

學術研討會論文，廣州：中山大學，1984 年 8 月。

一、西周時期

從現有資料看,具有楚國文字風格的西周時期楚金文數量很少,僅五件,考其年代,最早約爲西周中晚期之器,茲分述如下。

※楚公象鐘（周夷王、厲王之世,熊渠器）

出土:宋政和三年（西元 1113 年……）獲於湖北省武昌太平湖。

銘文:1. 楚公象自乍（作）寶大霖（林）鐘,孫=（孫孫）子=（子子）其永寶。

2. 楚公象自盥（鑄）鍚鐘,孫=（孫孫）子=（子子）其永寶。

說明:楚公象鐘傳世凡五器,其中一爲僞器（《陶齋吉金錄》1:17）。楚公象鐘爲甬鐘,有幹有旋有長枚,形製相同。銘文與紋飾相同的有三器,鑄有 2 行 16 個字（重文二）;另一器紋飾稍異,鑄有 2 行 14 個字（重文二）。器主楚公象即西周夷王、厲王之際的楚公熊渠。

※楚公象戈（周夷王、厲王之世,熊渠器）

出土:西元 1959 年湖南省博物館於廢銅中撿出,長內上鑄有銘文 5 字。

銘文:楚公象秉戈。

說明:此戈自發現以來,對其眞僞的判定有很大的爭議,共有以下幾種看法:

1. 這是一件贋品,器及銘皆僞作。[註43]

2. 戈係眞品,而銘文爲後世僞刻。[註44]

3. 戈、銘均爲同時模鑄而成。[註45]

4. 戈、銘均眞,但不是一次所作,戈鑄在前,字刻在後,加刻時間在西周末葉。[註46]

商承祚認爲:「戈成日當在西周中、末期,文字附加不早於西周中

[註43] 于省吾、姚孝遂:〈“楚公象戈”辨僞〉,《文物》1960 年第 3 期,頁 85。

[註44] 馮漢驥:〈關於“楚公象”戈的眞僞幷略論巴蜀時期的兵器〉,《文物》1961 年第 11 期,頁 32～34。

[註45] 高至喜、蔡季襄:〈對“楚公象戈辨僞”一文的商討〉,《文物》1960 年第 8、9 期,頁 79～80。

[註46] 商承祚:〈楚公象戈眞僞的我見〉,《文物》1962 年第 6 期,頁 19～20。

葉。器的所有權屬於象，亦即楚公象鐘其人。」李學勤認爲楚公
象戈與湖北棗陽發現之曾侯戈文例、體制一致，〔註47〕由此可證，
楚公象戈銘和戈爲同時之物。

※楚公逆鎛（西元前 799～791 年，熊鄂器）

　　出土：宋徽宗政和三年出於湖北省嘉魚縣，銘文 4 行，除第一行 10 字
　　　　　外，其它 3 行每行 9 字，共 38 字。

　　銘文：唯八月甲申，楚公逆自乍（作）大雷鎛，垦（厥）格（銘）日「殷
　　　　　栢」。象（鎗）□□屯（純）公，逆其萬年又（有）壽，□（以）
　　　　　樂其身，孫子其永寶。

　　說明：此器銘文屢經翻刻，不少地方已經失真，字形很難辨認。〔註48〕
　　　　　器主楚公逆即楚公熊鄂。

※楚公逆鐘（西元前 799～791 年，熊鄂器）

　　出土：西元 1993 年山西省侯馬市曲沃、翼城縣境內的天馬、曲村遺址
　　　　　M64 出土，銘文鑄於鉦部與鼓部，共 68 字。

　　銘文：唯八月甲午，楚公逆祀垦（厥）先高且（祖）考，夫（敷）壬（任）
　　　　　四方首。楚公逆出。求垦（厥）用祀。四方首休多遏（勤）鎮（欽）
　　　　　鬸（融），內（入）鄉（享）赤金九邁（萬）鈞。楚公逆自乍（作）
　　　　　龢（和）齍（齊）錫鍾（鐘）百飤（肆）。楚公逆其萬年壽。用保
　　　　　垦（厥）大邦。永寶。

　　說明：此鐘出於晉穆侯墓內，可能是當時饋贈，也可能是戰事所得。由
　　　　　於此鐘的出土，對解讀楚公逆鎛提供了不少線索，如楚公逆鎛首
　　　　　行首字「隹」，舊釋將其「口」旁移與第二行「大」字結合，致誤
　　　　　釋「大雷」爲楚先祖「吳回」，今與楚公逆鐘比勘，證明楚公逆鎛
　　　　　首行首字當爲「唯」字，也解決了「吳回」之誤。此器爲楚公逆
　　　　　熊鄂爲祭祀其先高祖熊渠所作。〔註49〕

〔註47〕李學勤：〈曾侯戈小考〉，《江漢考古》1984 年第 4 期，頁 65～66。

〔註48〕有關楚公逆鎛銘文之釋讀，參見黃靜吟〈楚公逆鎛銘文析論〉一文，'95 黃侃國際
　　　　學術研討會，武漢；武漢大學，1995 年 9 月。

〔註49〕有關楚公逆鐘銘文釋讀及其相關問題，參見黃錫全、于炳文〈山西晉侯墓地所出
　　　　楚公逆鐘銘文初釋〉，《考古》1995 年第 2 期，頁 170～178。

二、春秋早期

對於春秋時期的起始年代，指西元前 770 年，這是沒有異議的。至於春秋時期與戰國時期的分界年代，一般將其相對年代定為西元前五世紀中葉；至於其絕對年代，從來有多種說法，如西元前 481 年、西元前 475 年、西元前 468 年、西元前 403 年等。〔註50〕因為本文討論對象為楚國，於分期上必須考量楚國歷史發展，所以在春秋時期的下限定在楚昭王卒年，即西元前 489 年。總計西元前 770 年至前 489 年，約三百年的時間，因傳世及出土的楚金文眾多，所以本文再將之概分為早、中、晚三期，每期各約百年時間。

春秋早期約自西元前 770 年至西元前七世紀中葉，〔註51〕此時楚國為若敖（熊儀）、霄敖（熊坎）、蚡冒（熊徇）、武王（熊通）、文王（熊貲）、堵敖（熊艱）在位時期。

※楚嬴匜與盤

　　出土：傳世器，盤銘 22 字，分為 4 行；匜銘 21 字。

　　匜銘：隹王正月初吉庚午，楚嬴鑰（鑄）其盥（匜），其萬年子孫永用
　　　　　享。

　　盤銘：隹王正月初吉庚午，楚嬴鑰（鑄）其寶盤，其萬年子孫永用享。

　　說明：銘文中的楚嬴，為楚國所娶嬴姓女子，以夫之國為稱。

※中子化盤

　　出土：傳世器，銘文 19 字，分為 4 行。

　　銘文：中子化用保楚王，用正（征）桴，用擇其吉金，自乍（作）盥（浣）
　　　　　盤。

　　說明：郭沫若認為「中」即山東境內之莒國，並把銘文年代訂為戰國楚
　　　　　簡王時。〔註52〕李零則認為「征桴」即「征呂」，而楚滅呂與滅申
　　　　　之時間相近，約在楚文王時，最遲亦不超過楚成王時。〔註53〕劉

〔註50〕參看楊寬：《戰國史》一書。

〔註51〕對於各期的分界年代，素來學者有多種不同說法，但是筆者認為所謂分期其實是
　　　　很難截然畫分開的，前後兩期中間往往存在共同交集的幾年，因此於分期上，筆
　　　　者不採用絕對年代，而僅標立一大致上的時間。

〔註52〕郭沫若：《兩周金文辭大系》，頁 167。

〔註53〕李零：〈楚系青銅器銘文匯釋〉，頁 373～374。

彬徽認爲「此器只言"征呂"，並未言及滅，可能是指楚、呂之間的某一次戰爭，而且其時呂勢較強。從銘文字體看有春秋早期特徵……」〔註54〕「中子化用」之「中」，有可能爲一臣服於楚的小國名稱，也可能是以地名爲氏名，則「中」爲氏稱，「化用」即其名字。〔註55〕

※楚季苟盤

　　出土：傳世器，銘文3行18字（重文二）。

　　銘文：楚季苟乍（作）婦（芈）蹲（尊）膌（媵）釁（沫）般（盤），其子=（子子）孫=（孫孫）永寶用享。

　　說明：這是楚季苟爲楚女芈尊所作陪嫁之器。

※申公彭宇匜

　　出土：西元1975年出土於南陽西關，銘文5行32字（重文二）。

　　銘文：隹正十又一月辛子，申公彭宇自乍（作）𩰫匜，字其眉壽萬年無疆，子=（子子）孫=（孫孫）永寶用之。

　　說明：作器者申公彭宇，爲楚滅申後所置申縣的縣公。《左傳・哀公十七年》：「彭仲爽申俘也，文王以爲令尹，實縣申、息。」銘文中的彭宇，可能就是彭仲爽家族中人。器作於滅申以後，自當歸屬楚國銅器。〔註56〕

※𣇄父匜與匜

　　出土：西元 1969 年出土於湖北省枝江縣百里洲，匜二件，同形同銘，有銘文5行30字；匜一件，器底內有銘文5行29字。

　　匜銘：隹正月初吉丁亥，考叔𣇄父自乍（作）蹲匜，其眉壽無疆，子=（子子）孫=（孫孫）永寶用之。

　　匜銘：隹正月初吉庚午，寒（塞）公孫𣇄父自乍（作）盥盆（匜），其眉壽無疆，子=（子子）孫=（孫孫）永寶用之。

〔註54〕劉彬徽：《楚系青銅器研究》，頁294。

〔註55〕劉彬徽：《楚系青銅器研究》，頁293，認爲「中」爲氏稱，「子化用」爲名字。然銅器銘文辭例，「子」多爲男子尊稱，如息子行盆、鄧子午鼎……等，因此，中子化盤之「子」字當亦非人名。

〔註56〕劉彬徽：《楚系青銅器研究》，頁63。

說明：這三個銅器爲同一個人之器，「𦀈父」其名，「考叔」其字，其祖
輩封於塞地，以此封邑爲氏稱，匜銘又稱公孫，則應爲楚公族成
員封於塞地者。

三、春秋中期

約自西元前七世紀中葉至前六世紀中葉，當楚成王（熊惲）、穆王（商臣）、
莊王（侶）、共王（審）在位時期。

※楚王賸邛仲嬭南鐘（西元前 671～626 年，楚成王時器）

出土：《考古圖》言此器得於錢塘，僅有銘文傳世，共 3 行 27 字。

銘文：佳正月初吉丁亥，楚王賸（媵）邛（江）中（仲）嬭南龢鐘，其
眉壽無彊（疆），子孫永保用之。

說明：此乃楚成王媵其妹江芊器。〔註 57〕「邛中嬭南」，「嬭」是母姓，
即古書中的「芊」，「邛」是夫姓，即古書中的江國，「中」即是「仲」，
爲行輩稱謂，表示爲楚王第二個女兒，「南」爲此女子之名。

※楚王領鐘

出土：傳世器，銘文分布在鉦間及左右鼓，計 5 列 19 字。

銘文：佳王正月初吉丁亥，楚王領自乍（作）鈴鐘，其事其言。

說明：關於此「楚王領」爲何人？過去有楚成王、悼王、郟敖、共王四
種解釋，〔註 58〕過去學者多同意共王說，然而李學勤據楚王酓審
盂，考證楚王領非楚共王。〔註 59〕但是就器之形制及紋飾等時代
特徵來考量，此鐘具有春秋中期的特色，劉彬徽推論年代範圍當

〔註 57〕郭沫若：《兩周金文辭大系》，頁 165，認爲「成王熊惲之妹有江芊者，或即此邛仲
嬭，楚王殆即成王或其父文王。」

〔註 58〕羅振玉：《貞松堂集古遺文》認爲「領」是「頵之壞字」，頵即楚成王之名。郭沫
若：《兩周金文辭大系》指出羅氏壞字的說法不能成立，而認爲「領」是「頷」字
之誤。然而以鐘之形制及紋飾來看，其時代不應爲戰國時期，定其爲悼王器不妥。
白川靜：《金文通釋》認爲「領」是楚郟敖名「麇」的通假字。但是郟敖並未稱王，
且「領」、「麇」兩字古音並不同部，說二字能通假較爲勉強。周法高：〈金文零釋〉
以爲「領」即楚共王名「審」或「箴」字的通假字，過去學者多同意此說。

〔註 59〕李學勤：〈楚王酓審盞及有關問題〉，《中國文物報》1990 年 5 月 31 日 3 版。原稿
未能得見，此據劉彬徽：《楚系青銅器研究》，頁 301～302 所引。

在西元前 678～前 600 年之間，並進一步認爲穆王商臣即位後所改之名未見於史書記載，因此「領」有可能即爲史書缺載的穆王名字。〔註60〕但因缺乏直接證據，故僅能聊備一說。

※郎子行盆（？～西元前 601 年）

出土：西元 1975 年出土於湖北隨縣西南溳水岸邊的鏈魚嘴，器蓋同銘，但器蓋上少「用」一字，器內銘文 2 行 11 字。

銘文：郎（息）子行自乍（作）飤（食）盆，永寶用之。

說明：劉彬徽考證此器與魯歸父盆形制相同，年代也應相近，而魯歸父盆的年代約爲西元前 601 年前不久，故郎子行盆也應作於西元前 601 年前不久；而此時息國早已滅國（西元前 680 年），所以此器當爲楚器，而此息子當爲楚息縣之人。〔註61〕

※上鄀公𠤳（西元前 622～600 年）

出土：西元 1978 年出土於河南淅川下寺 M8 內，銘文 5 行 36 字，器蓋同銘。

蓋銘：隹正月初吉丁亥，上鄀公擇其吉金盄（鑄）叔嬭番妃媵（媵）臣，其眉壽萬年無諆（期），子＝（子子）孫＝（孫孫）永寶用之。

說明：這是上鄀公爲叔嬭、番妃作的媵器，上鄀約滅於西元前 622～613 年，此器鑄作年代當在滅鄀後不久，而不晚於西元前 600 年。〔註62〕

※以鄧鼎、匜與戟（西元前 622～600 年）

出土：西元 1978 年出土於河南淅川下寺 M8 內，鼎一件，器蓋同銘，銘文 4 行 25 字；匜一件，有銘文 4 行 29 字；戟兩件，一件銘文 4 字，一件銘文 5 字。

鼎銘：隹正月初吉丁亥，楚叔之孫以鄧，擇其吉金，盄（鑄）其絲（繁）鼎，永寶用之。

匜銘：隹正月初吉丁亥，楚叔之孫以鄧，擇其吉金，盄（鑄）其會（澮）

〔註60〕劉彬徽：《楚系青銅器研究》，頁 301～302。

〔註61〕同前註，頁 299～300。

〔註62〕劉彬徽：〈上鄀府簠及楚滅鄀問題簡論〉，《中原文物》1988 年 3 期。

舁，子=（子子）孫=（孫孫）永寶用之。

戟銘：以鄧之戟。

以鄧之用戟。

說明：此爲楚王室貴族以鄧自作之器，以鄧當爲楚滅上鄀後置爲上鄀縣
的縣公，故他在匜銘中稱上鄀公，乃得有兩器同出此墓。就鼎之
花紋與細部特徵來看，其年代當與墓葬年代一致，即下限爲西元
前 600 年。〔註63〕

※楚子𣢠匜

出土：傳世器，銘文 3 行 18 字。

銘文：隹八月初吉庚申，楚子𣢠盥（鑄）飤（食）匜，子孫永保之。

說明：出土有三件，僅一件完整，另兩件皆殘；三件之形製及銘文均相
同。郭沫若認爲「楚子𣢠」即考烈王熊元，李零則據器形、花紋
與字體考查，定此器爲春秋中期器，而將「楚子𣢠」定爲楚成王
時的令尹子元。〔註64〕黃錫全根據古文獻、地下出土的文字材料
與出土的楚王墓葬規模等項，考證器銘稱「楚子某」者並非楚王
或楚國王子，而應是楚之王子或王孫（或公子、公孫），即楚公族。
〔註65〕據黃氏之說，則此「楚子𣢠」必非考烈王熊元，亦非令尹
子元，〔註66〕當是另有其人。但就此器之形態、紋飾特徵來看，
確可定其爲春秋中期之器。

※子諆盂

出土：西元 1975 年出於河南潢川磨盤山一號墓內，器蓋同銘，銘文 4
行 13 字。

銘文：隹子諆盥（鑄）其行盂，子孫永壽用之。

〔註63〕劉彬徽：《楚系青銅器研究》，頁 65～66。

〔註64〕李零：〈楚系青銅器銘文匯釋〉，頁 359～360。

〔註65〕黃錫全：〈楚器銘文"楚子某"之稱謂問題辨證〉，《江漢考古》1986 年第 4 期，頁
75～82。

〔註66〕《國語・楚語上》：「昔令尹子元之難」，韋昭注：「子元，楚武王子，文王弟王子
善也。」據此，則令尹子元之器當稱爲「楚王子」，而非「楚子」。

說明：李學勤認爲「子諆很可能是楚人」，[註67] 孫稚雛認爲此人即歷史
記載之楚司馬子期，[註68] 劉彬徽則認爲司馬子期的活動年代較
晚（？～西元前 529 年），而此盆的年代似乎不會這麼晚。[註69]

※郙伯受匜

出土：西元 1970 年出土於湖北江陵岳山楚墓，器蓋同銘，銘文 4 行 26
字（重文 2）。

銘文：郙（養）白（伯）受用其吉金乍（作）其元妹叔嬴爲心媵（媵）
饙匜，子=（子子）孫=（孫孫）其永用之。

說明：這是郙伯受爲其大妹叔嬴爲心出嫁制作的媵器，其妹姓嬴，字
「叔」，名「爲心」，而此郙伯則爲入仕楚的異姓貴族養氏。[註70]

※楚屈子赤角匜（西元前 624 年前後）

出土：西元 1975 年湖北隨縣溳陽公社溳陽大隊鰱魚嘴出土，器蓋同銘，
僅字體微異，皆篆書陰文，6 行 31 字。

銘文：隹（唯）正月初吉丁亥，楚屈子赤角媵（媵）中（仲）嬭璜飤（食）
匜，其眉壽無疆，子=（子子）孫=（孫孫）永保用之。

說明：這是屈子赤角爲其次女嬭（羋）璜作的媵器。趙逵夫考證「屈子
赤角」即楚公子朱，「赤角」是名，「子朱」是字。

※楚屈叔沱戈（西元前 597 年前後，楚穆王、莊王世）

出土：共兩件，銘文字數較多者或云出自壽縣，有 19 字，銘文較少者
爲湖南所收集，有 6 字。

銘文：1.楚屈叔沱屈□之孫□□士□□□□楚王之元右，王鐘。
2.楚屈叔沱之用。

說明：何浩認爲器主屈叔沱即楚晉泌之戰（西元前 597 年）中爲楚莊王
「戎右」的屈蕩，「叔沱」其字，「蕩」爲其名。[註71] 劉彬徽則

[註67] 李學勤：〈論漢淮間的春秋青銅器〉，《文物》1980 年第 1 期，頁 54～58。

[註68] 孫稚雛：〈金文釋讀中一些問題的探討（續）〉，《古文字研究》第九輯，頁 410～411。

[註69] 劉彬徽：《楚系青銅器研究》，頁 299。

[註70] 劉彬徽：《楚系青銅器研究》，第三章。

[註71] 何浩：〈“楚屈叔沱戈”考〉，《安徽史學》1985 年第 1 期。（參考劉彬徽：《楚系青
銅器研究》，頁 308 所引。）

就器形上，發現此戈與淅川下寺出土得的以鄧戟最爲接近，所以推論二者年代也應相近，同爲春秋中期之器；其時亦正好與屈蕩活動的時代相近，故何浩之說頗爲可信。

※王子吳鼎（西元前 597～575 年，楚莊王十七年至共王十六年）

　出土：《考古圖》言此器得於京兆，銘文 6 行 31 字。

　銘文：佳正月初吉丁亥，王子吳擇其吉金自乍（作）飤（食）鼎（鼎），其眉壽無綦（期），子=（子子）孫=（孫孫）永寶用之。

　說明：此爲王子吳自作之器，王子吳即爲楚莊王時之公子側（司馬子反）。

※王子嬰次爐（西元前 597～590 年，楚莊王十七年至共王二十一年）

　出土：西元 1923 年河南新鄭李家樓鄭墓出土，銘文 1 行 7 字。

　銘文：王子嬰次之庋（燎）盧（爐）。

　說明：此爲楚王子嬰齊（令尹子重）器。

※王子嬰次鐘（西元前 597～590 年，楚莊王十七年至共王二十一年）

　出土：傳世器。

　銘文：……八（？）初吉日乙（？）□，王子嬰次自乍（作）□鐘，永用匽喜。

　說明：銘文保存不全，約略如釋。亦爲楚令尹子重之器。

※王子申盞盂（？～西元前 571 年，？年至楚共王二十年）

　出土：傳世器，銘文 3 行 17 字。

　銘文：王子申乍（作）喜嬭（芈）盞盂，其眉壽無期，永保用之。

　說明：此爲楚共王時右司馬王子申之器。器名「盞盂」，「盞盂」之名又見於蒦兒盞盂，同類之器，敔之盞自名爲「盞」，楚王酓審盂則自名爲「盂」，表明這類器可稱爲「盞盂」，亦可單稱爲「盞」或「盂」。

※楚王酓審盂（？～西元前 560 年，楚共王晚年）

　出土：出土時地不詳，銘文 2 行 6 字。

　銘文：楚王酓審之盂。

　說明：「酓審」爲楚共王之名，器當作於楚共王世，李學勤指出此器應作於楚共王晚年，故下限當爲共王卒年（西元前 560 年）。

四、春秋晚期

約西元前六世紀中葉至前 476 年，當楚康王（昭）、郟敖（員）、靈王（圍）、平王（棄疾）、昭王（珍）、惠王（章）在位時期。

※楚叔之孫佣之諸器（？～西元前 558 年，楚康王二年以前）

　　出土：西元 1978 年出土於河南淅川下寺一至三號墓內，而以二號墓出土最多。

　　說明：銘文中出現的「佣」或「鄔子佣」，即文獻記載中的令尹子庚，也就是王子午。器當作於其任令尹之前，也就是楚康王二年（西元前 558 年）之前。

1. 䵼鼎

　　出土：（1）一號墓出土 2 件，銘文 2 行 8 字。

　　　　　（2）二號墓出土 4 件，銘文 1 行 4 字。

　　銘文：（1）楚叔之孫佣之飤（食）䵼。

　　　　　（2）佣之飤（食）䵼。

2. 䵼鼎

　　出土：（1）二號墓出土 2 件，銘文 1 行 4 字。

　　　　　（2）三號墓出土 1 件，銘文 1 行 4 字。

　　銘文：（1）佣之飤（食）䵼。

　　　　　（2）佣之飤（食）鼎。

3. 盞鼎

　　出土：二號墓出土 1 件，銘文 1 行 8 字。

　　銘文：楚叔之孫佣之盞鼎。

4. 浴鼎

　　出土：三號墓出土 1 件，銘文 3 行 21 字。

　　銘文：楚叔之孫佣擇其吉金，自乍（作）浴鼎，眉壽無期，永保用之。

5. 簋

　　出土：二號墓出土 2 件，銘文 3 行 9 字。

　　銘文：楚叔□（之）孫鄔□（子）佣之□（簋）。

6. 匜

　　出土：一號墓出土 2 件，銘文 3 字。

銘文：倗之匜。

7. 尊缶

出土：（1）一號墓出土 2 件，銘文 4 字。

　　　（2）二號墓出土 2 件，銘文 6 字。

銘文：（1）倗之障（尊）缶。

　　　（2）鄔子倗之障（尊）缶。

8. 浴缶

出土：（1）二號墓出土 1 件，銘文 10 字。

　　　（2）一號墓出土 1 件，銘文 3 字。

　　　（3）三號墓出土 1 件，銘文 3 字。

銘文：（1）楚叔之孫鄔子倗之浴缶。

　　　（2）倗之缶。

　　　（3）倗之缶。

9. 盤

出土：二號墓出土 1 件，銘文 4 字。

銘文：倗之鹽盤。

10. 匜

出土：二號墓出土 1 件，銘文 4 字。

銘文：倗之鹽盤（匜）。

說明：此器爲匜，而鑄器名爲盤，不知是誤字，還是楚國有以盤稱匜之
　　　習俗。

11. 矛

出土：二號墓出土 1 件，銘文 4 字。

銘文：倗之用矛。

12. 戈

出土：二號墓出土 1 件，在胡部正面與內部正背兩面共有銘文 24 字。

銘文：新（親）命楚王籥，雁（應）受天命，倗用斁（變）不廷，陽利
　　　□□斁□唯□□□。

※王子午鼎、戟（西元前 558～552 年，楚康王二年至八年）

出土：西元 1979 年河南淅川下寺二號楚墓出土，計鼎 7 件，戟 2 件。
　　　鼎腹銘文 14 行 86 字（重文 5 字），蓋銘 4 字，戟胡部各有銘文 2
　　　行 6 字。

鼎腹銘：隹正月初吉丁亥，王子午擇其吉金，自乍（作）𩵋𫞩（彝）𨧨
　　　（鬲）鼎，用享以孝于我皇且（祖）文考，用𥚸（祈）眉壽，函
　　　𢍪（恭）𪔲屖，敄（畏）期（忌）趩=（趩趩），敬㽙（厥）盟祀，
　　　永受其福。余不敄（畏）不差，惠于政德，思（淑）于威義（儀），
　　　闌=（闌闌）獸=（肅肅），命（令）尹子庚，殹民之所敬，萬年無
　　　諆（期），子孫是制。

鼎蓋銘：佣之𨧨（鬲）䵎（鼎）。

戟銘：王子午之行戟。

說明：此爲王子午（令尹子庚）器，據《左傳‧襄公十二年》杜預注：
　　　「子庚，莊王子，午也。」

※孟縢姬浴缶
　出土：西元 1978 年河南淅川下寺一號墓出土兩件。
　銘文：隹正月出吉丁亥，孟縢姬擇其吉金，自乍（作）浴（浴）缶，永
　　　保用之。
　說明：《淅川下寺春秋楚墓》一書，根據墓葬位置，認爲「孟縢姬」可
　　　能是令尹子庚的夫人之一，「孟」有大意，代表夫人在夫家的地
　　　位。〔註72〕

※王孫遺者鐘
　出土：傳世器，銘文 19 行 117 字（重文 4 字）。
　銘文：隹正月初吉丁亥，王孫遺者擇其吉金，自乍（作）龢鐘，中（終）
　　　譮（翰）叡（且）𦒹（揚），元鳴孔皍。用享以孝，于我皇且（祖）
　　　文考，用祈眉壽。余函𢍪（恭）𪔲屖，敄（畏）𢍪（忌）趩=（趩
　　　趩）。肅哲聖武，惠于政德，思（淑）于威義（儀），誨猷不（丕）
　　　飲（飭）。闌=（闌闌）龢鐘，用匽以喜，用樂嘉賓父𣎆（兄），及
　　　我朋友。余恁似心，征（誕）永余德，龢沴民人，余專（敷）旬

于國。戲=（戲戲）趄=（趄趄），萬年無諆（期），枼萬孫子，永保鼓之。

說明：廣東省博物館收藏一件楚王孫鐘，銘文爲「唯正月初吉丁亥，王孫遺者擇其吉金，自乍（作）龢鐘，中（終）譁（翰）叡（且）膓（揚），元鳴孔戲，余尊旬于國，戲=（戲戲）趄=（趄趄），萬年無諆（期），枼萬孫子，永保鼓之。」計 48 字。其內容與傳世之王孫遺者鐘近似，但學者已考證其器爲眞，其文字則爲僞。〔註73〕郭沫若定此器爲徐器，〔註74〕劉彬徽以之與王孫誥鐘比較，發現二者不論是銘文辭句、格式、書體基本上均相同，故王孫遺者鐘也應爲楚器，年代亦相近。至於王孫遺者的身份，或認爲乃楚公子追舒，〔註75〕但是劉彬徽認爲王孫遺者爲王孫，公子追舒爲王子，稱謂不同很難說是同一人。

※王孫誥鐘、戟

出土：西元 1979 年河南淅川下寺二號楚墓出土，編鐘有銘文 15 行共113 字（其中重文 5 字），戟共 2 件，有銘文 2 行 6 字。

鐘銘：隹正月初吉丁亥，王孫壽（誥）擇其吉金自乍（作）龢鐘，中（終）翰且膓（揚），元鳴孔諻，有嚴穆=（穆穆），敬事楚王。余不畟（畏）不差，惠于政德，怂（淑）于威義（儀），函龏（恭）獸犀，畟（畏）娶（忌）趯=（趯趯），肅哲臧武，聞于四國，恭臬（厥）盟祀，永受其福，武于戎功，誨獻不飤，闌=（闌闌）龢鐘，用匽以喜，以樂楚王、諸侯、嘉賓及我父覎（兄）、諸士。趕=（趕趕）趄=（趄趄），萬年無期，永保鼓之。

戟銘：王孫壽（誥）之行戟。

說明：據銘文，器主爲「王孫誥」，此人史書無傳，或推測其爲王子午

〔註73〕有關楚王孫鐘之鑑定，可參考張維：〈介紹廣東省博物館收藏的四件青銅器〉（《考古與文物》西元 1984 年第 3 期，頁 5～7），王文敞：〈“楚王孫鐘”辨析〉（《考古與文物》西元 1989 年第 4 期，頁 89～90）二文。

〔註74〕郭沫若：《兩周金文辭大系》，頁 161。

〔註75〕劉翔：〈王孫遺者鐘新釋〉，《江漢論壇》1983 年第 8 期。孫啓康：〈楚器王孫遺者鐘考辨〉，《江漢考古》1983 年第 4 期。以上兩文均主張王孫遺者爲公子追舒。

之子，然缺乏直接證據。今據形制、紋飾判斷，可定其爲春秋晚
期時器。

※䣀鐘、䣀鎛

出土：西元 1979 年河南淅川下寺十號楚墓出土，紐鐘、鎛鐘各 9 件，
銘文相同，字數、行款不一。

銘文：䣀擇吉金，盥（鑄）其訶（反）鐘，〔其〕音嬴少戠牖（湯），龢
（和）于均煌，霝印若華，比者（諸）礭（囂）硨（聲），至者（諸）
長龢（竽），遪（會）平倉=（倉倉），訶（歌）樂以喜，凡及君子
父蜺（兄），永保鼓之，眉壽無疆。余呂王之孫，楚城（成）王之
罴（盟）僕，男子之藝，余不貳（貳）在天之下，余臣兒難得。

說明：劉彬徽認爲此器乃呂國被滅後，呂宗族後人入仕於楚而作此鐘。
〔註 76〕

※楚子迶鼎

出土：西元 1974 年湖北當陽縣慈化公社出土，銘文有 2 行 6 字。

銘文：楚子迶之飤（食）繲（繁）。

說明：對於器主之名及身份，目前有兩種釋讀，一是釋爲「超」，認爲
此字右邊偏旁從「口」從「爪」，爲「召」之古字；楚原爲子男之
國，其國君舊稱楚子，故「楚子超」即文獻所載楚康王名昭或招。
〔註 77〕其次，黃錫全將此字隸寫作「迶」，並以楚子迶鼎之墓葬情
況與楚幽王墓作比較，二者不論在規模或隨葬器物方面，均相差
懸殊，若「楚子」亦解釋爲楚王，實難明瞭何以其墓葬相異若此。
其又利用地下出土的文字資料，對有關楚國國君、楚君之子孫與
楚貴族的稱謂，作一全面的分析，認爲「楚子」絕非楚王代稱，
當只是楚貴族之自稱。〔註 78〕黃氏對「楚子」一詞的解釋，較令
人信服，因此楚子迶鼎乃是楚國貴族名「迶」者之器，至於其人

〔註 76〕劉彬徽：《楚系青銅器研究》第四章第四節，頁 231。

〔註 77〕夏淥、高應勤：〈楚子超鼎淺釋〉，《江漢考古》1983 年第 1 期，頁 31。

〔註 78〕黃錫全：〈楚器銘文中“楚子某”之稱謂問題辨證〉，《江漢考古》1986 年第 4 期，
頁 75～82。

之生平事蹟則無從考究，僅能就鼎自身的形制、紋飾和墓內同出銅器的組合、形態，判斷出此器屬春秋晚期之器。

※楚子棄疾匜

出土：西元 1978 年河南省南陽市徵集，匜蓋頂內著有銘文，計 2 行 12 字。

銘文：楚子棄疾擇其吉金，自乍（作）飤（食）匜。

說明：楚人名棄疾者有三，一爲公子棄疾即後來的楚平王，二爲令尹子南之子亦名棄疾（見《左傳・襄公二十四年》），三爲楚令尹子文之曾孫宮廄尹棄疾（見《左傳・昭公六年》）。據黃錫全對「楚子某」稱謂之考證，楚器中王之子稱王子，王之孫稱王孫，則「楚子棄疾」必非楚平王和令尹子南之子。因爲公子棄疾（楚平王）爲楚康王少子，楚靈王之弟，其即位前之器當稱爲「楚王子」；令尹子南爲楚莊王之子，其子棄疾便是莊王之孫，其器則當銘爲「楚王孫」。是以此二棄疾均不能稱爲「楚子」，故僅餘令尹子文之曾孫宮廄尹棄疾較有可能。宮廄尹棄疾爲楚靈王時人，曾在楚、吳兩國房鐘之戰（西元前 534 年）中被俘，其生存年代正與劉彬徽定此器的時代爲春秋晚期相符合，[註 79] 所以「楚子棄疾」很可能指得是楚靈王時之宮廄尹棄疾。

※上都府匜

出土：西元 1972 年湖北省襄陽山灣楚墓出土，有銘文 7 行 32 字。

銘文：隹正月初吉丁亥，上都府擇其吉金，盥（鑄）其𥂖匜，其眉壽無期，子=（子子）孫=（孫孫）永寶用之。

說明：此匜的形制、紋飾顯示出稍晚於上都公匜的時代特點，前已述上都公匜爲楚芈姓貴族之器，則此匜更應爲楚器。

※王孫霝匜（西元前 515～489 年，昭王元年至二十七年）

出土：西元 1975 年當陽曹家崗五號墓出土，銘文有 2 行 8 字。

銘文：王孫霝作蔡姬飤（食）匜。

說明：這是楚貴族王孫霝爲蔡姬所作之器，王孫霝可能即楚史上的著名

〔註79〕劉彬徽：《楚系青銅器研究》，頁 319～320。

人物申包胥。

※王子啓疆鼎

　　出土：銘文有 2 行 8 字。

　　銘文：王子啓疆自乍（作）飤（食）緐。

　　說明：或云「王子啓疆」即楚靈王時太宰薳啓強，〔註80〕但若依據黃錫
　　　　　全對於楚器中「王子」稱謂之分析，薳啓疆非楚王之子，不能自
　　　　　稱「王子」，所以此乃楚某一王子名啓疆之器，而非楚太宰薳啓疆
　　　　　之器。

※㔬兒盉盉

　　出土：西元 1986 年湖南岳陽縣黃口鎮蓮塘村鳳形嘴一號墓出土，器蓋、
　　　　　身內壁均有銘文 2 行 8 字。

　　銘文：㔬兒自乍（作）盥（鑄）其盉盉。

　　說明：此器從銘文字形、器形與紋飾可證明與王子申盉盉同爲楚器，年
　　　　　代亦應相近。器主自銘爲「㔬兒」，然不詳其身份。

※鄧公乘鼎

　　出土：西元 1974 年出土於湖北襄陽山灣楚墓，蓋、器同銘，各 4 行 16
　　　　　字。

　　銘文：鄧公乘自乍（作）飤（食）鬻，其眉壽無期，永保用之。

　　說明：此器形制要晚於楚子迼鼎及楚叔之孫佣鼎，相對年代可推定爲春
　　　　　秋晚期前段或春秋中晚期之際。鄧於西元前 678 年爲楚所滅，此
　　　　　器年代距鄧國滅年已晚了一百年有餘，因此它絕非鄧國之器，而
　　　　　是楚滅鄧國以後所封的鄧縣縣公之器。〔註81〕

※鄧𢾵鼎

　　出土：湖北京山出土，器銘 1 行 5 字。

　　銘文：鄧𢾵之飤（食）鼎。

〔註80〕李瑾、徐俊：〈論先秦楚國職官名稱及有關問題〉，《華中師院學報》1982 年第 6 期。
　　　　原文未能得見，此據黃錫全：〈楚器銘文中“楚子某”之稱謂問題辨證〉（《江漢考
　　　　古》西元 1986 年第 4 期，頁 75～82。）一文所引。

〔註81〕黃錫全：《湖北出土商周文字輯證》，頁 47。

說明：此亦爲楚滅鄧改爲縣邑後鄧氏之器。

※蘇兒缶

出土：西元 1977 年湖北省谷城縣出土，銘文一圈 28 字。

銘文：隹正月初多吉，蘇兒擇〔其〕吉〔金自乍（作）寶〕罍，眉壽無
　　　諅（期），子＝（子子）孫（孫孫）永保用之。

說明：此器或認爲乃下郡之郡國器，〔註82〕但據銅器銘文之辭例，「蘇兒」
　　　當爲人名，而非國名，如庚兒鼎：「徐王之子庚兒」，「兒」字前一
　　　字用爲人名，因此，「蘇兒」應是人名，而非下郡國名。

※析君述鼎

出土：此器向未著錄，銘文 4 行 16 字。

銘文：析君述擇其吉金，自乍（作）飤（食）麻，其永保用之。

說明：「析君」當是楚封在析邑之君。析邑在今河南淅川縣北，初爲郡
　　　邑，後爲楚邑。

※楚子夜鄴敦

出土：西元 1972 年湖北襄陽山灣三十三號墓出土，有銘文 2 行 7 字。

銘文：楚子夜鄴之飤（食）□。

說明：「楚子夜鄴」，爲楚王室某一貴族名字，此爲其自作之器。

※子季嬴青匜

出土：西元 1972 年湖北襄陽山灣三十三號墓出土，蓋、器同銘，4 行
　　　24 字。

銘文：子季嬴青擇其吉金，自乍（作）飤（食）匜，眉壽無期，子＝（子
　　　子）孫＝（孫孫）永保用之。

說明：這是子季嬴青自作之器，楚公族有「子季」氏，故此器「子季」
　　　爲氏稱，「嬴青」爲其名。此器與楚子夜鄴敦同出一墓，黃錫全認
　　　爲「子季嬴青」與「楚子夜鄴」應是同一人，「嬴青」是名，「夜
　　　鄴」是字，字前冠以「子」則是男子的尊稱或美稱。〔註83〕

〔註82〕陳萬千：〈蘇兒罍及郡國地望問題〉，《考古與文物》1988 年第 3 期，頁 75～77。

〔註83〕黃錫全：〈楚器銘文“楚子某”之稱謂問題辨證〉，《江漢考古》1986 年第 4 期，頁
　　　75～82。

※楚叔之孫途爲之盉

　　出土：西元 1980 年江蘇吳縣楓橋何山出土，肩部有篆書銘文 1 行 8 字。

　　銘文：楚叔之孫途爲之鎬（盉）。

　　說明：這是楚叔之孫名叫「途爲」的人自作之器。

※中子鬹浴缶

　　出土：西元 1983 年湖北谷城縣楚墓出土，銘文 2 行 6 字。

　　銘文：邨（中）子鬹之赴缶。

　　說明：「中」，氏稱；「鬹」，人名。此中子缶與前述中子化盤，器主均爲
　　　　　「中」氏，爲同一族氏，均爲楚器。

※盅子盤鼎蓋

　　出土：西元 1971 年由武漢市文物商店收集，蓋頂面有銘文 1 周 7 字。

　　銘文：盅子盤自乍（作）飤（食）鐈。

　　說明：「盅」可能與「中」字相同，本爲國名，後爲地名，以地名爲氏
　　　　　稱，爲楚地「盅」氏用器，「盤」則爲器主名。

※鄧尹疾鼎

　　出土：湖北襄陽山灣楚墓出土，蓋、器同銘，器名寫法有異，均 2 行 6
　　　　　字。

　　蓋銘：鄧尹疾之浴浧。

　　器銘：鄧尹疾之碩頃。

　　說明：「浴浧」、「碩頃」乃鼎之別名。此鼎形制和春秋晚期安徽蔡侯墓
　　　　　的飤鼎相似，年代亦應相近，爲春秋晚期器。鄧國於西元前 678
　　　　　年爲楚國所滅，故此鼎不可能爲鄧國之器，當爲楚器。「鄧尹疾」，
　　　　　當是鄧地大夫名疾者。

※鄧子午鼎

　　出土：西元 1971 年由武漢市文物商店收集，腹內壁有銘文 1 行 6 字。

　　銘文：鄧子午之飤（食）鐈（鎬）。

　　說明：此鼎形制與鄧尹疾鼎同，年代當相近，同爲春秋晚期楚地鄧氏之
　　　　　器。

※敵之鼎、蓋

出土：西元 1976 年湖北隨州市安居鎮義地崗出土，鼎、盞各一件。鼎
之器、蓋均同銘，1 行 4 字；盞之器、蓋亦同銘，2 行 6 字。

鼎銘：啟之行鼎。

盞銘：貯啟之行鼎。

說明：由銘文知此二器均爲一個名「啟」的人所鑄，「貯啟」當爲此人
之氏稱。

※永陳尊缶

出土：西元 1987 年湖北枝江縣關廟山一號楚墓出土，銘文 1 行 5 字。

銘文：永陸（陳）之尊缶。

說明：「永陳」當爲器主名，「陸」字寫法爲楚文字字體，且器出於楚墓，
故證此當爲楚器。

※裹鼎

出土：傳世器，器、蓋同銘，各有銘文 3 行 15 字。

銘文：裹自乍（作）飤（食）鐌鼉，其眉壽無期，永保用之。

說明：「裹」當爲作器者之名。「鐌鼉」又作「沰盉」或「碩沱」，是楚
國一帶對鼎的一種地方性稱呼。〔註 84〕觀此鼎的外撇長足及蟠繞
龍紋飾，爲春秋晚期特點，故器之年代應定爲春秋晚期。〔註 85〕

※鍬鼎

出土：西元 1977 年安徽貴池出土，帶反刻銘文，惜已殘缺，僅有一行
完整，5 字。

銘文：……楚弩恩之鍬。

說明：末一字當是器種名稱，簡報推測其年代約當春秋晚期至戰國初
年。〔註 86〕

※浴缶

出土：西元 1972 年湖北省襄陽市山灣二十三號楚墓出土，在其肩腹部
有銘文 2 字。

〔註 84〕「沰盉」及「碩沱」之稱，亦可見於鄧尹疾鼎銘文。

〔註 85〕劉彬徽：《楚系青銅器研究》，頁 339。

〔註 86〕安徽省博物館：〈安徽貴池發現東周青銅器〉，《文物》1980 年第 8 期，頁 25。

銘文：浴（浴）缶。

說明：此器的年代與墓葬的年代一致，爲春秋戰國之交。

※昭王之諻鼎、簋（西元前 488 年以後，楚惠王早期）

出土：傳世器，各有銘文 2 行 7 字。

鼎銘：邵（昭）王之諻之饋鼎。

簋銘：邵（昭）王之諻之盧（荐）簋。

說明：邵王即爲楚昭王，此乃爲楚昭王之母所作之器，器銘稱昭王，器
      應作於昭王死後接位的惠王時期，且爲惠王早期。

五、戰國早期

戰國時期之起迄年代，相當於西元前 488 年到楚國滅亡之年（西元前 223
年）。戰國早期則約以楚惠王（章）、簡王（仲）、聲王（當）、悼王（熊疑）、肅
王（臧）在位期間爲區隔，相當於西元前五世紀中葉（西元前 488 年）到前四
世紀中葉。

※楚王酓章劍（西元前 488～432 年，楚惠王元年至五十七年）

出土：安徽壽縣出土，銘文在劍身，2 行約 14 字，有的字已不可辨識。

銘文：楚王酓章爲趑（從）□士鉊（鑄）劍，用□用徵。

說明：這是楚惠王熊章爲他人所作之劍。春秋劍莖大都無箍，戰國時期
      則盛行劍莖施箍，此劍莖無箍時代較早，或可認爲此劍之作當在
      楚惠王在位之初年。〔註87〕

※楚王酓章戈（西元前 488～432 年，楚惠王元年至五十七年）

出土：河南洛陽出土，銘文字體爲錯金鳥書體，援部 2 行，每行 7 字，
      胡部 2 行，每行 2 字，共 18 字。

銘文：楚王酓璋嚴斁（恭）寅乍（作）鉈戈，以邵（昭）膓（揚）文武
      之用戈。

※楚王酓章鐘（西元前 433 年，楚惠王五十六年）

出土：宋代在湖北安陸出土兩件同銘的編鐘，其一銘文完整，11 行 34
      字；其一僅存後半部銘文，凡 7 行 21 字。

銘文：1.隹王五十又六祀，返自西膓（陽），楚王酓章乍（作）曾侯乙宗

〔註87〕劉彬徽：〈楚國有銘銅器編年概述〉，《古文字研究》第九輯，頁 348。

彝，奠（奠）之于西旛（陽），其永時（持）用享。——鼓部

穆商商。——隧部

2.……乍（作）曾侯乙宗彝，奠（奠）之于西旛（陽），其永時（持）

用享。——鼓部

少翆（羽）反。宮反。——隧部

說明：舊稱曾侯鐘。畬章即熊章，乃楚惠王爲曾侯乙製作之祭器。

※楚王畬章鎛（西元前 433 年，楚惠王五十六年）

出土：西元 1978 年湖北隨縣擂鼓墩曾侯乙墓出土，鉦部有銘文 3 行 31

字。

銘文：隹王五十又六祀，返自西旛（陽），楚王畬章乍（作）曾侯乙宗

彝，奠（奠）之于西旛（陽），其永時（持）用享。

※卲之御鹽

出土：西元 1975 年出土於隨州均川劉家崖，兩件同銘，鼎蓋內鑄有銘

文 2 行 4 字。

銘文：卲（昭）之御鹽。

說明：卲乃作器者之名，或疑此爲楚昭王器，然楚器中楚君的稱謂早期

稱「楚公」，如楚公逆鎛；後來則稱「楚王」，如楚王領鐘、楚王

畬章鎛；或稱「王」，如王命節；或稱諡號，如昭王之諻鼎。除早

期稱楚公外，其餘必加「王」子，故知此器非楚王之器。查楚國

王族三大姓之一有昭氏，則「卲」或爲氏名，但也有可能爲人名。

「鹽」爲器名，屬方豆的一種，「鹽」可能是行於楚之異名。從器

形、紋飾看，年代約爲春秋晚期至戰國早期。〔註88〕

※卲之飤鼎

出土：西元 1980 年四川新都縣出土，鼎蓋內有刻銘 2 行 4 字。

銘文：卲（昭）之飤（食）鼎。

說明：此器與卲之御鹽同，「卲」可能是人名，也可能是昭氏之氏名。

※坪夜君鼎

出土：傳世器，僅有銘文著錄，銘文 1 行 7 字。

〔註88〕劉彬徽：《楚系青銅器研究》，頁 332。

銘文：坪夜君成之載鼎。

說明：坪夜君，見於曾侯乙墓遣冊，是楚國的封君，「成」爲其名。裘
　　　錫圭把「坪夜」讀成平輿，平輿是楚邑名，地點在今河南平輿縣
　　　北。〔註89〕

※傳世留鐘

出土：傳世器。

銘文：留爲弔（叔）之麑禾鐘。

說明：此器僅見銘文，出土概況、形制、花紋均不詳，今據銘文之筆勢
　　　風格，疑其爲楚器。

※盛君縈匜

出土：西元 1981 年湖北省隨州市擂鼓墩二號墓出土，器蓋同銘 2 行 6
　　　字。

銘文：盛君縈之卸（御）匜。

說明：「盛君」乃楚封君，「縈」爲其名。「盛」與「成」古通用，乃楚
　　　成邑之封君。此以封地名爲氏稱。楚成氏爲楚王室貴族的一支，
　　　如成得臣（即子玉），楚成王時官至令尹。成邑地望在今鐘祥境
　　　內。〔註90〕

※番子成周鐘

出土：出於河南固始古堆 M1，原鐘銘被鏟掉，再刻上此銘四字。

銘文：番子成周。

說明：番即潘，原爲小國名，後被楚所滅，此當爲楚人在番邑者所作。

※番仲戈

出土：西元 1978 年湖北當陽金家山 M43 出土，援部、胡部有錯金鳥篆
　　　銘文 2 行 8 字。

銘文：番中（仲）乍（作）白（伯）皇之佶（造）戈。

說明：「番仲」和「伯皇」均爲人名。「番」即潘，以地名（原爲國名）

〔註89〕裘錫圭：〈談談隨縣曾侯乙墓的文字資料〉，《文物》1979 年第 7 期，頁 25～31。

〔註90〕何浩、賓暉：〈盛君縈及擂鼓墩二號墓墓主的國別〉，《楚文化研究論集》第一集，
　　　頁 224～234。

爲氏稱，其時潘國已被楚滅，此番仲或爲楚人之在番邑者，或爲
原番國公族，國亡後入仕於楚者。

※鄭之寶戈

出土：西元 1975 年湖北江陵縣雨臺山 M133 出土，戈援至胡部有銘文 1
行 4 字。

銘文：鄭之寶戈。

說明：「鄭」可能爲氏族之名，亦有可能爲人名。戈屬戰國早期，此時
養國已爲楚滅，故此爲楚器。

※楚王孫漁戈戟

出土：西元 1958 年湖北江陵縣新民泗陽場長湖邊出土，爲一件雙戈戟，
錯金鳥書體銘文 2 行 6 字。

銘文：楚王孫漁之用。

說明：石志廉將王孫漁考爲《左傳》昭公十七年戰死於吳楚長岸之役的
司馬子魚，〔註 91〕容庚〈鳥書考〉說同。劉彬徽認爲司馬子魚爲
一位「公子」，也就是王子，而王孫漁只是位「王孫」，與王子的
地位是不能等同的；且依戟形判斷此器與曾侯乙戟相似，年代也
應相同，當爲戰國早期器物，與司馬子魚卒年（西元前 525 年）
時代相去太遠。〔註 92〕根據劉說，則此器器主「王孫漁」之身份，
尚有待重新考慮。

※絑戈

出土：荊州博物館收集，胡有銘文 3 字。

銘文：絑絑中。

說明：此戈簡訊定爲邾國之器，〔註 93〕非是，銘文未指明國別，據形制
與字體看，與楚戈相類，可歸爲楚器。

※周瑞戈

出土：西元 1975 年湖北江陵縣雨縣山 M100 出土，銘在援部，1 行 4 字。

〔註 91〕 石志廉：〈楚王孫漁銅戈〉，《文物》1963 年第 3 期，頁 46～47。

〔註 92〕 李零：〈楚系青銅器銘文匯釋〉，《古文字研究》第十三輯，頁 377～378。

〔註 93〕 王毓彤：〈江陵發現一件春秋帶銘夔紋戈〉，《文物》1983 年第 8 期。

銘文：周膓（陽）之戈。

說明：「周膓」爲人名，無考。

※析君戟

出土：西元 1978 年湖北隨縣曾侯乙墓出土，銘在援、胡部，1 行 7 字。

銘文：牁（析）君墨脅之郜（造）鉡（戟）。

說明：「析君」爲楚之封君，其名爲「墨脅」。析君封邑在今河南省西峽縣南。〔註94〕《左傳‧哀公十八年》（西元前 479 年）記載楚惠王時，楚公孫寧曾爲析君；封君可世襲，故此戟之析君墨脅，有可能是公孫寧之後裔。

※鄸君戟

出土：西元 1978 年湖北隨縣曾侯乙墓出土，銘在援部，1 行 4 字。

銘文：鄸（析）君乍（作）之。

說明：「鄸」字當與上述析君戟之「牁」字同釋爲「析」，就音讀上分析，三字同從「斤」旁，聲音必相近；就字形上而論，從「木」旁表示以斧判木，從「片」旁表示以斧將物判爲一半，〔註 95〕至於「屮」旁則可能爲「木」旁形訛所致，「邑」旁則因其爲地名而衍加。此外，此二器同出曾侯乙墓，必有其地緣上之關係，最大的可能就是同地所出，故「鄸」、「牁」二字當同釋爲「析」，亦即此皆爲析君之器。

※宜章鏃

出土：西元 1955 年湖南長沙左家公山出土。

銘文：宜章。

說明：依其銘文書體，疑此爲戰國早期器。

六、戰國中期

此期約以楚宣王（熊良夫）、威王（熊商）、懷王（熊懷）、頃襄王在位期間爲區隔，約當於西元前四世紀中葉至前三世紀中葉。

※曾姬無卹壺（西元前 344 年，楚宣王二十六年）

〔註94〕何浩：〈戰國時期楚封君初探〉，《歷史研究》，1984 年第 5 期。

〔註95〕《說文解字》七篇上云：「片，判木也，從半木。」

出土：安徽省壽縣出土，共兩件，同形同銘，銘文5行40字（合文1）。

銘文：隹王廿=（二十）又六年，聖（聲）趄之夫人曾姬無卹，虡宎茲漾陵蒿間之無匹馬（匹），甬（用）乍（作）宗彝尊壺，後嗣甬（用）之，職在王室。

說明：「聖趄夫人」即爲楚聲王之夫人，器則作於楚宣王二十六年（西元前344年）。這個聲王夫人乃宣王之祖母，是曾國的姬姓女子，名「無卹」，嫁楚聲王爲夫人。「虡宎茲漾陵蒿間之無匹馬」句，李家浩釋讀爲「鎮撫茲漾陵郊間之無匹」，即鎮撫漾陵一地百姓之意。〔註96〕

※鄂君啟節（西元前322年，楚懷王七年）

出土：西元1957年安徽省壽縣九里鄉丘家花園出土金節四枚，車節三，舟節一；西元1960年續得舟節一枚，車節三枚。節面各有錯金文字9行，舟節每節164字，車節每節147字，共795字。

車節銘：大司馬卲（昭）鄢（陽）敗晉市（師）於襄陵之歲（歲），夏屎之月，乙亥之日，王尻（居）於茂郢之遊宮，大攻（工）尹脽以王命=（命命）集尹紹（悼）糈、裁（緘）尹逆，裁（緘）敔（令）阢爲鄂君啟之賡（府）賸（續）盬（鑄）金節。車五十乘，歲（歲）罷（能）返，毋載金革黽箭，女（如）馬，女（如）牛，女（如）德（特），屯（皆）十以堂（當）一車，女（如）檐（擔）徒，屯廿檐（擔）以堂（當）一車，以毀於五十乘之中。自鄂市，庚（經）易（陽）丘，庚（經）邡（方）城，庚（經）旨（菟）禾（和），庚（經）酉焚，庚（經）緐（繁）易（陽），庚（經）高丘，庚（經）下鄰（蔡），庚（經）居鄵（巢），庚（經）郢。見其金節則毋政（徵），毋舍榑（傳）飤（食），不見其金節則政（徵）。

舟節銘：大司馬卲（昭）鄢（陽）敗晉市（師）於襄陵之歲（歲），夏屎之月，乙亥之日，王尻（居）於茂郢之遊宮，大攻（工）尹脽以王命=（命命）集尹紹（悼）糈、裁（緘）尹逆，裁（緘）敔（令）阢爲鄂君啟之賡（府）賸（續）盬（鑄）金節。屯（皆）三舟爲

〔註96〕李家浩：〈從曾姬無卹壺銘文談楚滅曾的年代〉，《文史》第三十三輯。

一睘，五十睘，戡（歲）罷（能）返，自鄂市，，逾沽（湖），辻（上）灘（漢），庚（經）厝（郢），庚（經）芸昜（陽），逾灘（漢），庚（經）邔，庚（經）夏，內（入）厝（湏），逾江，庚（經）彭弒（射），庚（經）松昜（陽），內（入）瀘（瀘）江，庚（經）爰陵，赴（上）江，內（入）湘，庚（經）㯮，庚（經）邶昜（陽）內（入）灄（耒），庚（經）酃（郴），內（入）漿（資）、沅、澧、澝（油）、辻（上）江，庚（經）木關（關），庚（經）郢。見其金節則毋政（徵），毋舍槫（傳）飤，不見其金節則政（徵）。女（如）載馬牛羊以出內（入）闌（關），則政（徵）於大膚（府），毋政（徵）於闌（關）。

說明：這是楚懷王發給貴族鄂君啓運輸貨物的免徵關稅通行憑證。節銘「大司馬昭陽敗晉師于襄陽之歲」，爲發生於楚懷王六年之事，而楚國曆法是用殷曆「建丑爲正」，據紀年法可推定金節鑄造年代當爲楚懷王七年（西元前 322 年）。

※똴篙鐘

出土：西元 1957 年河南信陽縣長臺關一號楚墓出土紐鐘十三，只有最大的一件有銘文，左右鼓的正反面共有銘文 12 字。

銘文：唯똴（荊）篙（曆）屈欒（夕），晉人救戎於楚竸（境）。

說明：銘文「晉人救戎於楚境」，郭沫若認爲即晉滅陸渾戎而楚救援之事，定鐘年代爲西元前 525 年。〔註97〕顧鐵符則考爲楚滅戎蠻子赤一事，定鐘年代爲西元前 491 年。〔註98〕劉彬徽則據此鐘形制時代特點，認爲過去所定年代過於偏早，而將其年代定爲戰國中期，但不能判定其絕對年代。

※王命節

出土：傳世四器，西元 1946 年湖南省長沙市東郊黃泥坑又出土一器，正面鑴刻有銘文 5 字，反面有銘文 4 字，計 9 字。

〔註97〕郭沫若：〈信陽墓的年代與國別〉，《文物參考資料》1958 年第 1 期，頁 5。

〔註98〕顧鐵符：〈信陽一號楚墓的地望與文物〉，《故宮博物院院刊》1979 年第 2 期，頁 76～80。

銘文：王命=（命命遄（傳）賃（任）一檐（擔）飤（食）之。

說明：同銘之器有五，〔註 99〕其字體與辭例與鄂君啓節有相似之處，故年代亦應與鄂君啓節相近。

※新弨戟

出土：西元 1955 年湖北南漳縣出土，援、胡部有鳥篆銘文 1 行 8 字。

銘文：新弨自敓（命）弗戟。

說明：這是一個名爲「新弨」之人自用之戟。

※郙之新郜戈

出土：共兩件，一件爲傳世器，另一件爲長沙近郊出土，銘文均在戈之內部，2 行 4 字。

銘文：郙之新郜（造）。

說明：包山楚簡有「新造」一官名，故此器當爲郙縣新造官府所造。

※秦王卑命鐘（西元前 325 年，楚懷王四年以後）

出土：西元 1973 年湖北省當陽縣季家湖遺址一號臺基出土，鉦部和左鼓部刻有銘文 12 字。

銘文：秦王卑命競（竟）坪（平）王之定救秦戎。

說明：李瑾認爲本器銘辭完整，敘述清楚，文意充足，銘文內容指的是秦桓公二十六年秦晉兩國之間發生的一次戰事，故定此爲秦器。〔註 100〕劉彬徽將此定爲楚器，理由有三點：一是器出於楚墓；二是發掘報告曰：「這十二個字只不過是一組編鐘上、下連貫銘文的一部分」，也就是說這是整套編鐘中散出的一件，銘文並不完整；〔註 101〕三是銘文既云「王之定救秦戎」，這個「王」顯然就不是秦王，所以開頭的「秦」、「王」二字不當連讀，「王」字與後面的「王」字應指同一人，應爲楚王。〔註 102〕李瑾之說

〔註 99〕據張師光裕告之，美國、香港各有同銘之器一件，故現今可得見的王命節應共有七件。

〔註 100〕李瑾：〈關於《競鐘》年代的鑒定〉，《江漢考古》1980 年第 2 期，頁 55～59。

〔註 101〕湖北省博物館：〈當陽季家湖楚城遺址〉，《文物》1980 年第 10 期，頁 31～39。

〔註 102〕劉彬徽：《楚系青銅器研究》，頁 340。

有一最大的缺失，即器若是秦桓公時器，其時秦尚未稱王，與銘文自稱爲王不合。那麼，有沒有可能是其他秦王之器呢？查秦稱王在秦惠王十三年（西元前 325 年），當楚懷王四年，而李零、劉彬徽均將此器年代定爲戰國中期前段，似亦與稱「秦王」的時間有些差距。據此二點理由，故本文采李零、劉彬徽之說，將此器歸於楚器。

※正易鼎

　　出土：西元 1959 年湖南常德縣德山 M26 出土，腹外壁銘文 2 字。

　　銘文：正易（陽）。

　　說明：正陽爲地名。

※隴公戈

　　出土：西元 1975 年湖北江陵縣雨臺山 M169 出土，內部後端刻銘文 3 字。

　　銘文：隴公戈。

　　說明：「隴公」當爲楚隴地縣公，其地無考。

※燕客銅量

　　出土：西元 1984 年在長沙收集，外壁一處方框內有銘文 6 行 59 字（合文 3）。

　　銘文：郾（燕）客臧嘉聞王於茷郢之哉（歲），享月己酉之日，酈（羅）莫囂（敖）臧分，連囂（敖）屈走，以命攻（工）尹穆丙，攻（工）差（佐）競（竟）之。集尹陸（陳）夏，少集尹龏賜，少攻（工）差（佐）孝癸，𨮣（鑄）廿=（二十）金䈱（筲），以䀂（益）䖓䙎。

　　說明：銘文首字，周世榮釋爲「郮」，〔註103〕李零釋爲「燕」。〔註104〕

※王刀

　　出土：西元 1965 年湖北江陵望山 M1 出土，共兩件。

　　銘文：王。

〔註103〕周世榮：〈楚郮客銅量銘文試釋〉，《江漢考古》1987 年第 2 期，頁 87～88。

〔註104〕李零：〈楚燕客銅量補正〉，《江漢考古》1988 年第 4 期，頁 102～103。

※王刀

　　出土：西元 1965 年湖北江陵縣紀南城出土，刀後端有銘 1 字。

　　銘文：王。

※君字車轄

　　出土：西元 1980 年出於湖北江陵天星觀一號楚墓，在車轄頂端刻有銘
　　　　　文 1 字。

　　銘文：君。

※奠字劍

　　出土：西元 1975 年湖北枝江縣馬店鎮出土，劍身一側刻銘 1 字。

　　銘文：奠。

　　說明：銘文筆道細而淺，屬刻銘。「奠」字可能爲器主名。

※繁陽之金劍

　　出土：西元 1974 年出於河南洛陽一戰國墓中，劍身錯紅銅蚊腳書文字 4
　　　　　個。

　　銘文：緐（繁）湯（陽）之金。

　　說明：戰國時期繁陽爲楚地，劍的原主當爲繁陽之地的楚人，其後由於
　　　　　戰爭等因而輾轉流入洛陽。

※陳往之歲戟

　　出土：傳世器，銘文 1 行 8 字。

　　銘文：陳暀（往）之歲（歲），告（造）府之戟。

　　說明：「暀」即「往」字，楚以大事紀年，「陳往之歲」是以陳往進行過
　　　　　的某項重要活動這一大事來紀年的，這表示陳往非一般的楚人，
　　　　　應該是楚的一個貴族。

※陳往戈

　　出土：西元 1982 年湖北鄂王城遺址出土，援部刻銘文 2 字。

　　銘文：陳往。

　　說明：此與上述之器當屬同一人之器，此人之戈出於鄂王城內，也許他
　　　　　就是鄂王城內的一個貴族或官吏。

※藝君戈

出土：西元 1971 年出於湖北江陵拍馬山 M10，胡部刻有鳥蟲書銘文 1
　　　行 5 字（合文 2）。

銘文：𧊒君鳳䵽（寶有）。

說明：銘文依何琳儀所釋，〔註 105〕「𧊒」爲楚國地名，此爲𧊒地封君名
　　　「鳳」者之器。發掘簡報將年代定在春秋晚期，黃盛璋認爲應屬
　　　戰國早期，劉彬徽據此墓同出之陶鬲特徵，判斷此墓及此戈的年
　　　代當爲戰國中期。〔註 106〕

※王矛
出土：西元 1987 年湖北武漢市漢陽縣熊家嶺 M18 出土，骹上鑄銘陰文
　　　1 字。

銘文：王。

說明：簡報據出土器物形制及墓地布局狀況，推測此墓年代約當戰國中
　　　期。〔註 107〕

七、戰國晚期

此期約以楚頃襄王、考烈王、幽王、負芻在位期間爲區隔，約當西元前三
世紀中葉至秦統一六國。

※中陽鼎（西元前 278 年以前）
出土：西元 1985 年湖南省桃源縣三元村 M1 出土，鼎口外側橫刻 1 行銘
　　　文，共 12 字，分爲兩段，字的讀向相反。

銘文：𢓴（中）易（陽），王鼎，容廿=（二十）五口午之十七。

說明：簡報定墓的年代爲戰國中期偏晚，但墓中所出壺的形制與楚幽王

〔註 105〕〈湖北江陵拍馬山楚墓發掘簡報〉（《考古》西元 1973 年第 3 期，頁 151～161。）
　　　　釋爲「郜君用寶」，黃盛璋〈江陵拍馬山鳥篆戈銘新釋〉（《楚文化新探》）釋爲「邘
　　　　（郢）君作敊（造）」，李零〈楚國銅器銘文編年匯釋〉（《古文字研究》第 13 輯，
　　　　頁 378）釋爲「蓏君兔䵽（寶有）」。何琳儀〈戰國兵器銘文選釋〉（中國古文字研
　　　　究會第七次年會論文）分析首字五個偏旁，應隸定爲「𧊒」，可省邑作「𧊒」，爲
　　　　地名，楚璽中便有「𧊒關」之印。

〔註 106〕劉彬徽：《楚系青銅器研究》，頁 351。

〔註 107〕武漢市考古隊、漢陽縣博物館：〈武漢市漢陽縣熊家嶺東周墓發掘〉，《文物》1993
　　　　年第 6 期，頁 65～76。

墓的壺相似，故定其年代爲戰國晚期偏早可能更適當些，大約爲西元前 278 年秦國攻佔郢都前不久所鑄。〔註108〕

※楚王酓前鐈鼎、鉈鼎、匜、盤（西元前 262～238 年，楚考烈王器）

出土：西元 1933 年安徽省壽縣朱家集李三孤堆出土。鐈鼎一件，器有銘文 12 字，蓋上銘文分爲二處，在蓋頂部紋飾空間處有 4 字，蓋沿上有 2 字。鉈鼎一件，鼎口沿有銘文 1 行 12 字。匜現存四件，口上銘同，器底銘異。盤一件，銘文口沿，作蚊腳書字體，1 行 12 字。

鐈鼎銘：楚王酓前戋（作）盥（鑄）𩵋（鐈）鼎，以共（供）戠（歲）嘗（嘗）。──器銘

集脰祀鼎。──蓋上面

集脰。──蓋沿銘

鉈鼎銘：楚王酓前戋（作）盥（鑄）鉈鼎，以共（供）戠（歲）嘗（嘗）。

匜銘：楚王酓前戋（作）盥（鑄）金匜，以共（供））戠（歲）嘗（嘗）。──口上銘。

戊寅。──器底銘

乙。──器底銘

辛。──器底銘

盤銘：楚王酓前乍（作）爲盥（鑄）盤，以共（供）戠（歲）嘗（嘗）。

說明：「酓前」即爲楚考烈王，故酓前諸器應作於其在位至死年爲止。

※壽春賡鼎（？～西元前 241 年）

出土：天津市收集，蓋邊沿刻字兩行，分列左右，一邊 3 字，一邊 4 字，共 7 字。

銘文：壽春賡（府）鼎。

暜罗鬳（肴）。

說明：楚遷都壽春後改名曰郢，而此鼎稱壽春府，表明爲遷都前之器，但器之形制有戰國晚期特徵，因之，作器年代大約在遷郢於壽春之前不久。

〔註108〕劉彬徽：《楚系青銅器研究》，頁 354。

※盇鼎

出土：傳世器，口沿刻有銘文 7 字。

銘文：盇所佸（造）饋鼎。中腏（肴）。

說明：銘文不清，釋文尚有疑問。「盇」當爲人名。此器形與壽春鼎相
　　　似，年代當亦相近。

※造賡之右伹鼎

出土：傳世器，在腹壁外側有銘文 1 行 8 字。

銘文：□佸（造）賡（府）之右伹（冶）□盛。

說明：「造府」爲楚主管制造的機構，「右冶」爲其下的冶鑄機構，「□
　　　盛」爲冶匠名。

※右坙刃鼎

出土：長沙出土，銘文刻在蓋緣、蓋內、腹必三處，同爲 3 字。

銘文：右坙刃。

※東陵鼎

出土：西元 1952 年浙江省文物管理委員會徵集，蓋緣兩側各有銘文 3
　　　字。

銘文：大右秦。

　　　東陵厠（肴）。

說明：大右是職官名，秦爲人名。「東陵」爲地名，亦見於包山楚簡。「大
　　　右秦」三字爲鑄文，「東陵厠」三字爲刻文。此鼎蓋形與壽春鼎蓋，
　　　右坙刃鼎相似，年代亦應相近。

※巨苣鼎（西元前 241 年以後）

出土：西元 1955 年安徽省蚌埠市八里橋出土，三件鼎有銘文，其中兩
　　　件同銘，刻文爲 7 字；另一件 4 字。

銘文：1. 巨苣。王。──一耳

　　　　　巨苣。十二。──另一耳

　　　2. 巨苣。十九。

說明：銘文有王字，表明這些鼎爲巨苣地方所造，以做王室之用，應爲
　　　西元前 241 年楚遷郢於壽春以後的楚器，鑄造年代略早於壽縣楚

幽王時的銅器。

※太子鼎、太子鎬（西元前 238 年）

出土：西元 1933 年安徽省壽縣朱家集李三孤堆出土鼎三件，兩件銘文
刻於兩耳上，一耳 2 字，一耳 3 字，共 5 字；另一件銘文在蓋緣，
1 行 5 字。鎬一件。口沿有 6 字銘文。

鼎銘：集脰。太子鼎。

鎬銘：太子之鎬。集脰。

說明：銘文有「集脰」兩字，未見於酓前器，而見於幽王世器物，此太
子應指楚幽王為太子之時，即尚未為王之時，其年代仍屬考烈王
世，應為考烈王晚年時之鑄器。

※楚王酓忎鼎、盤（西元前 234 年，楚幽王四年）

出土：西元 1933 年安徽省壽縣朱家集李三孤堆出土。鼎共兩件。一件
蓋、器共有銘文 64 字，其中器計 31 字，器口 1 行 20 字，腹內 9
字，腹底 2 字；蓋計 33 字，蓋邊 1 行 22 字，蓋內 2 行 11 字。另
一件之正文與第一件同，不同之處在於冶師之名不同。盤一件，
銘文分兩處，共 29 字。

鼎銘：1. 楚王酓忎戰隻（獲）兵銅，正月吉日，窒盥（鑄）喬（鎬）鼎，
以共（供）戠（歲）棠（嘗）。——器口銘

　　但（冶）帀（師）盤（般）埜（野）、差（佐）秦忑為之。—
　　—腹銘

　　三楚。——腹部花紋中銘

　　集脰。——腹內銘

　　楚王酓忎戰隻（獲）兵銅，正月吉日，窒盥（鑄）喬（鎬）鼎
之盍（蓋），以共（供）戠（歲）棠（嘗）。——蓋口銘

　　但（冶）帀（師）專（傅）秦、差（佐）苛膌為之。——蓋內
銘

　　集脰。——蓋內銘

　　2. 楚王酓忎戰隻（獲）兵銅，正月吉日，窒盥（鑄）喬（鎬）鼎，
以共（供）戠（歲）棠（嘗）。——器口銘

但（冶）帀（師）翠（紹）坒、差（佐）墜（陳）共爲之。
——腹銘

楚王酓忎戰隻（獲）兵銅，正月吉日，窀盗（鑄）喬（鐈）鼎
之盉（蓋），以共（供）歲（歲）棠（嘗）。——蓋口銘

但（冶）帀（師）翠（紹）坒、差（佐）墜（陳）共爲之。
——蓋內銘

集脰。——蓋內銘

盤銘：楚王酓忎戰隻（獲）兵銅，正月吉日，窀盗（鑄）少（小）盤，
以共（供）歲（歲）棠（嘗）。——唇銘

但（冶）帀（師）翠（紹）坒、差（佐）墜（陳）共爲之。——
腹外銘

說明：酓忎即楚幽王熊悍。幽王三年秦魏伐楚，銘曰「正月」，故諸酓
忎器均當爲楚幽王四年時所造。

※盤垫匕（西元前237～228年，楚幽王器）

出土：西元 1933 年安徽省壽縣朱家集李三孤堆出土兩件，每件上有銘
文1行7字。

銘文：1. 但（冶）盤垫秦忎爲之。

2. 但（冶）盤垫秦忎爲之。但（冶）吏秦。

說明：與酓忎同出一墓其它諸器，銘文中雖無酓忎之名，但花紋及字體
均與酓忎器相同；且此類冶師諸器，其所刻冶師、冶佐之名，均
見於前述酓忎諸器，其器應即與鼎、盤配套使用，係同時同人所
爲之器，故應均屬楚幽王（酓忎）之器。

※專秦勺、匕（西元前237～228年，楚幽王器）

出土：西元1933年安徽省壽縣朱家集李三孤堆出土，勺三件，匕二件，
每件上有銘文1行7字。

銘文：但（冶）專（傅）秦、苛脰爲之。

※翠坒匕（西元前237～228年，楚幽王器）

出土：西元 1933 年安徽省壽縣朱家集李三孤堆出土三件，每件上有銘
文1行7字。

銘文：旦（冶）絮（紹）坐、陸（陳）共爲之。

※大賸匜（西元前 237～228 年，楚幽王器）

出土：西元 1933 年安徽省壽縣朱家集李三孤堆出土，器內底銘文 4 字。

銘文：大賸（府）之匜。

說明：大賸匜的紋飾與盦前匜的差別較大，而與盦忈匜的差別較小，並
與鑄客作器中的御廷匜花紋相同；御廷匜爲幽王盦忈時物，故大
賸匜也應是盦忈時之器。

※大賸盞（西元前 237～228 年，楚幽王器）

出土：西元 1933 年安徽省壽縣朱家集李三孤堆出土，口沿有銘文 1 行 5
字。

銘文：大賸（府）之饋盞。

說明：此與上述大賸匜同爲大府之器，故年代也應相當。

※大賸鎬（西元前 237～228 年，楚幽王器）

出土：西元 1933 年安徽省壽縣朱家集李三孤堆出土，口部外壁橫刻銘
文 1 行 17 字。

銘文：秦客王子齊之戕（歲），大賸（府）爲王□飤晉鎬。集脰。

說明：此或釋爲楚考烈王爲太子時爲質於秦國，也就是頃襄王二十七年
（西元前 271 年）時所作之器。〔註109〕劉彬徽則認爲「秦客」非
「客於秦」之意，而是指秦國的使者，銘文首句意指秦國的使者
王子齊出使到楚國來故以此大事來紀年。此事於史無載，難以考
定絕對年代，但因其與大賸匜、大賸盞同爲大府之器，故推測其
年代也就很可能是幽王盦忈在位之世。〔註110〕

※愆字鼎（西元前 237～228 年，楚幽王初年器）

出土：西元 1933 年安徽省壽縣朱家集李三孤堆出土，銘文 1 字。

銘文：愆。

說明：此鼎雲紋與楚王盦前匜相近，年代也許略早於鑄客作器年代，可
能爲幽王初年所鑄之器。

〔註109〕殷滌非：〈壽縣楚器中的‘大賸鎬’〉，《文物》1980 年第 8 期，頁 26～27。

〔註110〕劉彬徽：《楚系青銅器研究》，頁 362。

※客豐愆鼎（西元前 237～228 年，楚幽王初年器）

　　出土：西元 1933 年安徽省壽縣朱家集李三孤堆出土，共四件，口沿銘
　　　　　文 3 字。

　　銘文：客豐愆。

　　說明：從形制、紋飾看，與鑄客諸器不同，且此鼎與上述愆字鼎顯為同
　　　　　一個人所鑄，故年代亦應相近。

※大后脰官鼎（西元前 237～228 年，楚幽王器）

　　出土：西元 1933 年安徽省壽縣朱家集李三孤堆出土，銘文在口沿，1 行
　　　　　9 字。

　　銘文：盥（鑄）客為大（太）句（后）脰（廚）官為之。

　　說明：太后，應為幽王之母，考烈王之后，這是幽王在位時為太后的廚
　　　　　官所鑄之器。

※王后六室器（西元前 237～228 年，楚幽王器）

　　出土：西元 1933 年安徽省壽縣朱家集李三孤堆出土，有匜四件、豆四
　　　　　件、缶二件、鎬二件，都有相同的 9 字銘文。

　　銘文：盥（鑄）客為王句（后）六室為之。

　　說明：匜的紋飾和酓忎鼎紋飾一致，應為同時鑄造之物，王后應為幽王
　　　　　之妻。

※王后少賡鼎

　　出土：西元 1933 年安徽省壽縣朱家集李三孤堆出土，鼾兩件，鼎一件，
　　　　　有相同的銘文，1 行 9 字。

　　銘文：盥（鑄）客為王句（后）小（少）賡（府）為之。

※御珵匜（西元前 237～228 年，楚幽王器）

　　出土：西元 1933 年安徽省壽縣朱家集李三孤堆出土，銘文 1 行 7 字。

　　銘文：盥（鑄）客為御珵（室）為之。

　　說明：此匜紋飾與大賡匜同，為同一鑄客所鑄，年代應相近。

※集糈諸器（西元前 237～228 年，楚幽王器）

　　出土：西元 1933 年安徽省壽縣朱家集李三孤堆出土，有三器，其中之
　　　　　一為幽王墓內最大的鼎，口沿刻有銘文 12 字。

銘文：1. 盥（鑄）客為集翮（腏）、冷翮（腏）、昃翮（腏）為之。

2. 盥（鑄）客為集翮（腏）為之。

3. 大子鼎。集翮（腏）。

說明：標號一之大鼎飾菱形Ｓ紋，與盦忎鼎同，為同時之物，可斷其年代為幽王世。

※集醻諸器（西元前 237～228 年，楚幽王器）

出土：西元 1933 年安徽省壽縣朱家集李三孤堆出土，計有鼎、盍、爐、鏇各一件，都有相同的銘文 1 行 7 字。

銘文：盥（鑄）客為集醻為之。

說明：「集醻」為楚王室總管釀酒的機構。

※集糈諸器（西元前 237～228 年，楚幽王器）

出土：西元 1933 年安徽省壽縣朱家集李三孤堆出土，計有鼎一件，銘文 1 行 7 字；甗一件，銘文 1 行 8 字。

鼎銘：盥（鑄）客為集糈為之。

甗銘：盥（鑄）但（冶）客為集糈〔小〕〔賡〕〔為〕〔之〕。

說明：「小賡」二字不顯，但可辨認；「為之」二字據鼎銘格式推測，原字已不顯。信陽長台關楚簡記有「集糈之器」，天星觀楚簡亦記有「集糈尹」，「集糈」當為主管膳食之機構。

※集既諸器（西元前 237～228 年，楚幽王器）

出土：西元 1933 年安徽省壽縣朱家集李三孤堆出土，計有甗、方爐各一件，口沿有銘文 1 行 8 字。

銘文：盥（鑄）客為集既盥（鑄）為之。

說明：「集既」為楚王室總管餼廩的機構。

※集脰諸器（西元前 237～228 年，楚幽王器）

出土：西元 1933 年安徽省壽縣朱家集李三孤堆出土，計有鼎四件，三件銘文為 1 行 7 字，另一件分書二處，一處 5 字，另一處 2 字；鎬和方爐各一件，銘在口沿，1 行 7 字。

銘文：盥（鑄）客為集脰（廚）為之。——鼎銘

盥（鑄）客為集脰（廚）。為之。——鼎銘

　　　盥（鑄）客爲集脰（廚）爲之。——鎬銘、方爐銘

說明：「集脰」當爲楚王室總管膳饈的機構。

※大右人鑒

出土：西元 1933 年安徽省壽縣朱家集李三孤堆出土，口沿有銘 3 字。

銘文：大右人。

說明：此鼎可能與東陵鼎蓋銘例同，「大右」是職官名。

※大廣銅牛

出土：西元 1956 年安徽省壽縣丘家花園李家墳出土，銅牛腹下有鑄銘 4 字。

銘文：大廣（府）之器。

說明：「大府」爲楚王室府庫之一。器出壽縣，應爲考烈王遷都壽春以後所鑄，當鑄於幽王世。

※大廣銅量

出土：西元 1976 年安徽省鳳台縣收集，銘文分爲兩處，紐的一側器壁上刻 6 字，器底刻 1 字，共 7 字。

銘文：郢大廣（府）之□筊（筲）。——器腹外壁銘

　　　筊。——器底銘

說明：此器銘記「郢大府」，則應爲楚國大府之量器。

※羕陵公戈

出土：武漢市文物商店收集，內上有淺刻銘文 2 行 14 字。

銘文：膚（摢）鼎之戠（歲），羕陵公伺㿽所郜（造），但（冶）己女。

說明：「羕陵」應即曾姬無卹壺之「漾陵」，爲楚之縣邑。

※君夫人鼎

出土：傳世器，有銘文 1 行 5 字。

銘文：君夫人之鼎。

※楚高罍

出土：西元 1953 年出土於山東泰安東更道村，共出土六件，兩件有銘文，銘文分爲兩處，邊緣外側處 2 字，蓋的邊緣處 3 字。

銘文：楚高。

右佃（冶）尹（尹）。

說明：「楚高」二字爲楚系文字風格，「右冶尹」爲燕系文字風格，因
其形制和安徽壽縣楚墓中出土之器相同，有楚系浴缶特徵，說明
此應爲楚器，其後由於某種原因落入燕人之手，刻上燕國文字。
泰安一帶，戰國時爲魯地，西元前 249 年楚滅魯，據此器出土地
地緣來推斷，可能是楚國滅魯後祭泰山之物。〔註111〕

※左徒戈

出土：西元 1983 年出土於山東莒南縣小窯鄉，胡部刻有銘文 3 字。

銘文：左徒戈。

說明：「左徒」爲楚官名，屈原就曾擔任過左徒之職。

※鈞益環權

出土：西元 1945 年湖南長沙近郊出土，共十個，其中第九個有 2 字銘
文。

銘文：鈞（均）益（鎰）。

※賢子之官環權

出土：西元 1933 年安徽省壽縣朱家集李三孤堆出土，銘文 5 字（合文
2）。

銘文：掔（賢子）之倌鐶（環）。

※王衡

出土：傳安徽壽縣出土，共兩件，正面、背面均有刻劃文字。

銘文：1. 王。

2. 王□相子□——背面左端
王。——背面紐下

說明：有的字刻劃不清，不識，暫時未能通讀。

※王量

出土：西元 1957 年安徽淮南市出土，器外壁刻銘 1 字。

銘文：王。

※長郵戈

〔註111〕楊子范：〈山東太安發現的戰國銅器〉，《考古》1956 年第 6 期，頁 65。

出土：兩件，一件爲收集，另一件爲西元 1974 年湖南長沙識字嶺 M1
　　　出土，銘在胡上 2 字。

銘文：長郵。

說明：銘在胡上，原釋「長邦」，李學勤改釋爲「長郵」。〔註 112〕

※斂作楚王戟

出土：西元 1978 年出於湖南省益陽赫山廟 M4，援部銘文 1 行 5 字。

銘文：斂作楚王戟。

說明：字體爲楚系文字中特有的藝術化了的蚊腳書，應爲戰國晚期楚
　　　戈。

※郊並果戈

出土：上海博物館收藏，援部刻銘文 1 行 6 字。

銘文：郊並果之敓（造）戈。

說明：「郊」爲邑名，以地名爲氏稱；「並果」爲人名。

※王孫袖戈

出土：湖南收集，援上銘文 1 行 11 字。

銘文：佃（偲）命曰：獻與楚君監王孫袖。

※王作□君劍

出土：西元 1963 年出土於湖南湘潭易俗河，劍身近劍格處有鳥篆銘文
　　　2 行 4 字。

銘文：王乍（作）□君。

說明：此爲楚王爲某封君所作之劍。

※楚尚車轄

出土：長沙出土，口部外側刻有銘文 2 字。

銘文：楚尚。

※中鵬王鼎

出土：西元 1976 年湖南漵浦縣馬田坪出土。

銘文：中鵬（府）王鼎。

說明：此爲「中鵬（府）」所造之器。

〔註 112〕李學勤：〈湖南戰國兵器銘文選釋〉，《古文字研究》第十二輯。

※余訓壺

出土：西元 1978 年安徽省舒城縣秦安橋出土，近口沿處豎刻銘文 2 字。

銘文：余戠（訓）

說明：第二字隸定爲「戠」，陳秉新釋爲「訓」字。「余訓」當爲鑄工姓名。〔註113〕

※孝荷壺

出土：西元 1978 年安徽省舒城縣秦安橋出土，近口沿處自右至左刻銘 2 字。

銘文：孝荷。

說明：「孝荷」，爲鑄工姓名，《通志・氏族略四》：「孝氏，姜姓，齊孝公之孫之後也。」

※鄌駒壺

出土：西元 1978 年安徽省舒城縣秦安橋出土，頸部豎排倒刻銘文 3 行 10 字。

銘文：南州萄里鄌（鄘）駒。——右、中行

萄夌（陵）鄌（鄘）駒。——左行

說明：「萄里」爲里名，銘文又稱爲「萄陵」，或因其背阜爲村聚，故又稱萄陵。「鄌駒」爲鑄工名，《通志・氏族略》：「鄘氏，即商都之地。武王伐紂，分其地爲三監，自紂城而南謂之鄘。楚丘，鄘地也，管叔尹之。及三監叛，周公伐之，而併其地爲衛。鄘國自此絕矣。子孫以國爲氏。」

※苛意匜

出土：西元 1978 年安徽省舒城縣秦安橋出土，流槽內刻銘 5 字。

銘文：鄒（蔡）倅（卒）鎧（鑄）。苛意。

說明：《國語・齊語》：「三十家爲邑，邑有司。十邑有卒，卒有卒帥。」是卒爲軍事單位，也是基層行政單位。銘文「蔡卒」，也就是指蔡地的基層行政單位。「苛意」爲鑄工名，楚王酓忎鐈鼎有「苛膤」，

〔註113〕陳秉新：〈安徽新出楚器銘文考釋〉，《楚文化研究論集》第三集，頁 413。下述諸同墓所出之器，其銘文均採陳氏之考釋。

是戰國時有苛姓。

※分細益法碼

出土：西元 1990 年湖南沅陵太常鄉 M1016 楚墓出土，在其圓環表面陰刻 3 字銘文。

銘文：分囟（細）益（鎰）。

說明：郭偉民釋第二字爲「囟」，認爲囟、細二字可假借，細之義有微小、細密、精美、瑣碎、份量輕等多種解釋。〔註114〕

※郪陵君豆、鑑（西元前 237～228 年）

出土：西元 1973 年，江蘇無錫前洲高瀆灣葫蘆里出土。豆共兩件，一件銘文分刻兩處，一處在盤口外壁，1 行 30 字；一處在盤的外底，2 行 22 字，可辨識 19 字。另一件銘文刻在盤的外底，字作螺旋狀排列，自外向內盤繞兩周半。鑑一件，銘文有二處，一在頸部外壁，1 行 30 字；一在口部折沿背面，1 行 5 字。

豆銘：1. 郪夌（陵）君王子申，攸岽（哉），啟（造）鈇盍（盂），攸立（莅）戝（歲）棠（嘗），以祀皇祖，以會父倪（兄），羕（永）甬（用）之官（館），攸無疆。——口外銘。

　　　郢姬賡（府）所借（造），冢（重）十暠四暠坙朱（銖）。□裹，冢（重）三朱（銖）二坙朱（銖）四臧。——外底銘

2. 郪夌（陵）君王子申，攸岽（哉），啟（造）鈇盍（盂），攸立（莅）戝（歲）棠（嘗），以祀皇祖，以會父倪（兄），羕（永）甬（用）之官（館），攸無疆。

鑑銘：郪夌（陵）君王子申，攸岽（哉），啟（造）金監（鑒），攸立（莅）戝（歲）棠（嘗），以祀皇祖，以會父倪（兄），羕（永）甬（用）之官（館），攸無疆。——頸部銘

王郢姬之濫（鑑）。——口部銘

說明：「王子申」即楚國末代君主負芻，器當作於春申君被刺殺幽王登基之後，而在負芻簒位之前，也就是楚幽王元年至十年間（西元前 237～228 年）。

〔註114〕郭偉民：〈沅陵楚墓新近出土銘文法碼〉，《考古》1994 年第 8 期，頁 719。

第三節　小　結

總結第一結所述，可作爲楚金文斷代之標準器共十八組，[註115] 各組代表年代如下：

楚金文斷代標準器一覽表

器　名	楚王世	西元前？年
楚公彖諸器	熊渠	
楚公逆諸器	熊鄂	799〜719
楚王媵邛仲嬭南鐘	成王	671〜626
楚屈子赤角匜	成王、穆王、莊王	624 前後
王子吳鼎	莊王十七年至共王十六年	597〜575
王子嬰次諸器	莊王十七年至共王二十一年	597〜570
王子申盞盂	共王二十年以前	？〜571
楚王酓審盂	共王三十一年以前	？〜560
楚叔之孫佣之諸器	康王二年以前	？〜558
王子午鼎	康王二年至八年	557〜548
王孫霝匜	昭王元年至二十七年	515〜489
昭王之諻諸器	惠王初年	488〜？
楚王酓章諸器	惠王元年至五十七年	488〜432
曾姬無卹壺	宣王二十六年	344
鄂君啓節	懷王七年	322
楚王酓前諸器	考烈王二十二年至二十五年	241〜238
楚王酓忎諸器	楚幽王四年	234
掷陵君諸器	幽王元年至十年	237〜228

在收集到一百四十二組楚金文後，依著上列十八組標準器，一一考求其可能的相對年代，並加以分期，結果如下：

西周時期：4 組　　　春秋早期：5 組

春秋中期：15 組　　春秋晚期：29 組

戰國早期：18 組　　戰國中期：19 組

戰國晚期：52 組

[註115] 此標準器分組的原則，乃就同器主而畫分，而與第二節所收 142 組楚金文之分組方式異。有關 142 組楚金文之分組方式，請參見第一章註三。

劉彬徽《楚系青銅器研究》一書收羅楚金文 108 組：本文收錄了 142 組，然而劉氏乃依器主分組，本文劃歸同組之器，除須爲同器主外，尚須同出一墓之內。故以劉書所收與本文相較，本文所多者如下：

楚公逆鐘、孟縢姬浴缶、析君述鼎、鍬鼎、浴缶、傳世留鐘、棘戈、宜章鍴、王刀、王刀、奠字劍、陳往之歲戟、王矛、王量、中鞴王鼎、余訓壺、孝俈壺、鄅駒壺、苛意匜、分細益法碼。

計本文較劉書多收錄了 20 組楚金文。

歸納這一百四十二組楚金文的內容，其格式主要有下列數端：〔註116〕

一、徽記：其作用主要是爲標識器主，通常記載作器者、器名、用途、存放地點等，楚公象鐘、楚子賸臣，王子嬰次爐、楚子夜䣄敦等銘文屬此類。

二、記事：記事類銘文主要記載征伐、紀功、獲賞等事，楚公逆鎛、中子化盤、罸簧鐘、燕客銅量等銘文屬此類。

三、縢辭：縢辭多見於陪嫁品（縢器）之上，其格式一般有時間、某人爲某人作縢器及祝願辭三部分，楚季苟盤、楚王縢邛中孈南鐘、鄝伯受臣、楚屈子赤角匜等銘文屬此類。

四、樂律：主要爲記載樂律名稱，如楚王酓章鐘隧部有「穆商商」、「少斝反、宮反」之標音銘文。

五、符節：此爲非彝器的鑄銘法令，如兵符、節、傳、詔版等等，鄂君啓節、王命節等銘文屬此類。

六、自銘功德：除了記述作器用途，重點放在歌頌自己的功德，也可作爲爲政的誓辭，王子午鼎、王孫遺者鐘、王孫誥鐘、䵾鎛等銘文屬此類。

七、物勒工名：其銘文格式一般包括器主、鑄造作坊的職官、工師、工匠、鑄造地點、容量和重量等，如宜章鍴、鍴之新郚戈、盤埜勺、王后六室器、集既諸器、余訓壺、玞陵君豆外底銘等銘文屬此類。

這七類楚金文中，則以屬於徽記和物勒工名兩類銘文格式的器物最多。

隨著各時期器物數量的由少而多，亦可證明楚國的青銅文化的確是在春秋

〔註116〕馬承源：《中國青銅器》一書，將銅器銘文的內容分爲徽記、祭辭、冊命、訓誥、記事、追孝、約劑、律令、符節詔令、縢辭、樂律、物勒功名等十二類，並稱之爲「銘文格式」。

中期（楚成王世）開始突飛猛進，作器數量因此才大爲增加；而表現在文字形
體上的演進，就是逐漸擺脫周文化的影響，發展出屬於楚文化的楚文字，擁有
自己的文字特色。

第三章　楚金文之筆勢與形構變化

　　語言是人們用來表情達意的社交工具，它會跟隨著社會而產生、發展，是一個具有生命的有機體。文字爲記錄語言的符號，因此，文字也是和語言一樣，與社會的發展密切的關聯著，每一個獨立的文或字，隨時生滅孳乳，其演變永不停息，在隨著社會的發展而演變的過程中，它具有自己的演變規律。由於文字是不斷在演變，所以漢字在形態方面，常是千差萬別，因著時代、用途（如鼎彝、碑版、書冊、信札等）、工具（如筆、刀等）、方法（如筆寫、刀刻、笵鑄等）、寫者、刻者，地區不同等因素，都會造成字形的不同。而在某一條件下，若再加入其他條件時，字體便又不同，例如兩器雖同屬鼎彝，但刻鑄方式不同，字體即有差異；或者，雖同一寫者所寫兩件字跡，但因時間先後有別，其字跡亦有所改變。所謂字形的不同，主要表現在兩方面：

　　一、書寫風格的變化，其中包括：

1. 筆畫的轉折軌跡（例如圓轉或方折）和點畫的姿態的不同。
2. 書寫條件（例如：用途、工具、方法）和書寫習慣（例如：時代、地區、寫者、刻者）的不同。

　　二、組織結構的變化，其中包括：

1. 各組成部分（或云單體、偏旁）的不同。
2. 各局部的安排位置和筆畫數量的不同。〔註1〕

〔註 1〕啓功：〈關於古代字體的一些問題〉，《文物》1962 年第 6 期，頁 20～49。

　　前人於研究漢字字體時，或偏於文字的組織結構，或偏於書法的藝術風格，往往忽略二者之間相互牽動的密切關係。由前一章的介紹，可以了解到傳世及出土的楚金文數量非常大，且包含了許多不同時期、不同用途、不同鑄刻方式、不同工匠之器，而這麼多的不同，在在都影響到字體所呈現出來的樣貌與風格。在研究豐富的楚金文時，不能不留意到多采多姿的變化，所以本章分別就筆勢風格及形構演變兩方面，來探討、分析楚金文之特色。

第一節　筆勢風格

　　「筆勢」一詞，或指詩文之氣勢，或指用筆時的氣勢意態，前者屬文學語言，後者則接近於書法藝術觀點。而「風格」一詞，多表示一種抽象的品鑑，一般又以風韻、神采等名稱來形容。〔註2〕至於本文所謂的「筆勢風格」，乃專就文字形體作觀察，指的是用筆（或刻、鑄）時的氣勢意態，也就是書寫時，因著不同的因素，相同之字其線條或筆畫卻依不同寫法而產生各異的形態姿勢。

　　關於楚金文的筆勢風格方面，由於地域限於楚國，故其差異主要是由年代先後、不同器類、不同的鑄刻方式三個原因所形成。所以本節分別就年代先後、鑄刻方式及器物種類三項，來說明、分析楚金文筆勢風格之歧異現象。

一、年代先後

　　據上一章對楚金文斷代分期的討論，可以發現楚金文上起西周中晚期，下迄戰國末年，計橫跨了六百多年的時間。在這漫長的歲月中，文字隨著其演變的腳步，一步一步朝前邁進，不會停駐於原點。而在這段期間，政局由原本的一統於周王室，轉變為各國稱雄稱王，獨霸一方；因著政治的影響，列國也紛紛掙脫周文化的樊籬，發展出繽紛燦爛、千姿百態的地域性特色。

　　大體說來，早期（約為西周中晚期、春秋早期）的楚金文，如楚公豪鐘（圖版一）、楚公逆鎛（圖版二）、中子化盤（圖版三）、楚季苟盤（圖版四）、𦱢父匜（圖版五）等，仍繼承西周金文的傳統，筆畫粗短、形體方正、字體大小不

〔註2〕參考洪燕梅：《睡虎地秦簡文字研究》，國立政治大學中國文學研究所碩士論文，頁18～23。

一，自身特徵並不明顯。

進入春秋中期，逐漸形成自身的特色，字體漸趨修長，如楚王臕邡中嬭南鐘（圖版六）、王子吳鼎（圖版七）、王子嬰次爐（圖版八）、王孫遺者鐘（圖版九）、敁之盞（圖版十）等器，仰首伸腳，筆畫圓勻、均衡，首尾如一，不露鋒芒；〔註3〕至如佣之匡（圖版十一）、王子午鼎（圖版十二），纖細修長，多波折彎曲，變化豐富，雖也是瘦長之體，然筆畫更爲婉轉盤曲，裝飾意味極爲濃厚，風格近於鳥蟲書。這時的楚金文與早期的楚金文相比，有明顯的差異，已發展出屬於楚自己的風格，並走向了藝術化的途徑。

戰國早期的楚金文字體，仍然承襲春秋中晚期修長多波折的風格，這種瘦長的字形，以楚王畲章鐘（圖版十三）、楚王畲章鎛（圖版十四）表現最爲極致。阮元評楚王畲章鐘云：

> 篆文工整，結體又長，近於小篆，與元所藏王子申盞蓋殆一時之器，
>
> 無復有開國時雄奇氣象矣。〔註4〕

楚王畲章鐘字體長度每數倍於寬度，垂直長筆畫多盤曲迴繞，具有美術裝飾風味。王子午鼎銘文雖帶有大量爪形的飾符，但仍未出現鳥頭形或鳥形的飾符，字形大致尚可辨認，到了楚王畲章戈（圖版十五）、番仲戈（圖版十六）則已是標準的鳥蟲書。

自戰國中期開始，纖細婉曲的風格在楚金文中已漸漸褪色，如曾姬無卹壺（圖版十七）、鄂君啓節（圖版十八）、誓篙鐘（圖版十九）、王命節（圖版二十）、燕客銅量（圖版二一）等銘文，固然用筆渾圓，線條依舊纖細，但豎筆中間或末端已少見屈曲盤旋之勢，字體長度亦明顯縮短，整個間架趨於勻整；〔註5〕唯鳥蟲書尚行於此時，如新弨戟（圖版二二）、藝君戈（圖版二三）等銘文。

至戰國晚期，或者是受到簡帛文字書寫體的影響，字體構形漸離縱長之勢，而趨於橫勢，縱勢近篆，橫式近隸。〔註6〕如楚王畲前匡（圖版二四）、

〔註3〕容庚：《商周彝器通考》（頁 87）認爲筆畫停勻、不露鋒芒的字體，西周後期已出現。

〔註4〕阮元：《積古齋鐘鼎彝器款識法帖》，卷三，頁 14～16。

〔註5〕陳月秋《楚系文字研究》，私立東海大學中國文學研究所碩士論文，頁 47。

〔註6〕曾傳林：《楚國青銅器之研究》，國立師範大學美術研究所碩士論文，頁 249。

楚王酓忎鼎（圖版二五）、專秦勺（圖版二六）、大廥鎬（圖版二七）、大廥銅牛（圖版二八）等銘文，字體由修長變爲結體平扁敧斜，甚至有的靡弱粗率，文字秀麗者少見。楚王酓前盤（圖版二九）銘文字長至二寸七分，每字多作長腳側纖下垂，有如蚊腳，點畫粗細變化極大，文字流於藻飾秀麗，容庚稱其爲「蚊腳書」，[註7] 與此類似者尚有敓作楚王戟（圖版三十）。

總體言之，楚金文表現在時間先後上的筆勢風格差異，可以概分爲三期：

一、西周中晚期至春秋早期：質樸平實、凝練奇古，爲西周金文遺風。

二、春秋中期至戰國早期：頎長蜿曲、華麗流暢，爲楚文字特色。

三、戰國中、晚期：平扁敧斜、委靡草率，走向隸化。

二、鑄刻方式

有關青銅器的鑄造，商周時代多是用泥范鑄造銅器，其鑄造過程是先用陶土做個模子，其次利用這個陶模翻製外范，然後再於外范中心加以泥蕊作爲內范，內范與外范中間留有空隙，將銅液澆注於此空隙中，等溶液凝固，把內外范打碎，便可將鑄好的器取出，只要再經過打磨修整加工，就可以成爲一件表面光滑、花紋清晰的完整器物。至於器物上的花紋則是刻在泥模上反印在外范的內壁上的，而銘文則是反刻在內范上的，因而商周青銅器上的花紋與銘文大都是鑄上去的。[註8] 到了春秋以後，銅器銘文漸多刻款，[註9] 大部分是用鐵工具刻在器物表面易顯露的地位，如器腹和口沿上。

根據出土簡報所載，楚金文中屬於刻款者，其細目如下：

楚金文刻款一覽表

年　代	器　　　　　名	數量
春秋晚期	鉓鼎、浴缶（？）	2
戰國早期	卲之飤鼎、番子成周鐘、鄀之寶戈、絉戈（？）、周旘戈（？）	5
戰國中期	鄂君啓節、王命節、郫之新郜戈（？）、秦王卑命鐘、正陽鼎、隴公戈、君字車轄、奠字劍、陳往之敁戟（？）、陳往戈、蓺君戈	11

[註7] 容庚、張維持：《殷周青銅器通論》，頁100。

[註8] 有關青銅器鑄造的基本工藝過程，參考杜迺松：《青銅器鑒定》，頁77～79。

[註9] 容庚：《商周彝器通考》，頁90。

戰國晚期	中陽鼎、楚王酓前鼎與匜、壽春厵鼎、膌鼎、造厵之右但鼎、右筌刃鼎、東陵鼎、巨菖鼎、太子鼎與鎬、楚王酓忑與盤、盤埜勺、專秦勺與匕、槃筌匕、大厵匜、大厵盞、大厵鎬、愆字鼎、客豊愆鼎、大后脰官鼎、王后六室器、王后少厵鼎、御篷匜、集舝諸器、集鑄諸器、集粘諸器、集既諸器、集脰諸器、大右人鑒、大厵銅量、兼陵公戈、君夫人鼎、楚高畾、左徒戈、鈞益環權、賢子之官環權、王衡、王量、長郵戈、冰並果戈、王孫袖戈（？）、王作□君劍（？）、楚尙車轄、中賄王鼎、余訓壺、孝荷壺、郙駒壺、苛意匜、分細益法碼、郟陵君豆與鑒	49

※（？）表疑爲刻款，但發掘簡報或各著錄書籍、論文無明確說明者。

在142組楚金文中，春秋晚期以前之銘文均屬鑄款，春秋晚期開始出現刻文，如鍬鼎、邵之飤鼎等，但仍爲少數。自戰國中期至戰國晚期，在全部七十組楚金文中，除了曾姬無卹壺、楚王酓前盤、大厵銅牛等少數幾件器外，其餘六十件則均屬刻款。

容庚分析鑄、刻銘文風格之差異云：

鑄款字畫肥，刻款字畫瘦。〔註10〕

雖然鑄款也是將銘文反刻在內范上而成，然而內范爲陶土所塑，在其半乾之際，刀行其上仍可輕鬆迴還曲折；且在物理上，模范會銷鑕金屬銳氣，銷減鋒芒，所以字體每顯出圓滑或秀潤的筆畫。用刀刻的字，乃待器成而施，銅爲硬物，下刀自然無法圓轉運行，所以字體結構風格一般顯得較瘦硬，且易流於草率。以楚金文來說，屬刻款者，如王命節（圖版二十）、正陽鼎（圖版三一）、楚王酓前匜（圖版二四）、楚王酓忑鼎（圖版二五）郟陵君豆（圖版三二）等，字體舒散恣肆，構形漸離縱長之勢，而趨於橫勢，且愈至晚期，信手隨筆刻劃，其風格愈形平扁粗率，與簡帛文字的體勢趨於一致。

三、器物種類

在142組楚金文中，就其銅器的種類而言，多達37個器類，有鼎、簋、匜、豆、勺、盞、敦、盂、戟、矛、盆、鎬、爐、壺、尊缶、浴缶、盉、鑑、盤、匜、匕、鐘、鎛、戈、劍、量、轄、環權、鍬、節、刻刀、甗、鉉、畾、法碼、衡杆、同牛等，若依銅器的用途來分類，基本上可劃分成以下八大類：

〔註10〕容庚：《商周彝器通考》，頁90。

楚金文器類一覽表

用　　途	器　　　　　類
食器	鼎、簋、甗、臣、敦、盞、盂、盆、豆、匕
酒器	盉、勺、罍、壺、尊缶、鉉、鎬
水器	盤、匜、鑑、浴缶
樂器	鐘、鎛
兵器	戈、矛、戟、劍、鐱
度量衡器	量、衡杆、法碼、環權
符節	節
雜器	轄、刻刀、爐、銅牛

由於先秦器物各有不同用途，或爲傳世典重之器，或爲實用銷耗之具，故見諸其上的字形每每有別。如青銅禮器爲典重之器，在美觀的要求之下，其銘文筆勢風格多質樸端莊、結構和諧；若如簡牘帛書，則以簡便迅捷爲尚，不特別講求美感，故其字草率多變。

　　仔細考察楚金文這八類不同用途之器的銘文，可以發現，表現在筆勢風格上的差異，最主要是受到年代先後及鑄刻方式的影響，見於器物種類的差異，則主要表現在鳥蟲書上。所謂「鳥蟲書」，是指文字糾纏爲鳥或蟲之形，或以鳥形、蟲形附益於文字；有鳥頭或鳥形裝飾的爲「鳥書」，無鳥頭而筆道詰曲或外加曲線裝飾的便是「蟲書」。楚金文中屬鳥蟲書之器如下：

鳥蟲書楚金文一覽表

器　　類	器　　　　　名
食器	佣之臣、王子午鼎
兵器	王孫誥戟、楚王酓章戈、番仲戈、楚王孫漁戈戟、新弨戟、藝君戈、王作□君劍

王子午鼎（圖版十二）銘文體勢細長，仰首伸腳，筆道多波折彎曲，張正明說：

> 這類楚文字，由於筆畫扭曲較甚，類似蟲形，是後人所謂蟲書的雛
>
> 形。〔註11〕

〔註11〕張正名：《楚文化史》，第三章，頁103。

按王子午鼎的「隹」、「用」等字，下部增添的筆畫，已是粗疏的鳥形，其它諸字筆畫屈曲者如蟲形，飾筆中爪形又似鳥足，篆書向鳥書發展的過渡痕跡，均隱然可見。由上表，可以發現楚金文中的鳥蟲書大部分均見於兵器上，容庚〈鳥書考〉〔註 12〕收青銅器鳥書銘文四十器，其中屬於先秦而可辨國別的有二十七器，如下表所示：

〈鳥書考〉所收先秦鳥書之器一覽表

國別	器　　　　　　名	數量
楚	楚王孫漁戈（1）、楚王酓璋戈（1）	2
越	越王劍（1）、越王矛（1）、越王者旨於賜鐘（1）、越王者旨於賜矛（1）、越王者旨於賜劍（2）、越王者旨於賜戈（1）、越王之子劍（1）、越王丌北古劍（1）、越王州勾矛（1）、越王州勾矛劍（5）	15
吳	王子于戈（1）、吳王光趄戈（1）、攻吾王光戈（1）、吳季子知子逞之劍（1）	4
蔡	蔡侯產戈（1）、蔡侯產劍（3）	4
宋	宋公欒戈（1）、宋公得戈（1）	2

※括弧中之阿拉伯數字表器之件數

其中除了者旨於賜鐘外，全爲兵器；而在不知國名的十三件器中，〔註 13〕亦有十一件屬兵器。蘇瑩輝解釋這種現象說：

> 兵器之使用，必須敏捷從事，方能先發制人，故於其上飾以鳥篆，
> 象徵衝刺迅速，有如鳥類之飛騰敏疾。〔註14〕

其詳細原由是否眞如蘇氏之推論，不可得知，但戰國中、晚期之際，南方各國喜於兵器之上刻鑄鳥蟲體，此則爲不爭的事實。

第二節　形構演變

　　雖然在不同年代先後、不同書寫方式、不同器類、不同書寫者、不同地域

〔註12〕容庚：〈鳥書考〉，《中山大學學報》1964 年第 1 期，頁 75～91。

〔註13〕此十三件不知國名器中，新郘戈其實爲楚器。

〔註14〕蘇瑩輝：〈論先秦時期以鳥篆銘兵的動機〉，《民主中國》第 8 卷第 10 期，頁17。

等許多因素影響之下，文字的筆勢風格會有差異，然而這大抵上不會妨礙對文字的辨識。眞正會影響文字辨識的，應屬文字異形。由於文字生滅孳乳，永遠不能絕對定形，因此漢字的形體也非常不規律，同是一字，各人寫法不同，筆畫多少不拘，同時，不僅偏旁形體不固定，偏旁位置也不固定，上下左右可以任意移動，甚至偏旁使用也不固定，因各自使用的偏旁不同而造成的異體現象非常普遍。根結來說，文字異形主要發生在形構演變所造成的結體差異之上，而這些差異的產生則不外乎簡省、增繁、更易、訛變等因素所致，其中簡省與增繁爲漢字形構演變中最基礎的途徑。因此本節便就字形表所收錄之楚金文字例，依著簡省、增繁、更易、訛變等演變，各舉一至二例表列之，〔註 15〕並以之與《說文解字》小篆、古文、籀文，以及更早的古文字，如甲骨文、西周金文等，作字形上的比較，期能找出楚金文形構演變之規律，進一步呈顯出楚金文的地域特色。

一、簡 省

文字是書寫，書寫的文字越簡單越好，因爲字越簡單寫起來越快，文字的效率越高。趨簡求易，是人們書寫文字的共同心理，因此文字從產生之時就沿著簡省的總趨勢不斷發展演變。所謂簡省，就是簡化正體字的形體。〔註 16〕楚金文中存在著許多簡省的字例，〔註 17〕今分別舉例表列說明如下：

〔註 15〕各類可舉字例眾多，因字形表皆已收錄，故於此僅擇一例爲代表以說明，遇字例形構演變有異，則相異字例並例。

〔註 16〕所謂「正體字」乃是與「草體字」對應的一個名詞，符合統一、固定易於辨認等要求的稱之爲正體；反之，爲了書寫的便捷，而沒有統一、固定形體的，即爲草體。有正體也就有草體，二者是對立而並存的，因此，各種書體不論是籀、篆、隸、楷，必定有其相對的草體。

〔註 17〕楚金文雖屬六國古文範疇，然因六國古文仍是承襲籀文發展而來，且六國古文無法確實判別何者爲正體？何者爲草體？《說文》小篆雖屬秦系文字，然因其爲現今可得見收錄最早、最多古文字字形，且經整理過的字書，因此素來於討論六國古文時，只能很無奈地以《說文》小篆爲正體來作比較。然而因楚金文之年代未必較小篆晚，因此本文在簡省、增繁、更易、訛變的分類上，雖以小篆作爲標準，但在行文敘述之時，則徵引其它古文字，如甲骨文、金文、籀文等，說明楚金文形構之演變，未必眞較小篆簡省或增繁，實則楚金文爲較小篆年代早的字形，保留了較多的古文字字形。

（一）省略點畫

釋　文	小　篆	古、籀	楚　金　文　字　例
爲	（字形）		（字形）鄂君啓車節・47　　（字形）集醻盤・06
者	（字形）		（字形）王孫誥鐘十五・89
惠	（字形）		（字形）王孫遺者鐘・54
國	（字形）		（字形）王孫遺者鐘・99
晉	（字形）		（字形）鄂君啓舟節・07
槫〔註18〕	（字形）		（字形）鄂君啓舟節・136
室	（字形）		（字形）王后六室匜・07　　（字形）王后六室豆・07
鼎	（字形）		（字形）邵之飤鼎・04
保	（字形）		（字形）楚子暖匜・18
監	（字形）		（字形）郰陵君鑑・11
大	（字形）		（字形）鄂君啓車節・30　　（字形）大后脰官鼎・04
匜			（字形）楚子暖匜・14　　（字形）楚王酓前匜三・08

　　省略點畫，係指對原來不該有缺筆的字減少幾筆，諸如橫畫、豎畫、斜畫、曲畫等。漢字基本上有濃厚的象形意味，而象形字是描繪實物的，但描繪起來，各人的畫法就往往不一樣，有的畫得簡單些，有的畫得複雜些。因此在文字演變的過程中，一些比較不重要的部分就會被省略掉，而所減少的點畫，因本身並不是偏旁部件，所以大體上說來，不會影響文字的總體結構，釋讀也並不困難。這種簡省部分不重要點畫的演變方式，常是無一定規則可言，上表所列十二個字例，詳考其省略之跡，大多即屬此類。除了一些不重要的點畫可省之外，有時也會省掉一些重要部位，如「爲」字省略象身而僅保留象頭的特徵部分；〔註19〕「槫」字右上部本從「甫」，「甫」之下半省而以環形替代。

〔註18〕此字依劉彬徽：《楚系青銅器研究》一書所釋。

〔註19〕「爲」字象役象之形，故從爪、從象，《說文》「母猴」之說實誤也。

其次如「晉」、「至」二字，所從皆爲「至」，《說文》釋「至」字爲「鳥飛從高下至地也」，不論許氏之說是否正確，楚金文省略下半部而以橫畫代替的寫法，已喪失象形原意。

又如「大」字本取象於人手腳張開之形，楚金文卻將人形由連筆變爲分筆，人形之象不復存在。

至如「保」字，本象保育幼兒之形，如 保鼎、 保卣，其「子」旁之斜畫實爲人手之遺形，故若以楚金文與小篆相較，簡省「子」旁一斜畫，若與更早的古文字相較，益知「保」字之簡省其來有自，小篆亦可謂簡省，非獨楚金文而已。

（二）省略部件

釋文	小篆	古、籀	楚 金 文 字 例
嗣			曾姬無卹壺一‧33
鼙			楚王酓章戈‧13
鼓			王孫遺者鐘‧112
雁			佣戈‧06
箭			鄂君啓車節‧69
其			楚嬴匜‧08　　王孫遺者鐘‧13
楚			楚公逆鎛‧06　　楚尙車轄‧01　　楚王酓前鉈鼎‧01
譁			王‧孫21遺者鐘　　王孫誥鐘五‧20
秦			盤埜勺一‧04
寶			郎子行盆蓋‧04
嬰			王子嬰次爐‧03
無			掫陵君鑑‧29

野	野	𡐖	※坐盤坐勺二・03
疆	疆	疆	楚王媵邛仲嬭南鐘・21
醻	醻		集醻盤・05

所謂「部件」，指其能獨立成爲一個「字」的，在構成其它字時，或擔任形符、聲符，即偏旁的角色，也可能只是偏旁的一部分罷了，故本文統稱爲「部件」。觀察上表所列十五個字例，可以得出幾項條例：

1. 省略重複的部件

古文字中有取多所謂「即形見義」的「同文會意」字，如「林」、「絲」、「品」、「齊」等。這類「同文」疊體做爲獨體出現時，其「同文」部分不能省簡；如果做爲複體出現，則往往可以省簡「同文」中的一個或兩個部件。〔註20〕如「楚」字，《說文》云：「叢木，一名荊也，从林，疋聲。」而楚王酓前鉈鼎則省去重複的「木」，只留一木形。又如「嬰」字，本从雙貝、从女，王子嬰次爐則僅从單貝之形。

2. 省略聲符

一般說來，形聲字的聲符是不能省的，省聲存形就難稱其爲形聲字了，但在特殊的文字演化過程中，偶爾也會出現省聲之例。

如「其」字，《說文》云：「箕，所以簸者也，从竹，𠀠象形，丌其下也。」考察甲骨文，可以發現，「𠀠」字的結構本是純粹象簸箕之形，其後因音讀不顯明，遂加聲符「丌」，所以「其」實爲一後起形聲字。在西周晚期的楚金文中，「其」字均作「𠀠」之形，自春秋早期開始，已見「其」之形，如 楚季苟盤・10；由此可知，楚嬴盤所作之形可視爲存古字，至於王孫遺者鐘之形，則當是省略聲符「丌」，而以一短橫畫代替。

其次如「野」字，《說文》云：「郊外也，从里、予聲。」然而查考古文字未見「从里、予聲」之「野」，反而均作「从林、土」的𡐖，意指在林之野，故知《說文》釋爲「从里省、从林」的古文𡐖，亦是一添加聲符的後起形聲字，「野」則爲更晚出之形。楚金文之「𡐖」字，以之與小篆相較則爲省聲，實則保留古形。

〔註20〕何琳儀：《戰國文字通論》，頁189。

3. 省略形符

簡省這類偏旁就會失去偏旁的表意功能，但由於聲符或其它形符尚存，且若再配合辭例，大體上說來，尚不致影響文字的判別及文句的通讀。

如「秦」字，本象雙手持杵舂禾之形，乃會意字；盤埜勺作䆍，雖省略象徵雙手的「廾」形，但仍不影響其以杵舂禾之義。

其次如「鼓」字，《說文》云「擊鼓也，从攴、壴。」王孫遺者鐘省略「攴」旁，僅餘「壴」形，然而「壴」本即「鼓」之象形，屬名詞，今則習以動詞的「鼓」做名詞用，故王孫遺者鐘雖簡省形旁作「壴」，仍爲「鼓」之義。

又如「疆」字，《說文》云：「畺，界也……疆，或从土、彊聲。」「彊，弓有力也，从弓、畺聲。」實則「畺」、「彊」、「疆」三字爲同字，始僅有「畺」、「彊」之形，如 畺毛伯簋、 彊孟鼎，象以物劃分疆界之形，非从弓；後因「畺」字之廢棄，「彊」字借爲勉強之「強」，遂又造「从土、彊聲」的「疆」字，而由會意字轉爲形聲字。「疆」字見於楚金文，早期均不从「土」，如表中楚王媵邛仲嬭南鐘所作之形，保留古意；時間稍晚，則多作「疆」，如 彊鄬鐘二‧51。因此，「彊」或可謂「疆」字之省，實則爲古形。

至如「嗣」字省略「口」符，疑因所从龠旁已有二口，故將「司」旁重複之口符省掉。

而「葬」字省略「廾」、「雁」字省略「人」、「箭」字省略「刀」、「諫」字省略「言」、「寶」字省略「貝」、「無」字省略「人」形、「𪗪」字省略「口」等例，則不知其簡省之所以然。

（三）短橫畫或作圓點

釋文	小篆	古、籀	楚 金 文 字 例
年	秊		王子午鼎‧75
襄	襄	𡍃	鄂君啓車節‧10
沽	沽		鄂君啓舟節‧72
戎	戎		㓞鄬鐘‧09
金	金	金	鄂君啓車節‧55
陵	陵		鄂君啓舟節‧11
午	午		考叔𦎧父匜‧07

上列七個楚金文字例，以之與小篆相較，可以發現短橫畫或以圓點替代，其位置則不拘於在整個文字的哪個部位，或上端，或中部，或下端皆可，且流行時間很長，自春秋早期至戰國中期均可見其蹤。雖然一點與一橫同為一筆，但點較橫畫所佔空間較小，故仍可視之為簡省的一類。

二、增　繁

簡省與增繁為漢字形構演變中最基礎的兩大途徑，梁東漢曾經對漢字簡省與增繁的現象，提出他的看法：

> 簡化和繁化是一切文字共有的現象。漢字既然是記錄漢語的書寫工具，這個性質決定了它必然朝著實用的方向發展，即朝著簡化的方向發展。同時漢字又是漢語的輔助工具，這個性質又決定了它必然朝著適應漢語的方向發展，即朝著繁化的方向發展……從表面上看，簡化和繁化似乎是一種相反的、互相排斥的矛盾，其實不然，沒有繁化就沒有簡化，沒有簡化，繁化也不可能單獨存在。〔註21〕

人們對於文字不僅要求它保持簡易度，還要求它保持區別度，多數繁化正是漢字字形低於所需要的區別度的結果；當字形簡化到引起混淆就會加筆、加符，這是字形區別的要求。所以正如梁氏所言，簡化與繁化是交互作用的兩種運動。相對於簡省的定義，增繁指的是繁化正體字的形體，包括了構字線條或筆畫的增加，和組字部件的增加。本節針對楚金文所歸納的增繁現象，有如下幾種情形：

（一）增加點畫

釋文	小篆	古、籀	楚　金　文　字　例
天	天		瀪鑄五·71
下	丁		鄂君啓車節·120
祖	祖		鄴陵君豆二·18
瓊	瓊		楚屈子赤角匜·16
屯	屯		鄂君啓車節·84

〔註21〕梁東漢：《漢字的結構及其流變》，頁42。

苛	苛		苛 專秦勺・04
曾	曾		曾 楚王酓章鎛・17
正	正	正	正 楚王酓忎鼎・09　　正 正陽鼎・01
逆	逆		逆 鄂君啓車節・43
遲	遲	遲	遲 王孫誥鐘十・50
詞	詞		詞 𫏋鎛一・33
臧	臧		臧 王孫誥鐘四・56
政	政		政 鄂君啓舟節・131
鼓	鼓		鼓 王孫誥鐘十・107
隻	隻		隻 楚王酓忎鼎蓋・06
于	于		于 王子午鼎・60
喜	喜		喜 𫏋鎛一・36
舍	舍		舍 鄂君啓車節・135
內	內		內 鄂君啓舟節・152
庆	庆	庆	庆 楚王酓章鎛・18
栢	栢		栢 中子化盤・10
樂	樂		樂 王孫遺者鐘・74　　樂 王孫誥鐘十・86
楚	楚		楚 王孫誥鐘十六・32
帀	帀		帀 鄂君啓舟節・08　　帀 楚王酓忎鼎・02
晉	晉		晉 大𬨎鎬・13
鼎	鼎		鼎 中賻王鼎・04

年	(圖)		(圖)王孫誥鐘八・95	
室	(圖)		(圖)楚王酓忈鼎・13	
定	(圖)		(圖)秦王卑命鐘・09	
奠	(圖)		(圖)楚王酓章鎛・22	
考	(圖)		(圖)孫遺者鐘・37	(圖)王子午鼎・30
犀	(圖)		(圖)王子午鼎・38	
焚	(圖)		(圖)鄂君啓車節・112	
煌	(圖)		(圖)瞰鎛一・17	
赤	(圖)		(圖)楚屈子赤角匜・11	
並	(圖)		(圖)郳並果戈・02	
忑	(圖)		(圖)盤埜勺一・05	
不	(圖)		(圖)鄂君啓舟節・138	
銍	(圖)		(圖)御銍匜・05	
凡	(圖)		(圖)瞰鎛一・37	
金	(圖)	(圖)	(圖)王孫遺者鐘・15	
欽	(圖)		(圖)郂陵君豆一・10	
庚	(圖)		(圖)鄂君啓車節・107	
子	(圖)		(圖)王子午鼎・09	
以	(圖)		(圖)王子午鼎・23	

　　相對於省略點畫的形構演變方式，增加點畫即是在原有文字基礎上增加一筆，而且常是增加一些比較不重要的筆畫；因所增加的點畫，其性質並不是偏旁部件，所以大體上說來，不會影響到文字的總體結構，對原有文字的表意功能毫無影響，純屬裝飾作用，所以又稱為「贅筆」、「羨畫」。查考上表所列四十六個楚金文字例，可以發現楚金文增加筆畫的情形，大致上是透過下列數種方式進行：

1. 橫畫上、下加增短橫畫

如天字、下字、苟字、曾字、正字、訶字、政字、庆字、帀字、定字、奠字、忑字、不字等十三個字例，均在字形中橫畫的上部，再加上一筆短橫畫。又如祖字、室字、並字、銍字三個字例，則是在字形中末筆的橫畫之下，再加上一筆短橫畫。雖然在省略點畫一項，曾提及从「至」之字其下半部會省略部分筆畫，而以橫畫替代；然而，此處所列之室字、銍字，以之與小篆比較，其下半部並未有簡省情形，反是增加一短橫畫，因此應歸屬於增繁之列。

2. 豎畫中間增添短橫畫或圓點

如屯字、逆字、內字、樂字、帀字、鼎字、考字、焚字、煌字、赤字、庚字等十一個字例，則是在字形的豎畫中間增添短橫畫。其中楚王盦忎鼎之「帀」字，不但在首筆的橫畫之上增添一短橫畫，又於末筆的豎筆中間增添一短橫畫，可謂雙重增繁。又可考字二字例，王孫遺者鐘之字形乃於豎筆中間增添一圓點，王子午鼎則將圓點改爲短橫畫，在漢字形構的演變過程中，長線條中間常加圓點，圓點再進而變爲橫畫，如：

十：〔甲 870〕　〔守簋〕　十〔詛楚文〕

矢：〔甲 3117〕　〔矢佰卣〕　〔石鼓文〕

張振林在討論銅器銘文上的時代標記時，認爲以短橫畫代替圓點，應是流行於西周中晚期至春秋戰國時期。〔註22〕由於考字二字例均出於春秋晚期之楚金文，因此可以說其時楚金文正處於由圓點變爲橫畫的過渡時期。

3. 長線條或曲筆之旁增添長線條或曲筆

如璜字、遲字、于字、舍字、樂字、犀字等六個字例均屬此類。其中璜字、樂字乃是於二分背的曲筆之上，再增添二曲筆；遲字、于字、犀字則是於長線條之旁再增添長線條，此二種或皆屬美飾意味。至於舍字之添加曲筆，則不知其因。

4. 字間虛空之處，常塡以圓點或短橫畫

如喜字、栢字、楚字、孫字、子字、以字六個字例均屬此類。此種現象於古文字中已屢見不鮮，如：

臣：〔毛公鼎〕　〔昌鼎〕

〔註22〕張振林：〈試論銅器銘文形式上的時代標記〉，《古文字研究》第五輯，頁 67～86。

周：🦴牆盤　　　🦴何尊

楚金文於此可謂保存古風。

5. 其它

如臧字、隻字、晉字、年字、凡字、釱字等六個字例，皆較小篆字形繁增一筆或數筆，然因難以歸併，故統屬之「其它」一項。

（二）增加部件

釋文	小篆	古、籀	楚　金　文　字　例
登	豐	𤼦	🦴盅之登鼎・03
訶	訶		🦴𦘒鐘一・34
埶	埶		🦴𦘒鎛二・65
敗	敗	𣀓	🦴鄂君啓車節・06
鼓	鼓		🦴𦘒鐘一・46
賓	賓	𡩜	🦴中子賓缶・03
鄧	鄧		🦴以鄧䲹鼎・13
鄂	鄂		🦴鄂君啓車節・99
似	似		🦴王孫遺者鐘・85
丘	丘		🦴鄂君啓車節・103
壽	壽		🦴𦘒鐘二・49
卲	卲		🦴鄂君啓舟節・39
猶	猶		🦴王孫遺者鐘・63　　🦴王孫誥鐘七・75
浴	浴		🦴鄬子佣浴缶・09
漁	漁		🦴楚王孫漁戈・04

至	(字形)	(字形)鼢鎛五‧27	
戰	(字形)	(字形)楚王酓忎鼎‧05	
戠		(字形)王孫誥鐘五‧57	
乍	(字形)	(字形)楚王酓前匜三‧05	(字形)楚王酓前鉈鼎‧05
均	(字形)	(字形)鼢鎛二‧16	(字形)鼢鐘一‧17
障		(字形)佣障缶一‧03	
丙	(字形)	(字形)燕容銅量‧30	
以	(字形)	(字形)王孫遺者鐘‧30	(字形)鄂君啓車節‧87

所謂「部件」，非單指偏旁而已，而是指文字的組合單位，此單位本身亦可獨立為一個字，但它在文字的組合結構中，很可能只是形符或聲符的一部分，因此，「部件」是比偏旁更小的文字組合單位。觀察上列二十三個字例，歸結出楚金文部件增加之規律有如下數端：

1. 增加無義部件

增加無義部件，係指在文字中增加特殊部件，然而所增加的部件對文字的表意功能不起直接作用，可能只起了裝飾作用。楚金文增加無義部件之例，又可分成以下四種：

（1）加「口」符

如鼓字、似字、壽字、至字、戰字、均字、丙字、以字六例。添加「口」符，多添加於字體的下部，唯「均」字於字體的中部添加「口」符，而「壽」字則是添加於字體的左旁。

（2）加「心」符

如執字、卲字、猶字、以字四例，均於字體的下部添加「心」符。在古文字中，增加「口」符為常見的例子，添加「心」符則較為少見，故疑所增加的「心」符或為「口」符形訛所致。

如賓字，於字體的右側添加「彡」符。

（4）加「丌」符

如猶字，本從犬、酋聲，王孫遺者鐘之「猶」字則於聲符「酋」之下添加「丌」符，而此「丌」符並無法增加「猶」字的表意意向，故當歸屬無義部件之列。

因為添加的這些無義偏旁，亦為文字常見的偏旁，所以常會造成偏旁分析的混淆，增加文字辨識的困難，常須與上下文參照，方能確定其為何字。

2. 重複部件

重複部件，義為將字體中某一部件加以重複，且與原部件之間是采重疊的組合方式，如上列訶字、敗字、鄂字、哉字之例。

「訶」字將其聲符「可」重複，且在兩個「可」符首筆橫畫之上均再加上一短橫畫，真可謂疊床又架屋。

「敗」字《說文》云：「毀也，從攴、貝。敗，籀文敗。」由籀文敗字從二貝之形，可知亦屬於重複部件之例，而鄂君啓車節之「敗」字，則是將重複之貝符省略其下兩筆，遂訛與「目」同形。

「哉」字當是「從戈、吾聲」，王孫誥鐘之「哉」字，則是重複聲符「吾」之「五」旁而疊架之。

至於「鄂」字，《說文》釋形為「從邑、咢聲」，小篆「鄂」字上部僅從二口，鄂君啓節則從四口，亦屬重複部件之例；然而「咢」字古本從四口之形，如粹 976、咢侯簋，故知鄂君啓節實乃保留古形，小篆所作反是簡省之體。

3. 增加意符

增加意符是在文字原有偏旁之上，再增加一個表意部件，以加強文字之意向，如登字、鄧字、浴字、漁字、乍字、障字之例。

查「登」字本亦或從「廾」符，如燕 664、前 5.2.1、登鼎、說文籀文，故楚金文「登」、「鄧」二字，雖較小篆形繁，實則如籀文猶在未簡省「廾」符的階段。

「浴」字，《說文》釋為「洒身也，從水、谷聲」，鄔子佣浴缶之「浴」字從水、從人、谷聲，增加人旁乃是為強調人之洒身義。

「漁」字，《說文》云：「搏魚也，從魚、水」，楚王孫漁戈添加「舟」旁，則在強調以舟為工具以搏魚之義。

「乍」字於銅器銘文中多用為「作」，「作」乃後起形聲字，始皆假「乍」

爲之，因其當「作」之義不顯明，故楚金文之「乍」字或添加「又」符，以突出「乍」字借爲「作」之義。

「鐏」字實爲「尊」之異體字，所從「阜」旁無義；《說文》云：「尊，酒器也，從酋、廾以奉之。」故「尊」字本象以手進爵，俑鐏缶於「尊」下衍加「皿」符，亦在突出「尊」字爲酒器之屬性。

雖然本文是以小篆作爲正體字，以之與楚金文做對比，但在分析完上舉六例後，發現其實只有浴字、漁字、乍字、鐏字四例，才眞正符合增加意符之義。

（三）增加美飾圖案

釋文	小篆	古、籀	楚 金 文 字 例
皇	皇		番仲戈・05
用	用		王子午鼎・21　　楚王酓章戈・04
自	自		新弨戟・03
白	白		番仲戈・04
佶			番仲戈・07
乍	乍		楚王酓章戈・01　　番仲戈・05
寅	寅		楚王酓章戈・14

上列七個字例均屬鳥蟲書。鳥蟲書的鳥形通常添加在字體的上方或下方，一方面藉以拉長字體，一方面更增加字體蜿蜒婀娜之美感。其中的鳥形或蟲形都是爲了裝飾、藝術性的目的而添上去的，並無任何表意功能，故亦爲文字增繁的一種。鳥蟲書中的文字筆畫與鳥蟲形圖案經常糾纏在一起，因此很不易辨認。此外，王子午鼎中使用大量帶有爪形的飾符，如：

釋文	小篆	古、籀	楚　金　文　字　例
趣			王子午鼎・41
毆			王子午鼎・
壽			王子午鼎・34
考			王子午鼎・30
孝			王子午鼎・24
獸			王子午鼎・37
擇			王子午鼎・11
獸			王子午鼎・64

　　此爪形飾筆多加於人形部件之上，如「考」字本象人持杖之形，而於持杖之手上加爪符，有強調其手部動作的作用，但對正體字而言，畢竟仍屬飾筆。

三、更　易

　　「更易」一詞，何琳儀稱之為「異化」，何氏曰：

> 簡化和繁化，是對文字的筆畫和偏旁有所刪簡和增繁；異化，則是對文字的筆畫和偏旁有所變異。異化的結果，筆畫和偏旁的簡、繁程度並不顯著，而筆畫的組合、方向和偏旁的種類、位置則有較的變化。〔註23〕

也就是說「異化」與筆畫的繁、簡無涉，其重心在於字形構成形狀的變化，以及偏旁、部件選用的差異二者之上；前者不論偏旁或部件均同，只是構形的正

〔註23〕何琳儀：《戰國文字通論》，頁203。

反、上下、左右、內外組合有別，後者則主要在討論何以偏旁、部件要做如此
的替換。然而因爲「異化」一詞易與「訛變」產生聯想，所以本文改稱之爲「更
易」。由於文字使用者在用字之時對文字的組合結構認知不一，因此漢字在形體
的位置上及偏旁的使用上，都存在著不固定性，容許某種程度的更易。本文便
就位移與部件替換二項，來討論楚金文之更易情形。

（一）位　移

釋文	小篆	古、籀	楚　金　文　字　例
少	少		瓢鎛一・11　　瓢鎛六・12
正	正	正	考叔𦥑父匜一・02　　楚嬴匜・18
誨	誨		王孫誥鐘十一・74
彖			楚公彖鐘三・03　　楚公彖鐘四・03
父	父		考叔𦥑父匜・12　　考叔𦥑父匜二・11
叡	叡		王孫誥鐘十四・21
隹	隹		楚王領鐘・01　　楚嬴匜・16
初	初		楚嬴匜・20　　楚王領鐘・05
飲	飲		楚屈子赤角匜・17　　飲匜・06
楚	楚		楚嬴匜・13　　子化盤・06
之	之		以鄧會匜・10　　王命節・08
郵	郵		長郵戈・02
邔	邔		鄂君啓舟節・109
郎	郎		郎子行盆器・06
郢	郢		大𬋖銅量・01
鄂	鄂		鄂君啓舟節・48
邡	邡		鄂君啓車節・104

邛	𤩍		𤩍楚王臏邛仲嬭南鐘・11	
鄝	𣏌		𢀷鄝子妝戈・01	
邔			𣏌鄂君啓舟節・83	
酃			𩵋鄂君啓舟節・114	
鄩			𣏌鄂君啓舟節・124	
鄬			𣏌鄂君啓舟節・121	
冰			𢀷冰並果戈・01	
鄝			𦥑鄂君啓車節・05	
揪			𣏌揪陵君豆二・01	
邔			𣏌鄂君啓舟節・87	
酄			𣏌燕客銅量・16	
邨			𣏌中子賓缶・01	
郼			𣏌郼之新造戈・01	
月	ⅅ		𣏌楚王領鐘・04　𣏌楚嬴匜・19	
期	𣇳	丙	𣇳王子申盞盂・13　𣇳王孫誥鐘十七・104	
鼎	鼎	鼎	𣇳以鄧䵼鼎・21　𣇳坪夜君鼎・06	
年	秊		𣇳王孫誥鐘十六・95　𣇳楚嬴匜・10	
寶	寶		𣇳楚公象鐘三・06　𣇳楚公逆鎛・36　𣇳以鄧 會匜・25	
脂			𣇳考信脂父匜・11　𣇳考叔脂父匜一・10	
保	𠈃		𣇳楚子暖匜・18　𣇳楚屈子赤角匜・27	
弔	弔		𣇳考叔脂父匜一・09　𣇳以鄧䵼鼎・09	
壽	壽		𣇳王子吳鼎・21　𣇳東姬會匜・25	
屈	屈		𣇳楚屈子赤角匜・09　𣇳䡄䈞鐘・04	

旬	(圖)	(圖)	王孫遺者鐘·97	
苟	(圖)	(圖)	楚季苟盤·03	
敬	(圖)		王孫誥鐘五·30	
戜			王孫遺者鐘·45	王孫誥鐘·49
忎	(圖)		楚王酓忎鼎蓋·04	
湘	(圖)		鄂君啓舟節·105	
灘	(圖)	(圖)	鄂君啓舟節·74	
妃	(圖)		叔嬭番妃賸臣·19	中妃衛旅臣二·09
妝	(圖)		鄝子妝戈·03	
嬭			王子申盞盂·06	叔嬭番妃賸臣·17
乍	(圖)		楚公豪鐘二·05	東姬會匜·20
臣			楚王酓前臣三·08	盛君縈臣·06
孫	(圖)		楚公豪鐘四·05	楚公逆鎛·10
續	(圖)	(圖)	鄂君啓舟節·53	
凡	(圖)		鼄鎛一·37	鼄鐘一·38
城	(圖)		鄂君啓車節·106	
留	(圖)		留鐘·01	
疆	(圖)	(圖)	王子啓疆鼎·04	鼄鐘二·51
男	(圖)		鼄鎛四·63	
鐘	(圖)		楚公豪鐘一·09	楚公豪鐘三·09
子	(圖)		王子吳鼎·24	楚嬴匜·01
以	(圖)		以鄧龘鼎·12	郮陵君豆一·20
亥	(圖)	(圖)	中妃衛旅匜二·07	以鄧會匜·07

在古文字的構形通例中，有一種很特別的狀況，也就是在不發生混淆的前提下，形體可以多樣化，析而言之，可正可反，可上可下，可左可右，可內可

外，甚至左右結構與上下結構亦可通作，換句話說，即組成部件可以移位。本文稱呼此一狀況爲「位移」，並歸納出楚金文之位移情形有下列數種情形：

1. 正、反書不拘

表中所收錄，如少字、正字、豕字、父字、初字、飲字、楚字、之字、月字、鼎字、年字、𣸣字、保字、弔字、壽字、屈字、猷字、妃字、嬭字、乍字、匝字、孫字、凡字、疆字、鐘字、子字、以字、亥字等例，均屬此類。

2. 部件組合方式不拘

漢字於部件的組合方式上，大抵有左右式、上下式、內外式三種，然而各別的組合方式，常會出現互作的情形，也就是改變原來的組合而變爲另一種組合方式。楚金文表現在部件組合方式不拘上，計有下列數端：

（1）左右互作

如誨字、郵字、𨚵字、鄖字、𨟭字、鄂字、郍字、邛字、鄝字、郣字、𨛜字、邔字、酇字、邨字、𨜓字、鄙字、郳字、鄰字、邶字、𨝧字等例。如「誨」字，小篆爲左形右聲，楚金文改爲右形左聲。除「誨」字外，其它均爲從「邑」旁之字，代表方名，小篆從「邑」旁之字多作左聲右形的組合，楚金文則多改作左形右聲。

（2）上下互作

如期字，其所從之「日」符，於位置之經營上，可上可下。

（3）左右式變上下式

如叔字、㤅字、湘字、灘字、城字五例，均由左右式改爲上下式。其中「城」字自來多作上下式，如 中山王鼎、信陽楚簡，僅《說文》小篆爲左右式，因此楚金文「城」字當屬古形。

（4）上下式變左右式

如賡字、留字、男字三例。賡字或體「賡」，《說文》定其爲從庚、貝會意，本爲上下之組合方式，鄂君啓節則改爲左右式。又「留」字小篆爲上聲下形的形聲字，傳世留鐘則改爲左聲右形。又「男」字本從田、力會意，爲上下之結合方式，𩵋鎛亦改爲左右式。

（5）左右式變內外式

如旬字、茍字、敬字三例。「旬」字從勹、日，楚金文由左右式變內外式。

而從「茍」符之「茍」、「敬」二例，則是將「口」符由「勹」內移置左側。

（6）內外式變左右式

如妝字，「女」旁由原來的右側移置內部。

（7）左右、上下不拘

如寶字。《說文》云：「寶，珍也，從宀、玉、貝，缶聲。」寶字小篆之構
形乃是將聲符「缶」置於「王」之右、「貝」之上；楚金文則或將「王」、「貝」
二部件位置互換，或將聲符「缶」置於左旁，或將聲符「缶」置於右旁，可說
是除了「宀」旁居於字體上半部之位置不變外，其它形符及聲符則是位置左右、
上下不拘。

（二）部件替換

釋文	小篆	古、籀	楚　金　文　字　例
哲	哲	𢢎	王孫遺者鐘·51
德	德		王孫誥鐘十·42
後	後	後	曾姬無卹壺一·32
得	得		黝鎛五·78　黝鎛二·77
則	則	㓝	鄂君啟舟節·129
制	制		王子午鼎·81
槃	槃	盤	楚王酓忎鼎·03
期	期	㫷	王孫誥鐘十七·104
鼎	鼎		楚王酓前鐈鼎·08
職	職		曾姬無卹壺二·36
擇	擇		王孫誥鐘五·11

在漢字中，合體字的偏旁，尤其是形聲字的形符，在不會發生誤解的前提
下，往往可用與其義近的表意偏旁替換；而偏旁互換之後，形體雖異，可是在
意義上卻沒有改變。雖然理論上來說，聲旁亦可互換，但是聲旁的互換牽涉到
假借的問題，故本文在討論到部件替換之時，主要是選取表意部件更易之例，

至於聲旁替代之例，則暫置於部件替換之列外。

上舉十一例楚金文，究其部件替換之內涵，可細分爲以下幾類：

1. 義類相近的部件通用

在古漢字的構形通例中，義類相近的兩字，在擔任表意偏旁時常可互相代替，而此替代主要著重於二字之義涵，而非二字之形體。出現於楚金文的有下列數種：

（1）口→心：如「哲」字

「哲」字爲从口、折聲，口旁或改作心旁。古人沒有「腦」的觀念，咸認爲「心」爲人之思考中樞，心有意念而後口言，也就是所謂的「心口如一」，因此口旁與心旁在義類上有其相通之處，故可互換。

（2）彳→辵：如「德」、「後」、「得」三字

《說文》云：「彳，小步也。」又「辵，乍行乍止也，从彳、止。」由此可知「彳」、「辵」二字均代表腳部的動作，義類相近，故於偏旁中可通用。

（3）刀→刃：如「則」字

「刃」字構形在表刀刃的部位，「刀」、「刃」二字均與刀義有密切關係，故亦可替換。

（4）月→日：如「期」字

日升日落、月起月沉約經半天的光景，故月、日二字皆可代表時間，雖其代表的時間長度略有不同，但仍不影響其時間性，所以二字亦可於偏旁中互換。

（5）耳→首：如「職」字

耳爲頭部五官之一，首則爲整個頭部之象，在義類上均與頭部相關，故亦屬義類相近可通之列。

（6）手→廾：如「擇」字

「手」字象單手之形，「廾」字則爲兩手之象，析言之則義別，統言之則均爲手，故常於偏旁中互相替代。

2. 形聲字取意觀點不同的部件更易

形聲字就字面來解釋，表由形符及聲符組合成一個字，實則形符並不能確實表形，僅取其廣泛的意向來構字，否則如江、溪、河……等从水旁之字便淪爲同一水了。正因爲形聲字之形旁乃擇一廣泛的意向來構字，故常發生取意觀

點不同的構字現象。如「槃」字，從木旁乃表示其製造之材質，從皿旁表其爲器皿之屬性。又如「鼎」字，本象鼎形，其下所從爲鼎三足（或四足）之象。其後上部訛與「貞」同，遂有「貞」爲聲符之釋，影響所及，致楚王酓前鐈鼎之「鼎」字下部改從皿，表示鼎爲器皿，至此，「鼎」字已由原來的象形字，轉爲從皿、貞聲的形聲字。

四、訛　變

漢字的形體是呈不穩定狀態的，每個字的形體隨時都在變化，日積月累之後，變化就明顯了。大部分漢字的形體變化可以理出明顯的脈絡，也就是有規律的演化，但也有不循規律的。規律外的變化通常發生於偶然，而發展爲必然；偶然一筆筆勢改變了，或一體中左右兩半寫得太遠了，日積月累就必然會越來越偏離原形，乃至整個字形或結構中的一部分與傳統寫法相差懸殊，便形成了「訛變」。「訛變」與「簡省」、「增繁」、「更易」三者的差別，在於前三者的演變多有規律、條理可循，而「訛變」則爲偶然性的，漫無規律可言。

釋文	小篆	古、籀	楚　金　文　字　例
臧	臧		王孫誥鐘四・56
攻	攻		王孫誥鐘二・73
者	者		𪓿鎛五・28　　王孫誥鐘十・89　　王孫誥鐘十六・89
難	難	𪚩	𪓿鎛二・76　　𪓿鎛四・77
差	差		楚王酓前鼎二・05　　王孫誥鐘五・38
乘	乘	𣤵	鄂君啓車節・95
時	時		楚王酓章鎛・29
厲	厲	厲	東姬會匜・26
立	立		邡陵君豆二・12
鐘	鐘		王孫遺者鐘・68
陵	陵		鄂君啓舟節・11　　鄂君啓車節・11

湯余惠〈略論戰國文字形體研究中的幾個問題〉說：

根據我們的初步觀察，戰國文字的訛誤，主要不外乎改變筆勢，苟

簡急就和形近誤書三種情況。〔註24〕

其實，造成訛變的因素並不止湯氏所說的三種。舉例來說，將獨體字的形體拆開成為分離的部件，也會使原來的形體變得面目全非，因此也應該歸為造成訛變的一種。下面，就分類來討論楚金文的訛變。

（一）形近而誤

形近誤書為引起訛變的最主要原因，甲乙兩字（或偏旁）寫法相似，其中或有一、兩筆的差異，那麼甲便極易誤寫為乙，反之亦然。可以說，者種訛誤是由形近字（或偏旁）誘發所致。在上列的表中，屬於形近而誤的字例有：臧、攻、者、難、差、時、厲、鐘、陵等字。這些字例所表現出來的訛誤現象有：「臣」訛為「口」、「工」訛為「王」、「白」訛為「口」、「土」訛為「火」、「工」訛為「口」、「工」訛為「火」、「日」訛為「口」、「虫」訛為「兀」、「土」訛為「壬」、「攵」訛為「土」等。至於「工」訛為「王」、「白」訛為「口」、「日」訛為「口」、「土」訛為「壬」等例，為何不視為省略點畫，或視為增加點畫呢？區別就在於省略點畫與增加點畫二者，其於增、省點畫之後，並不會導致其原部件與其它部件混而形同；而上舉訛變之例，則是原部件訛與其它部件形同。那麼，為何不歸於部件替換一類呢？原因在於部件替換是指義類相近部件之替換，或是形聲字形符取意觀點不同之部件替換，而上舉訛變之例，其原部件與其訛變後之部件，在意義上並無干涉，故僅能歸於訛變之列。

（二）離析形體

如「乘」字，本象人登木之形，鄂君啟節之「乘」字則將木形與人形斷開，致木形訛與「几」形近。又如「立」字，本象人手腳張開立於地上之形，郙陵君豆之「立」字則將人形斷開，致下半部訛與「土」同。

第三節　小　結

總結前兩節的敘述，歸納出楚金文的特色表現在下列幾方面：

〔註24〕湯余惠：〈略論戰國文字形體研究中的幾個問題〉，《古文字研究》第十五輯，頁9～100。

一、筆勢風格

（一）前期為西周金文遺風，中期發展出楚文字風格，晚期趨向隸化。

（二）鑄文勻圓秀潤，刻文平扁粗率。

（三）兵器銘文多作鳥蟲書。

二、形構演變

（一）簡　省

1. 省略點畫

2. 省略部件

    （1）省略重複的部件

    （2）省略聲符

    （3）省略形符

3. 短橫畫或作圓點

（二）增　繁

1. 增加點畫

    （1）橫畫上、下加增短橫畫

    （2）豎畫中間增添短橫畫或圓點

    （3）長線條或曲筆之旁增添長線條或曲筆

    （4）字間空虛之處，常填以圓點或短橫畫

2. 增加部件

    （1）增加無義偏旁

    （2）重複部件

    （3）增加意符

3. 增加美飾圖案

（三）更　易

1. 位移

    （1）正反書不拘

    （2）部件組合方式不拘

2. 部件替換

（1）義類相近的部件通用

（2）形聲字取意觀點不同的部件更易

（四）訛　變

1. 形近而誤

2. 離析形體

其實，先秦時期文字尚未完全定形，一字有多種形體爲正常之事，本文分析楚金文簡省、增繁、更易、訛變之差異，目的不過在於突顯其字形仍保有不定形之現象罷了。

自進入東周時期，列國分立，列國文字不論於筆勢風格或形構演變上都有其各自之特色。然而由於楚金文發展的時間很長，跨越了西周、東周，因此可以這麼說：觀察楚金文形體的特色，亦庶幾可以瞭解整個先秦古文字演變的概況。其實文字的形構演變異常複雜，上文討論的簡省、增繁、更易、訛變等方式，並不一定全面，很多文字形體、筆畫中的細微演變，還可以進一步探討、歸納，這當然有待更多的材料的匯集，以及更多研究者的共同努力。

附錄：圖　版

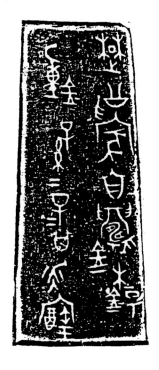 

圖版一　楚公豪鐘　　　　　　　　圖版二　楚公逆鎛

圖版三　中子化盤

圖版四　楚季荀盤

圖版五　郜父匜

圖版六　楚王酓邡中嬭南鐘

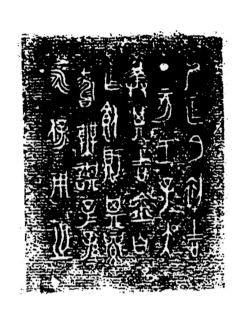

圖版七　王子吳鼎

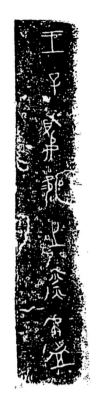

圖版八　王子嬰次爐

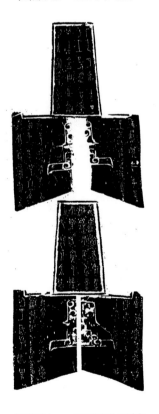

圖版九　王孫遺者鐘

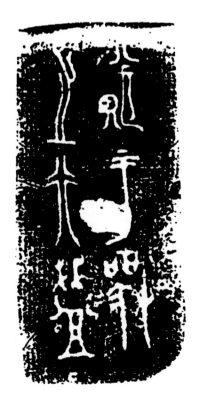

圖版十　�之盞

圖版十一　佣之匠

圖版十二　王子午鼎

圖版十三　楚王酓章鐘

圖版十四　楚王酓章鎛

圖版十五　楚王酓章戈　　　　　圖版十六　番仲戈

圖版十七　曾姬無卹壺

圖版十八　鄂君啓節

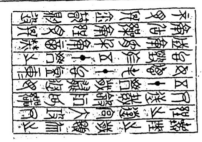

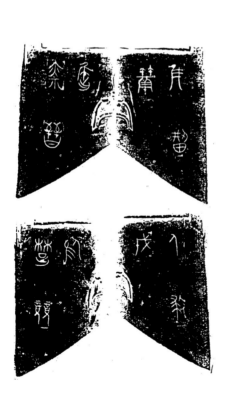

圖版十九　䣄篙鐘　　　　　圖版二十　王命節

圖版二一　燕客銅量

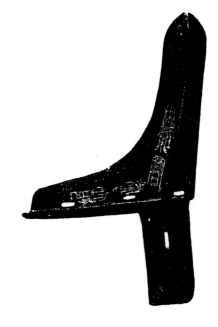

圖版二二　鄴君戈

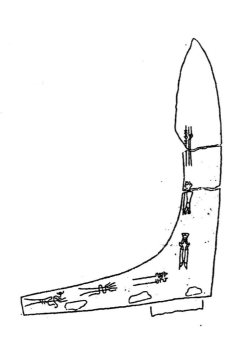

圖版二三　新弨戈

圖版二四　楚王酓前匜

圖版二五　楚王酓忎鼎　　　　　　圖版二六　專秦勺

圖版二七　大腐鎬　　　　　　　　圖版二八　大腐銅牛

圖版二九　楚王酓前盤

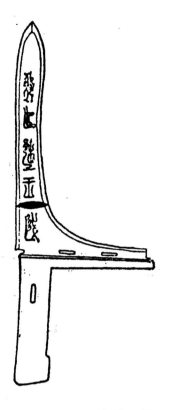

圖版三十　敚作楚王戟

圖版三一　正陽鼎

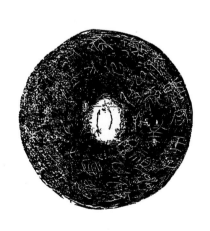

圖版三二　㭆陵君豆

第四章　楚金文與各系金文之比較

許慎《說文解字·敘》描述戰國時期的情形,說:

> 分爲七國,田疇異畝,車涂異軌,律令異法,衣冠異制,言語異聲,
> 文字異形。

東漢的許氏,已經留意到戰國時期文字異形的現象,但事實上這個現象並不是自戰國時期才開始的。自平王東遷之後,宗法制度的逐漸瓦解,周天子作爲天下共主的地位一落千丈,各方諸侯的力量急劇膨脹,開始出現彼此相互征伐,不統於王的割據爭霸局面,這就是歷史上的春秋戰國時代。頻仍的戰事,大大減少了各國之間的正常往來,與之相應,政治、經濟、文化等方面的地域性特色,則得以乘機滋長。文字也是一種社會現象,必然受到來自社會生活的影響,因此當春秋之世,諸侯國分裂的局面加劇,各國流行的民俗風情不同,連帶著文字風格也逐漸顯示出其地域性來。容庚即說:

> 春秋戰國,異體朋興。細長之體,盛行于齊徐許諸國。〔註1〕

由此可知,文字之形體變異,實自春秋時期就已開始。

近來學者已留意到春秋戰國時期,文字異形的情形,唐蘭在《古文字學導論》一書中,便提出將戰國文字分爲六國系和秦系兩系的說法。〔註2〕郭沫若則

〔註 1〕容庚:《商周彝器通考》,頁90。

〔註 2〕唐蘭:《古文字學導論》,頁31。

將東周銅器分爲吳、越、徐、楚、江、黃、郜、鄧、蔡、許、鄭、陳、宋、鄅、滕、薛、邾、邿、魯、杞、紀、祝、莒、齊、戴、衛、燕、晉、蘇、虢、虞、秦等三十二國，並云：

> 由長江流域溯流而上，于江河之間順流而下，更由黃河流域溯流而
> 上，地之比鄰者，其文化色彩大抵相同。更綜而言之，可得南北二
> 系。江淮流域諸國南系也，黃河流域北系也。

郭氏將三十二國之器，約略分爲南北二大系。〔註3〕然而隨著地下文物的不斷出土，學者對於各國文字的接觸越來越多，便發現到不論是唐氏的六國系文字，或是郭氏的南北兩系文字，內部仍存在著許多差異，有再細分的必要。五十年代，李學勤開始對戰國文字作較系統的研究，他在〈戰國時代的秦國銅器〉一文中，提出「戰國時期五系文字理論」云：

> 戰國時代的漢字可分爲秦、三晉（周、衛附）、齊、燕、楚五式，其
> 風格結構各有其特異之處。〔註4〕

李氏按照文字的風格和結體，將戰國文字分爲秦、三晉、齊、燕、楚五系，分域之觀念較郭氏又更進步、更嚴謹，他這個分法頗爲後來的研究者所接受。其後，何琳儀的《戰國文字通論》一書，承襲李氏之理論，特別抽繹戰國文字的地域性特點，將戰國文字加以分域；何氏不以國家分類，而以地區分類，即以「系」分類，一系之內既可以是一個國家的文字，也可以包括若干國家的文字，如此便形成所謂「五系文字」，〔註5〕許學仁《戰國文字分域與斷代研究》一文，亦沿用這個分法。

其實，「五系文字」的分類法不僅適用於戰國時期，亦可適用於春秋時期，因爲區域性的文字風格在春秋時期便已逐漸形成。何琳儀「五系文字」的分類如下：

齊系文字：以齊國爲中心，包含魯、邾、倪、任、滕、薛、莒、杞、紀、祝等國。

燕系文字：以燕國一國爲主。

〔註3〕郭沫若：《兩周金文辭大系・序》。

〔註4〕李學勤：〈戰國時代的秦國銅器〉，《文物參考資料》1957年第8期。

〔註5〕何琳儀：《戰國文字通論》，第三章，頁77～183。

> 晉系文字：以晉國（包含後來的韓、趙、魏三晉）爲主，旁及中山國、東
> 　　　　　周、西周、鄭、衛等小國文字。
> 楚系文字：以楚國爲中心，除包括吳、越、徐、蔡、宋這些較大的國家，
> 　　　　　還包括漢、淮二水之間星羅棋布的小國。
> 秦系文字：以秦國一國爲主。

得列爲一系文字，多是具有若干共同性的地域性特點，而這共同性特點，在五系文字中，則主要表現在文字的筆勢風格和結體間架上。楚系金文自有其地域性特點，而楚國乃楚系文字的中心國，傳世及出土楚金文的數量，又爲楚系各國之冠，因此在討論各系金文之特色時，即以楚金文代表楚系金文，與其它四系金文作一比較。而欲討論五系金文的地域性特點，仍是離不開筆勢風格和形構演變兩個基本方面，下文即針對此二項，作深入探討。

第一節　筆勢風格

在王權牢固的西周時代，青銅器中主要是周王室所鑄的器物。自西周晚期，情況開始有了改變，到了東周時的情況就完全不同了，諸侯及其卿大夫逐漸越軌，器物越鑄越多，銅器的形制、裝飾也逐漸多樣化、地方化起來。不僅青銅器的形制「不統於王」，銘文字體也同樣「不統於王」了，各諸侯國的文字，往往各有其風格。阮元在評論楚公逆鎛時說：

> 文字雄奇，不類齊魯，可觀荊南霸氣矣。

又評楚公豪鐘說：

> 此鐘與夜雨雷鐘（即楚公逆鎛）篆文相類，奇古雄深，與它國迥別。
> 〔註6〕

吳大澂論楚公豪鐘也說：

> 字體奇肆，於此見荊楚雄風。〔註7〕

郭沫若《兩周金文辭大系・序言》論及南方與中原地區銅器銘文特點時說：

> 南文尚華藻，字多秀麗，北文重事實，字多渾厚，此其大較也。

〔註 6〕阮元：《積古齋鐘鼎彝器款識法帖》，卷三，頁 11、頁 14～16。

〔註 7〕吳大澂：《憲齋集古錄》，卷二，頁 1～4。

由此皆證實各國的文字是存在著風格上的差異的，而且南北文字的差異更爲顯著。本節仍透過年代先後、鑄刻方式、器物種類三項，來分析楚金文和各系金文在筆勢風格之歧異。

一、時代先後

　　大體說來，春秋中期以前的各系金文，多承襲西周金文的遺風，如齊系之杞伯敏亡簋（圖版一）、魯伯愈父臣（圖版二）、齊縈姬盤（圖版三），晉系的蘇衛妃鼎（圖版四）、毛叔盤（圖版五）等，均與楚金文相同，結構舒朗、形體方正、筆畫停勻、不露鋒芒，沒有明顯的地方色彩。

　　據容庚的觀察，西周銘文均刻在器內隱密處，而東周器則多刻在器外顯著地位，如欒書缶銘文甚至錯以黃金，極爲美觀，極富裝飾效果。〔註8〕文字原爲記錄語言的工具，發展到春秋時期，既兼有文飾作用，便自然注意到線條、間架、筆畫等書寫的美感。所以自春秋中期開始，各系文字在筆勢風格上，都由西周的渾厚凝重走向華麗纖巧，逐漸有字體修長、筆畫勻細彎曲的趨勢，富有裝飾意味。林素清在討論戰國文字的美化字體時便說：

　　　　字體瘦長纖細化的風氣，開始於春秋中晚葉，而盛行於戰國時代，

　　　　主要見於東方及南方諸國，尤其是齊、徐、許、蔡等國。〔註9〕

由此可見，瘦長纖細的筆勢風格，非獨見於楚金文。

　　儘管在兼有文飾作用的發展之下，各系的文字普遍都有著瘦長的趨勢，但由於審美觀不同，各系之間仍有些微差異。如胡小石〈齊楚古金表〉析論東周以降齊楚文字之風格云：

　　　　兩者同出於殷，用筆皆纖勁而多長，其結體多取縱勢。所異者，齊

　　　　書寬博，其季也，筆尚平直，而流爲精嚴；楚書流麗，其季也，筆

　　　　多宛曲，而流爲奇詭。〔註10〕

若以此時其它四系金文，與楚金文作一比較的話，齊系金文如齊侯盂（圖版六）、陳逆簋（圖版七）、陳曼臣（圖版八）等，雖然也趨於細長，但線條較粗，不及

〔註 8〕容庚、張維持：《殷周青銅器通論》，頁 97。

〔註 9〕林素清：《戰國文字研究》，國立臺灣大學研究所博士論文，頁 109。

〔註10〕胡小石：〈齊楚古金表〉，《胡小石論文集》，頁 174～192。

楚金文之頎長，故整體感覺渾厚。晉系之哀成叔鼎（圖版九）、欒書缶（圖版十）、智君子鑑（圖版十一）等銘文字體，比較端莊整飭，呈現典型的中原風格。秦金文之秦公鐘（圖版十二）、秦公簋（圖版十三）等，用筆較爲剛勁。〔註11〕楚金文則形體特別頎長，筆畫長畫多盤曲迴繞，又於轉折處特別誇張，因此具有華麗的美感。

自戰國中期以降，因爲此時銅器已不是身份的證明、權力的象徵，而只是生活裏的用具和裝飾品，因而銅器銘文也就隨著失去其莊重性，而逐漸裝飾化了，有的甚至於潦草，成爲反映民間鑄工書體的樣品。

楚金文在戰國中晚期這個階段，除了鳥蟲書還依舊盛行外，筆勢風格已一改先前的蜿曲華麗，而逐漸傾向於委靡草率、平扁敧斜。而此時各系金文的情況又是如何呢？如齊系的左關鉨（圖版十四）、子禾子釜（圖版十五）等，晉系的卅二年平安君鼎（圖版十六）、五年司馬成公權（圖版十七），燕系的郾王職戈（圖版十八）、郾王戎人戈（圖版十九）、郾王喜劍（圖版二十）等，秦國的商鞅戈（圖版二一）、商鞅方升（圖版二二）、呂不韋戈（圖版二三）等，線條均較爲粗短，字體散漫，具有與楚金文相似之趨勢。

總體來說，不論是楚金文或是其它系金文，其筆勢風格的演變，大都沿著共同的時代趨勢在發展，如早期樸實、中期修長、晚期委靡之總趨勢，但因爲各系文化、民俗等因素的影響，所以在細部上仍有些微之差異。

二、鑄刻方式

青銅器上的銘文不僅有范鑄的，還有刀刻的，刻款不僅見於楚金文，各系金文均可得見。如齊系之薛仲赤匜（圖版二四）、薛子仲安匜（圖版二五）二器，年代均屬春秋早期，字體結構仍存西周遺風，但由於是刻款，筆畫特別纖細瘦硬，有別於同時期鑄款之渾厚凝重；秦國之秦公簋爲春秋中期（秦景公）器，蓋銘爲刻款（圖版二六），其字體亦較屬鑄款之器銘（圖版十三）來得纖細。由此可證，即使是同時代、同一人之器，只要銘文的鑄刻方式不同，就會對其筆勢風格產生影響。

自戰國中晚期開始，由於銅器作爲國家和宗廟重器的意味漸漸淡薄，所以

〔註11〕湯余惠：〈略論戰國文字形體研究中的幾個問題〉，《古文字研究》第十五輯，頁9～100。

刀刻之器大量出現。兵器銘文中刻款尤多。齊系兵器銘文多為鑄造，如郾戈（圖版二七），結體寬博，運筆粗獷。晉系兵器銘文多為刻劃，如六年安平守劍（圖版二八）、司馬郚劍（圖版二九）、長蘁劍等（圖版三十），結體散漫，運筆細勁，通體略具攲斜之勢；而吉日壬午劍（圖版三一）銘文則字體頎長，不過這種富有裝飾性鑄款的兵器銘文，在晉系中頗為罕見。在燕國兵器中，以燕王、燕侯名義所督造的，如郾侯載矛（圖版三二）、郾王職戟（圖版十八）等，多是先用璽印印出，然後鑄款而成，因此銘文外具方框，文字稜角突出，益顯方整遒勁；有部分著燕君名號者屬刻款，如郾侯載戟（圖版三三），至於若干不著燕君名號之兵器銘文，亦多為刻款，皆字體散漫，與晉系兵器銘文略近。傳世和出土的秦國兵器銘文，多屬戰國中晚期遺物，如商鞅戟（圖版二一）、呂不韋戟（圖版二三）等，亦多為刻款，字體亦呈平扁散漫。

除兵器銘文外，戰國中晚期之度量衡器及雜器〔註12〕亦多刻款，如晉系之晉公轄（圖版三四）、五年司馬成公權（圖版十七），秦國之商鞅方升（圖版二二）等。禮器中也不乏刻文，如晉系之卅二年平安君鼎（圖版十六）等，均為刻文。

觀察五系金文之鑄刻方式，可以發現刀刻最遲在春秋早期便已出現，而且不限於何種器類，何系文字。楚金文與其它各系金文一樣，均自戰國中晚期起，出現大量的琢刻銘文，且銘文之筆勢風格多是平扁瘦硬。所以說，「鑄款字畫肥，刻款字畫瘦」這句話，適用於任何年代、任何器類、任何地域性的文字。

三、器物種類

雖然說，隨著年代先後的不同，鑄刻方式的不同，銅器銘文的筆勢風格就會有改變，然而這種種的變化，亦與文字的使用場合脫不了關係。一般說來，國家和宗廟的重器文字多講究，而日用的實物上的文字則比較粗放。驗之於銅器銘文的，禮器〔註13〕與樂器因是國家宗廟的典重之器，銘文多范鑄，范鑄講慎重，故文字多較規整；而兵器、符節、度量衡器、雜器等，因是實用之具，銘文多刀刻，刀刻求簡便，所以其字體多較粗放。如中山王嚳方壺（圖版三四）字體莊嚴，結體繁複，喜用飾筆，行款整齊；而同出之中山王鈇（圖版三五），

〔註12〕此所謂「雜器」，包含車馬器、農具及生活用具等。
〔註13〕此所謂「禮器」，包含食器、酒器、水器等。

銘文潦草，形體簡率，恰成鮮明對比。〔註14〕

　　楚金文與其它各系金文，不論是在年代先後、刻鑄方式或是器物種類上，其筆勢風格的演變，大抵是依循著相同的**趨勢**，僅有一些細部的差異。唯一在器物種類上特異之處，就是楚系金文盛行於兵器之鳥蟲書、蚊腳書，為其它各系金文所未有。此種字體的產生，或與南方多山多水的自然環境，及信鬼崇神，好奇尚怪，敬奉鳥圖騰的民間風俗有關，故形成與北方各系金文迥異之形體。至於其它四系金文，則未見其因不同器類而出現不同之字體。

第二節　形構差異

　　五系金文的地域性特點，不僅表現在筆勢風格上的些微差異，在文字結體上則有諸多差異，獨特的部件，獨特的筆畫、偏旁寫法，獨特的組合方式，都是構成五系金文特殊結體的主要因素。本節茲就特殊飾筆、特殊部件及特殊結體三方面，將楚金文與其它四系金文做一比較。

一、特殊飾筆

　　所謂「飾筆」，意指在文字結體中，多出來的筆畫、線條或圖案，其性質多為平衡空間、填補空白、美化字形之用，可有可無，無關於本義，故稱為「飾筆」，或稱為「羨筆」、「贅筆」。

　　在文字上大量運用裝飾性符號或筆畫，是五系文字的特色之一，而且由於各地的文化差異，所以各地使用飾筆的習慣和風尚也有所不同。林素清對此曾有詳細的討論，她分析戰國文字所見的繁飾，將其大致分成六類：〔註15〕

　　　一、小圓點
　　　二、橫畫及短橫畫
　　　三、二短畫
　　　四、短斜畫
　　　五、渦狀蚊飾
　　　六、鳥蟲形、爪形圖案及彎曲線條等

〔註14〕湯余惠：〈略論戰國文字形體研究中的幾個問題〉，《古文字研究》第十五輯，頁 9～100。

〔註15〕林素清：《戰國文字研究》，國立臺灣大學中國文學研究所博士論文，頁80。

而據本文第三章第二節「增繁」項所討論，歸納出楚金文常使用的飾筆有五種：

一、橫畫上、下加增短橫畫

二、豎畫中間增添短橫畫或圓點

三、長線條或曲筆之旁增添長線條或曲筆

四、字間空虛之處，常填以圓點或短橫畫

五、增加美飾圖案——鳥形、蟲形、爪形

第五種之增加鳥形、蟲形或爪形的美飾圖案，乃楚系金文所獨有，代表的是楚系金文的特殊風格。林素清對戰國文字繁飾研究的結論云：

> 鳥蟲形繁飾不見於秦晉，只盛行於楚蔡宋吳越等地。其中鳥頭形以越地用得最多，而蟲爪紋飾只見於楚文字，蟲形紋及簡化的彎曲線條，皆以吳越地最常見，楚蔡次之。〔註16〕

由此可見，這類的飾筆在楚系內諸國的使用情形仍有些許差異，而爪形飾符則爲楚金文中所獨有特殊飾筆。又中山王響器中，從「鳥」旁之字，如「於」字作「𧆐」，「焉」字作「𧇎」，其「鳥」形昂首曲腳、生動活潑，頗具鳥蟲書之趣味，唯僅見之於「鳥」旁，未見其使用於其它單字上，此點與楚金文之鳥蟲書不限使用於何字有別，故僅能視爲某偏旁的特殊形體，而不能視爲一種飾筆。

至於前四種之增加點畫，則亦見於其它四系金文，如：

齊系：厌→𠂤滕侯吳戟　　　孟→𥁒魯大司徒匜

正→𠛠郳大宰匜　　　安→𡩙陳純釜

以→𠯑陳喜壺　　　　赤→𣏾郳公華鐘

元→𢎨厚氏鋪

晉系：相→𣐕中山王響鼎　　天→𠀉中山侯鉞

正→𣥺欒書缶

反是其它四系金文中，有些飾筆未見於楚金文中，如：

齊系：再→𠕁陳璋壺

晉系：及→𢓊中山王響壺　　　身→𣥺中山王響壺

〔註16〕林素清：《戰國文字研究》，國立臺灣大學中國文學研究所博士論文，頁80。

能→〔中山王䚕壺〕　　　賢→〔中山王䚕壺〕

若→〔中山王䚕壺〕　　　光→〔中山王䚕壺〕

郘→〔中山王䚕壺〕　　　四→〔大梁鼎〕

　　以小圓點爲裝飾，古已有之，自春秋中期開始，因文字形體趨向細長，所以普遍流行加小圓點於較長的直筆或曲筆之上，或填入較大的書寫空隙間，其補白及增加線條變化的意味較濃厚，通常是信筆添增，於某字中的數量和位置都不固定，不會成爲某字的固定點畫之一。〔註17〕因爲楚金文字形格外細長，所以在楚金文中這種飾筆也頗爲流行。事實上，在觀察過五系金文之後，發現用在直筆、曲筆之上的「‧」飾，以晉系金文最多，如中山王䚕器銘文便屢見「‧」飾；而在橫畫之上部增加「‧」飾的情形，則齊文字中使用遠較它系頻繁。

　　至於加短橫畫「-」飾筆的，林素清曰：

　　　春秋晚期以後，六國文字形體上有一極普遍的現象，就是橫畫之增添，大致可分爲四種形式：一、加橫畫於起筆橫畫之上；二、增橫畫於較長之直筆上；三、增短橫畫於口形之中；四、增短橫畫於字形末筆之上。〔註18〕

又說：

　　　除了加橫畫於口形之外，戰國文字所見加橫畫的情形以楚地最多。

　　〔註19〕

與小圓點飾筆不同的是，這種短橫畫的飾筆通常出現在某些固定文字或固定偏旁的固定位置之上，如在「不」、「正」、「天」、「可」、「帀」等字首筆橫畫之上，或在「火」字及从「火」旁之字豎筆上，或在「內」字所从「人」旁豎筆之上，又或在「齊」、「祖」等字之下。〔註20〕似乎這種短橫畫的飾筆不是信手增減，而是有一定規律的。

　　在五系文字之中，燕國一般的銅器銘文不多，兵器銘文則數量豐富，堪稱

〔註17〕陳月秋：《楚系文字研究》，私立東海大學中國文學研究所碩士論文，頁62。

〔註18〕林素清：《戰國文字研究》，國立臺灣大學中國文學研究所博士論文，頁60。

〔註19〕同上註，頁69。

〔註20〕相關字例參見本文第三章第二節「形構演變」中「增繁」一項。

列國之冠。然而如上節所述，兵器屬實用之器，故除了部分著有燕君名號之器銘爲鑄款外，其它則均屬刻款，刻文講求簡便，字多散漫，因此少用飾筆；且燕國兵器年代又多爲戰國時器，其時文字已有委靡草率之傾向，所以就連少部分著有燕君名號、文字較規整之器銘，亦少見裝飾筆畫。秦文字亦是少文飾的一種，除偶用短橫畫「-」之外，幾乎不再使用它種飾筆。與燕、秦文字正相反的，晉系文字不僅使用飾筆，而且式樣繁多，如上所引，有加短斜畫者，加一點者，加四點者，加二短橫者，加四短橫者等等。〔註21〕

齊系金文另有兩種很特別的飾筆，一是在「土」、「大」等偏旁上部筆畫交接處，精心塗成填實的三角形，如：

陳→[圖]陳侯因咨戈　　　　　因→[圖]陳侯因咨戈

一是在斜畫或橫畫的末端，附加一種尾形飾筆，如：

爲→[圖]陳喜壺　　　　　族→[圖]陳喜壺

客→[圖]陳喜壺　　　　　掬→[圖]陳肪簋

屬晉系金文的中山王𢪙諸器，則常使用一種圓渦形飾筆，如：

又→[圖]中山王𢪙壺　　　　　祀→[圖]中山王𢪙壺

至於見於齊系填實的三角形飾筆，亦見於中山國之兆域圖版中，如

堂→[圖]兆域圖版　　　　　內→[圖]兆域圖版

從上面所舉字例來看，飾筆似多用在筆畫較爲簡單的字上，進而加於以這些字爲偏旁的合體字之上，此合體字之筆畫可能並不簡單，但仍加飾筆，可能是因襲所從偏旁字形本身之書寫習慣使然。

歸結來說，一般性飾筆，如短橫畫、圓點、短斜畫、兩短橫等，大多數均存在於兩系或幾系文字之中，都不是一系所專用的。而在楚金文、齊系金文以及晉系金文中，則另外存在著專有的鳥蟲形、爪形、三角形、尾形及圓渦形的特殊性飾筆。楚金文於飾筆的使用數量以及使用種類上，並不比齊系、晉系金文來的更多采多姿，因此可以說楚金文對字形的美化，是透過線條的特別拉長，

〔註21〕湯余惠：〈略論戰國文字形體研究中的幾個問題〉，《古文字研究》第十五輯，頁 9
　　　～100。

誇張的彎曲，以及加上鳥形、蟲形及爪形圖案來呈現；其於一般性飾筆的使用，則多屬平衡空間，使結體疏密勻稱的作用，又或者是文字異化、類化所致，事實上非營求美飾效果。

二、特殊部件

各系金文當然存在著一些彼此相同的通行寫法，如「口」字作「ㅂ」、「貝」字作「貝」、「之」字作「㞢」、「木」字作「木」之類，但也有僅見於一系，而它系所無的特殊形體。與其它四系金文相較，楚金文中便存在著許多特殊部件寫法，〔註22〕如：

楚金文特殊偏旁一覽表

偏 旁	楚 金 文	四 系 金 文
水	鄔子佩浴缶・09	叔夷鎛
石	鱍鎛四・25	五年司馬成公權
金	楚王酓忎鼎・08	邾公華鐘
次	郯並果戈・01	
告	郑陵君豆一・09	邯造遭鼎
于	王子申盞盂・08	
單	楚王酓忎鼎・05	
隹	楚王酓忎鼎蓋・06	禾簋
心	楚王酓忎鼎蓋・04	中山王嚳壺
至	王后六室豆・07	晉姜鼎

上表所列這些部件形體，均是僅見於楚金文，而不見於其它四系金文的，那麼，是否就表示楚金文的部件形體特別多變呢？其實不然，四系金文中亦存在許多其獨特的部件旁形構，亦不見於楚金文，試舉數例如下：

〔註22〕表中僅舉一字例以說明，並非表示見於楚金文及四系金文的特殊偏旁均只有一個字例。

四系金文特殊部件一覽表

偏　旁	四　系　金　文	楚　金　文
心	國差罎 趙孟介壺	楚王酓忎鼎蓋・04
邑	國差罎	鄂君啓舟節・26
辵	齊大宰歸父盤	鄂君啓舟節・73
火	薛仲赤匿	楚屈子赤角匿・11
日	邾公釛鐘	王孫遺者鐘・41
止	兆域圖版	楚王酓忎鼎・09

上舉數例，雖不能全面反映出各系金文偏旁異形的現象，但已可以使我們瞭解到，形體的多變爲各系金文之共通點，而在多變的形構中，各系亦多有其特殊之寫法，足可作爲判別器物國別之輔證。

三、特殊結體

所謂「結體」，指的是文字整個風貌，也是由筆畫、部件所組成的文字最大單位，普遍又稱爲「形體」。一般通行的寫法，可稱之爲「共同結體」，但由於不同之特殊飾筆、部件的使用，必然也會形成一些僅使用於某系文字的特殊結體，各系金文中自然也存在著許多它系金文所無的特殊結體。僅舉數例以比較各系結體相異的情形：

五系金文結體變異一覽表

字例	楚		齊		晉	燕	秦
市	鄂君啓舟節・08	楚王酓忎鼎・02	國差罎	陳純釜			
府	大䐭銅牛・02				兆域圖版		

年	曾姬無卹壺一·06	王孫誥鐘十六·95	厚氏鋪	郘公華鐘	卅二年平安君鼎			相邦呂不韋戟
易	鄂君啟車節·79	正陽鼎·02		中山王嚳壺				
安		薛子仲安匜	國差𦉜	廿八年平安君鼎	哀成叔鼎			
保	王孫誥鐘十五·106	齊侯盂	薛仲赤匜	中山王嚳壺	晉姜鼎			秦公鐘
歲	䑤鐘一·45	國差𦉜	子禾子釜					
陳	楚王酓忑盤·06	陳往戈·01	陳逆簋	十四年陳侯午敦				
乘	鄂君啟車節·95	周齊侯鐘						弩牙
鑄	楚嬴匜·15	楚王酓忑鼎·14	周齊侯鐘	洹子孟姜壺	中山王嚳壺			
爲	集醻盤·06	陳喜壺	國差𦉜	中山王嚳壺				

關	鄂君啓舟節·124		子禾子釜		中山王壺				
我	王子午鼎·26	王孫誥鐘十·94	邾公釛鐘		晉姜鼎	欒書缶			
寅	楚王酓章戈		陳純釜		鄆孝子鼎			相邦呂不韋戟	
孝	王孫遺者鐘·31	燕客銅量·47	郜遺簋	十四年陳侯午敦	鄆孝子鼎			秦公鐘	
襄	鄂君啓車節·10	薛侯盤			重金壺				
者	鱁鎛五·28	王孫誥鐘十六·89	陳純釜	周齊侯鐘	兆域圖版	中山王壺	鄜侯庫簋	橢量	

上表共列十七個字例，可以明顯地看出，同一字在各系金文中常有不同形體，甚至於同系也有「同字異形」的情形，由此益證實春秋戰國時期，文字形體變異的劇烈。若就總體而論，由於地理和歷史的因素，秦文字比其它各國文字更多地繼承了西周晚期銘文的遺風，因此秦文字的形體變化不大，比較穩定，和傳統古文差距最小，至戰國時期的秦金文則已近似小篆。晉系金文由於也遺傳了中州故地風格，所以其結體演變也較小，字體較端莊整飭。至於齊系、燕系以及楚金文，則變動劇烈，異體紛呈。

第三節　小　結

在對楚金文與其它四系金文的筆勢風格及形構演變做過一番比較之後，可以得到以下數點結論：

一、楚金文與其它四系金文，在筆勢風格的演變上，大抵依循著相似模式。早期沿襲西周晚期金文遺風，各系均未產生明顯的地域性特色；春秋中期以後，各系金文均朝向細長的趨勢發展，唯楚金文形體格外頎長，筆畫多彎曲，較其它四系金文更具有藝術性的美感；自戰國中期開始，刻文在各系金文中大量使用，銘文形體均趨於平扁粗放，其時兵器及雜器銘文均多刻款，故各系之兵器及雜器銘文，筆勢風格多顯草率。

二、楚金文擁有鳥蟲形及爪形的特殊飾筆，為它系所未見。且楚金文之鳥蟲形飾筆多使用在兵器這類器物之上，其形體之華美，與它系兵器銘文多粗放之刻文，大相逕庭；又，其它四系金文並未因使用器類有別，而產生不同書體。至於一般性飾筆，各系金文互見，唯楚金文中短橫畫飾筆使用之頻率，可謂各系金文之冠。

三、各系金文均發展出一些其特有的部件或結體，不與它系混同，楚金文亦不例外。

可以說在筆勢風格上，各系金文之發展較一致，風格近似；而在結體形構上，各系金文異形紛呈，有漸為明顯的地域性區別。眾多異體字的產生，則可能透過文字類化、異化、訛變等因素影響所產生。在判斷器物國別以及年代的斷定上，銘文一直扮演著重要的角色，一方面是透過銘文內容的考察，另一方面則是在銘文字體其筆勢結構所顯示出的特色上。由於能力所限，本文在其它各系金文的收集上無法悉數網羅，因此在各系金文的比較上，也就較缺乏全面性，僅能就所看的來陳述，故疏漏舛誤在所難免。若能盡收傳世或出土之各系金文，做一全面而嚴謹分析比對，相信必能找出各系金文特異之處，如此，則於國別及年代的斷定上，便又多了一項有利的工具。

附錄：圖　版

圖版一　杞伯敏亡簋

圖版二　魯伯愈父匜

圖版三　齊縈姬盤

圖版四　蘇衛妃鼎

圖版五　毛叔盤

圖版六　齊侯盂

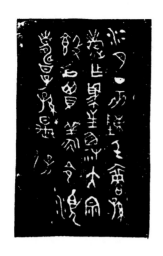

圖版七　陳逆簋

圖版八　陳曼盉

圖版九　哀成叔鼎

圖版十　欒書缶

圖版十一　智君子鑑

圖版十二　秦公鐘

圖版十三　秦公簋（器）

圖版十四　左關鈉

圖版十五　子禾子釜

圖版十六　卅二年平安君鼎

圖版十七　五年司馬成公權

圖版十八　郾王職戈

圖版十九　鄾王戎人戟　　　　　　圖版二十　鄾王喜劍

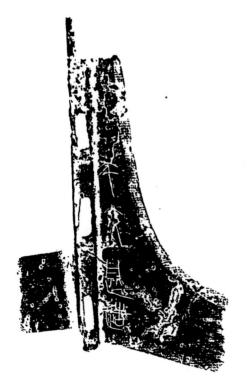

圖版二一　商鞅戟

圖版二二　商鞅方升

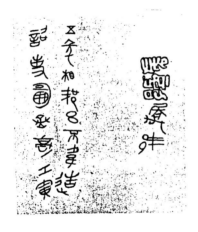

圖版二三　呂不韋戟

圖版二四　薛仲赤匜

圖版二五　薛子仲安匜

圖版二六　秦公簋（蓋）

圖版二七 郢戈　　　　　　　圖版二八 六年安平守劍

圖版二九 司馬郘劍　　　　　圖版三十 長瞿劍

圖版三一　吉日壬午劍

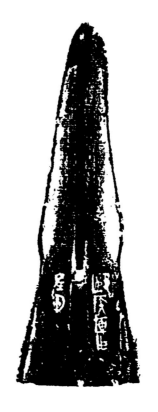

圖版三二　鄦侯載矛

圖版三三　鄦侯載戟

圖版三四　晉公轄

圖版三五　中山王嚳壺

圖版三六　中山王鉞

第五章 楚金文之異體字

　　「異體字」一詞，就字面上來看，是指與「正體字」歧異之形體。文字是表達語言的工具，具有形、音、義三大構成要素，由於文字的產生是在語言之後，所以在造字時，多是先有字音、字義，而後方有字形；可想而知的，在面對固定的字音與字義時，常會因造字者以及時間、地域等因素的不同，而創造出不同的字形，且文字在經過長時期的演化後，也必在其它各種因素的影響下，歧演出與造字時原貌有異之形體。所以自有文字產生以來，便存在著許多一字異形的現象，此即一般所謂的「異體字」。晚近，學者對異體字的定義，已經有了一個最基本的認知，即「音、義相同而寫法不同的字，謂之異體字」。

　　雖然學者對異體字的定義，已有一基本認知，但在內涵上仍有廣義與狹義之別。如裘錫圭《文字學概要》即說：

> 異體字就是彼此音義相同而外形不同的字。嚴格地説，只有用法完全相同的字，也就是字的異體，才能稱爲異體字。但是一般所説的異體字往往包括只有部分用法相同的字。嚴格意義的異體字可以稱爲狹義異體字，部分用法相同的字可以稱爲部分異體字，二者合在一起就是廣義的異體字……在部分異體字裏，由用法全同的一字異體變成的字只占很小例。絕大多數部分異體字是彼此可以通用的不

同字。〔註1〕

裘氏又將其所稱的「彼此可以通用的不同字」分為四類,即:

一、本字與其慣用的通假字通用。

二、兩個擁有共同本字的假借字通用。

三、母字與其分化字通用。

四、兩字因擁有共同的意義而通用。〔註2〕

觀此四項,不難明瞭,廣義的異體字範疇之廣,連假借字、分化字以及同義字三項皆可納入其列。此外,孔師仲溫《類篇研究》一書,曾引陳師伯元對異體字所下之定義,其言曰:

自古至今,一直與本字同一音義,而形體有別者。〔註3〕

根據陳師所言,乙字雖原是甲字之異體字,但只要在某個時期曾有異於甲字之音讀或字義,即使這種現象存在時間很短,那麼乙字便不得視為甲字之異體字;又或者甲、乙二字本各有其不同之意義,因為假借、同化等因素,乙字原有之音義消失,轉與甲字之音義、用法無別,此種現象,亦不得視乙字為甲字之異體字。陳師所下之定義,即為狹義的異體字。由於假借字、分化字、同義字等項,均是文字學上重要之研究課題,可獨立探討,故本文於異體字的定義上,采取狹義的解釋,以與假借字、分化字等做一區隔。

文字所呈現的形體(或稱結體),是由筆畫及部件所組合而成的。異體字既為形體相異之字,故其與本字相異處,小則表現在筆畫的增減上,中則表現在部件的組合方式,及部件的有無、替換上,大則表現在整個結體的差異上。筆畫的增減與部件組合方式的更易,大抵上較不會影響對一字的辨別,因此被視為當然的異體字;至於部件的有無、替換,以及整個結體的差異這兩方面,是否該視為異體字,則有較大的爭議。楚金文中存在著許多異體字,第三章所介紹的,為當然的異體字,此處不再贅述。因此於異體字的討論上,本文將重心置於一些特殊的字例之上,並依是否見諸於《說文解字》之收錄,將之劃分為兩類,分類說明。

〔註1〕裘錫圭:《文字學概要》,頁205～208。

〔註2〕裘錫圭:《文字學概要》,頁264～267。

〔註3〕孔師仲溫:《類篇研究》,頁260。

第一節　同於《說文》重文者

　　雖然《說文解字》（以下簡稱《說文》）所列之小篆，屬秦系文字，與楚金文所屬之楚系文字有別，然而因為其它各系文字，未如秦國作過文字整理、統一之工作，亦未經如《說文》類之字書大量收集、整理，故歷來於討論古文字時，皆以《說文》小篆為正體字，以與其它形體做比對。

　　《說文》除詳列 9353 個小篆字形外，亦收錄了許多仍然留存於當世的異體字，其種類包括了籀文、古文、奇字、或體及俗字五類。其所收錄之籀文，當為與小篆異形者，故僅有二二五字。〔註4〕據《說文解字・序》云：

> 及宣王太史籀著大篆十五篇，與古文或異，至孔子書六經，左丘明述《春秋傳》，皆以古文。

又云：

> 魯恭王壞孔子宅，而得《禮記》、《尚書》、《春秋》、《論語》、《孝經》。
> 又北平侯張蒼獻《春秋左氏傳》，郡國亦往往於山川得鼎彝，其銘即前代之古文，皆自相似，雖叵復見遠流，其詳可得略說也。

由此可以瞭解，許慎的「古文」是指不同於籀文、小篆的「古文字」，主要是收錄自當時所得的古籍文字與金文，去除與小篆同形者，總共有四百八十多字。〔註5〕又《說文》裏所收載的「奇字」，《說文・序》曾謂：「二曰奇字，即古文而異者也。」所以所謂「奇字」也就是「古文」的異體字，見於《說文》的僅有五個。至於《說文》所錄載的「或體」，其實也是屬於戰國古文的異體字，〔註6〕而「俗字」則是當時民間通用的異體字，除了一部分可能是漢代新興字體外，必有一部分是延用古文形體，而不見於典籍的。所以總的來說，《說文》所收錄的重文，最主要就是籀文與古文兩大類，本文則統稱之為《說文》重文。

　　漢代所發現的古籍，大部分是春秋中期以後，到戰國中晚期的竹簡帛書，其文字多屬六國文字範疇；然而不論秦文字或是東土的六國文字，均是上承西

〔註4〕林師慶勳、竺師家寧、孔師仲溫：《文字學》，頁 116。

〔註5〕同前註，頁 110。

〔註6〕洪燕梅：《睡虎地秦簡文字研究》，國立政治大學中國文學研究所碩士論文，頁 74
　　　～75。

周金文、籒文一路發展而來，所以楚金文中存在著許多同於《說文》重文形體的異體字。

楚金文合於《說文》重文一覽表

釋文	小篆	重文	字體	楚金文字例
哲			或體	王孫遺者鐘・51
嚴			古文	王孫誥鐘十四・28
登			籒文	盅之登鼎・03
正			古文	考叔脂父匜一・02
遲			籒文	王孫誥鐘十・50
後			古文	曾姬無卹壺二・32
僕			古文	鑐鎛一・6
				鑐鎛七・62
革			古文	鄂君啓車節・67
敗				鄂君啓車節・06
難			古文	鑐鎛四・77
利			古文	佣戈・16
則			籒文	鑐鐘一・13
其			古文	楚季茍盤・10
				楚嬴匜・08
倉			奇字	鑐鎛五・33
				鑐鐘一・38
侯			古文	王孫誥鐘十・90
享			籒文	楚季茍盤・16
乘			古文	鄂君啓車節・95
槃			籒文	楚王酓忎鼎・03

賓	寶	寅	古文	王孫遺者鐘・76
游	游	遊	古文	鄂君啟舟節・28
期	期	丌	古文	王子申盞盂・13
秦	秦	秦	籀文	專秦勺・03
襄	襄	襄	古文	鄂君啟車節・10
般	般	般	古文	楚季苟盤・09
旬	旬	旬	古文	王孫遺者鐘・97
苟	苟	苟	古文	楚季苟盤・03
厲	厲	厲	或體	東姬會匜・26
長	長	长	古文	黝鐘一・29
灘	灘	灘	俗體	鄂君啟舟節・74
雷	雷	雷	籀文	楚鑄公逆・12
西	西	卤	古文	楚王酓章鎛・25
閒	閒	閒	古文	曾姬無卹壺二・22
聞	聞	聞	古文	王孫誥鐘六・58 燕客銅量・05
民	民	民	古文	王孫遺者鐘・93
我	我	我	古文	王孫誥鐘十・94
續	續	賡	古文	鄂君啟舟節・53
紹	紹	綤	古文	楚王酓忑鼎・03
彝	彝	彝	古文	楚王酓章鎛・21 曾姬無卹壺二・29
野	野	埜	古文	盤埜勺・03
畺	畺	疆	或體	考叔脂父匜一・22
金	金	金	古文	黝鎛六・04

四	四	三	籀文	三	王孫誥鐘八·60
申	申	⅗	古文	⅗	楚公逆鎛·05
					楚子暖臣·07
					王子申盞盂·03
亥			古文		鄂·君19啓舟節

上表共列有四十五個與《說文》重文相同之楚金文異體字，考較其與正體字小篆之間的差異，又可分爲下列數端：

一、增加筆畫

如正字、利字、旬字、苟字、金字。除「苟」字外，其餘四字均與古文字增繁之規律吻合，如首筆短畫之上增加短橫畫、於斜畫之旁增加斜畫、於空隙處增加二短畫、加點等。至於「苟」字，《說文》釋形云：「从羊省，从勹口。古文不省。」古文字形或作前8.7.1、孟鼎，徐中舒云：「象狗蹲踞警惕之形，引申爲敬。」〔註7〕據「苟」字古文字形体，明其所從並非羊形，故知許氏釋形有誤。

二、重複部件

如敗字、秦字、雷字，此三字皆爲籀文。「敗」字本从攴、貝會意，表毀敗義，而籀文从雙貝；「秦」字本象雙手持杵春禾之形，而籀文从雙禾；「雷」字本象雨雷之形，而籀文从四雨雷形，且加二圓渦形。此三字之重複部件，皆有強化意向之意味，亦證明籀文體多繁複之說。

三、部件增減

如登字、僕字、其字、侯字、屬字、長字、畺字。登字、其字、畺字三字部件之增減，已見於本文第三章第二節之討論。

僕字，《說文》云：「給事者，从人、業，業亦聲。古文从臣。」楚金文僕字二形，前者將象徵雙手的「廾」形省略，後者則僅餘單手，均較小篆字形簡省。其特異之處，在於其形雖近於《說文》古文而从「臣」旁，可是《說文》古文並未从「人」旁。考「人」旁、「臣」旁均爲意符，意即《說文》所云之「給事者」。楚金文僕字，既从「人」旁，又从「臣」旁，可說是較小篆及《說

〔註7〕徐中舒：《漢語古文字字形表》，頁362。

文》古文繁加意符的異體字。

　　侯字，《說文》云：「从人、从厂象張布，矢在其下。」查侯字古文字作「𥎦乙948、𥎦保卣，从厂、从矢，而不从人，楚金文正襲古形，小篆之形殆爲後出。

　　厲字，《說文》云：「旱石也，从厂、萬省聲。」查古文字形或作「𠆌五祀衛鼎、𠆌散伯簋，其所从「萬」字皆不省，楚金文亦同，故知小篆字形乃屬後出。

　　長字，《說文》云：「久遠也，从兀、从匕、亡聲。」其古文字或作「𣱏林2.26.7、𣱏乙8812，象一人髮長、持杖之貌，本無聲符，小篆从亡聲反是後起形聲字。

　　因此，楚金文見於《說文》所收錄的五個部件增減的異體字，除置字外，其餘四字，楚金文均是較小篆爲早的古文字。

四、部件替換

　　如哲字、遲字、後字、難字、則字、槃字、游字、期字、般字、灘字、聞字。在這些字中，又可分爲改變意符及改變聲符兩類。

　　哲字、後字、難字、則字、槃字、游字、期字、般字、灘字屬改變意符。此改變之意符與正字所从之意符，如「口」與「心」皆代表思維所出處，「彳」與「辶」皆表足部動作，「隹」與「鳥」皆爲禽類，「貝」與「鼎」皆代表貴重物品，「日」與「月」均象徵時間，「殳」與「攴」皆爲手部動作，因爲義類相近，故於偏旁中常可通用。至於槃字之變，則爲造字時取意有別，从木表其材質，从皿表其爲用具。

　　遲字、聞字則爲改變聲符。遲字从辶、犀聲，籀文改从屖聲，犀、屖二字於《廣韻》、古音中俱爲同音，故可假借。

　　聞字从耳、門聲，古文改从昏聲。門字《廣韻》音「莫奔切」，古音爲明紐*m-、諄部*-ɛn；昏字《廣韻》音「呼昆切」，古音爲曉紐*x-、諄部*-ɛn。二字疊韻，故可假借。

　　在上舉諸例中，雖然在敘述中說「改變形符」、「改變聲符」，事實上可能並沒有眞的經歷過改變的過程，而是造字之時本就選取了不同的意符，都是選取了不同的聲符。在固定的時空中使用時，如使用於楚國，它們均爲正體字，並沒有見到小篆形體的使用；但若以小篆爲正體字，而以之與小篆相較，則它們便淪爲異體字矣。

　　又「游」字與「遊」字，雖爲古文、小篆之異，在早期爲通用無別的異體

字；然而，因爲晚近二字在使用上已有區別，「游」字專指水中動作，如游泳、游水等，「遊」字則專指陸上行動，如遊行、遊戲等，故此二字已不適用於本文異體字之定義，當視爲個別獨立之字，而非異體字。

五、形體改變

如嚴字、革字、烏字、倉字、享字、乘字、襄字、西字、閒字、民字、我字、續字、彝字、野字、四字、申字、亥字。

革字，《說文》云：「獸皮治去其毛曰革」，徐中舒云：「革象張獸皮之形，上象其首，中象其身，不象其足尾。」〔註8〕古文則訛从雙手之形。

續字从糸、賣聲，古文則从貝、从庚會意。野字从里、予聲，古文則从林、土會意，或加聲符「予」。

申字古文字作佚 32、乙即籀，本象電光曲折激射之形，即「電」之本字。〔註9〕楚金文之申字，如楚公逆鎛、王子申盞盂，及《說文》古文，仍與早期古文字形相同。楚子暖匜申字作，應是左右迴曲的兩筆訛變所致，小篆申字之形，亦爲訛變之體。

第二節　《說文》未收錄者

楚金文中亦存在著許多《說文》未收錄的異體字，試略舉數例，說明如下：

※「禜」與「盟」

楚金文中有一「禜」字，如王孫誥鐘：「肅哲臧武，聞於四國，恭畏禜祀，永受其福。」據文例，知「禜」即「盟」也。古時盟誓必歃血，故「盟」字从皿、明聲；楚金文「禜」字从示旁，蓋盟誓之事必告於神明，故从示，故「禜」與「盟」應爲更替意符的異體字。

※「趄」與「趄」

王孫遺者鐘銘文有「虩虩趄趄，萬年無期，枼萬孫子，永保鼓之」句，王孫誥鐘亦有「趖趖趄趄，萬年無期，永保鼓之」之句，二句文意相同，故知「趄」與「趄」爲異體字，然而因爲兩字俱不見錄於《說文》，故不能確知究竟是「趄」

〔註8〕徐中舒：《漢語古文字字形表》，頁104。

〔註9〕李孝定：《甲骨文字集釋》，卷十四，頁4386，引葉玉森說。

為「趌」之省體，或者是「趌」為「趌」之繁構。

※「龏」與「龔」

王子午鼎、王孫誥鐘及王孫遺者鐘均有「龢龏趄屖，敂期趩趩」句，楚王
酓章戈亦見「嚴龏」一詞，知「龢龏」與「嚴龏」同意，即典籍之「嚴恭」，如
《尚書‧無逸》：「嚴恭寅畏」句。

《說文》：「龔，慤也，从廾，龍聲。」又：「恭，肅也，从心，共聲。」「龔」、
「恭」二字意義俱近，可通用，故楚金文「嚴龏」一詞當即「嚴龔」，「龏」為
「龔」字增加聲符「兄」旁的繁體。查《廣韻》，「龔」字為「居用切」，上古聲
紐為見紐*k-，韻部為東部-oŋ；「兄」字為「許容切」，上古聲紐為曉紐*x-，韻
部為陽部*-aŋ。二字在聲紐上均屬舌根音，發音部位相同，故為旁紐雙聲；在
韻部上，韻尾相同，主要元音又密近，故常旁轉。「龔」與「兄」二字，在聲韻
的關係上非常密切，因此以「兄」來強化「龔」字音讀，應頗為妥貼，所以「龏」
也就是「龔」字繁加聲符的異體字。

然而，須提出懷疑的是，「龏」有沒有可能是「龔」字的假借字呢？查「龏」
字並不僅出現於楚金文中，在其它各系金文均曾出現，如秦公簋「嚴龏寅天命」、
郘公華鐘「余翼龏威忌忑穆」等，其文例皆與楚金文相似，「龏」字亦釋為「龔」。
由此可證，「龏」與「龔」通用是非常普遍的現象，而「龏」字亦未見其它用法，
所以可以確定的說，「龏」即為「龔」增加聲符的異體字，容庚《金文編》亦將
「龏」字收歸「龔」字條下。

※「集」與「集」

「集」字从隹、从木，據《說文》所釋，「隹」字本象短尾禽之形，春秋時
期楚金文之「隹」字，其鳥形仍十分明顯，如 王孫誥鐘四‧01。自戰國時期
開始，楚金文形體朝向橫勢發展，再加上器銘多係刻款，筆畫漸趨草率，所以
「隹」字亦漸脫離鳥形之象，如 曾姬無卹壺一‧01、 楚王酓忑鼎蓋‧06
等，楚王酓忑鼎「隻」字之「隹」旁，其鳥頭、喙部分已有與翅、羽分離之勢。
這種情形在「集」字之「隹」旁中表現更為明顯，如 楚王酓前鐈鼎‧01、
集鐈盤‧04，「集」字除繼承了「隹」字變體，其木旁則或置於左下部，與「隹」
旁之鳥喙形豎筆疊合，或置於右下部，而與「隹」旁鳥羽之形共用豎筆，由於
形體變化極大，早期曾引起許多誤釋。

　　楚金文並未出現「集」字，唯見「雧」字之形，「雧」字从集、亼聲。查「集」、「亼」二字在《廣韻》、古音中俱爲同音，故「雧」字之產生，疑或因「集」字形體變化過巨，不易識讀，遂加添聲符以明音讀，因其音、義均與「集」字等同，故可將「雧」字視爲「集」之異體字。

※「歲」與「歲」

　　楚金文數見「歲」字，如壽縣諸器銘文作「以共歲嘗」，鄂君啓節「大司馬邵陽敗晉陽於襄陵之歲」，考察文意，「歲」字當釋爲「歲」。「歲」字甲骨文或作𣥂 甲 26991、𣥏 佚 211，郭沫若、唐蘭、于省吾等人都認爲其形象斧戉之形，原即戉字，用爲歲月、歲星之「歲」應是假借。〔註10〕楚金文「歲」字釋爲「歲」，陳月秋《楚系文字研究》云：

　　　從月，則取譬於積月成歲也，望山楚簡有一歲字從日作歲，又是楚

　　　系歲字另一別體，由此也可見其取譬積日月成歲的構字動機。〔註11〕

「歲」字在楚金文中爲「歲」字專字，別無它義，因此可以確定「歲」爲「歲」之異體字。

※「盨」與「鼒」

　　王子吳鼎銘文云：「王子吳擇其吉金自乍飤鼒」，楚叔之孫佣之諸器中則有銘文云「佣之飤盨」，二器形制均爲附耳折沿束頸鼎，〔註12〕所以「盨」與「鼒」代表同類器物，「盨」與「鼒」當爲異體字。西周銅器中有器名爲「盂鼎」者，由此知「鼒」字即爲此類鼎的專有名稱，而「盨」字則爲繁加意符「皿」旁的異體字。

※「賡」與「府」

　　「府」字見於楚金文均作「賡」，如大賡鎬、大賡銅牛、壽春賡鼎等。《說文》云：「府，文書藏也，从广、付聲。」府字本表儲藏之處所，後則衍申爲機關之代稱。楚金文「賡」字增益貝旁，正表示其處所具有儲藏貨物之功能，故「賡」應爲「府」之異體字。

※「𠯑」與「冶」

〔註10〕李孝定：《甲骨文字集釋》，卷二，頁 479，歲字條引。

〔註11〕陳月秋：《楚系文字研究》，私立東海大學中國文學研究所碩士論文，頁 119。

〔註12〕劉彬徽：《楚系青銅器研究》，頁 111～112。

壽縣楚器中屢見「㐰師」一詞，李學勤說：

> 「㐰」其實是「冶」字，戰國題銘中的「冶」字，最繁的形態是從
> 「人」、「火」、「口」、「二」，但常省去其中任何一部分。〔註13〕

「冶」字從「火」說明冶鑄需要火，從「二」象冶鑄所需材質之形，從「口」
象冶鑄所需容器之形，至於李氏說從「人」，實爲從「刀」之誤，從「刀」表所
冶鑄之器物。〔註14〕楚金文「㐰」字便是省略火旁的「冶」字異體字。

※「㝌」與「兄」

楚金文中屢見「㝌」字，如王孫遺者鐘「用樂嘉賓父㝌」、王孫誥鐘「以樂
楚王、諸侯、嘉賓及我父㝌」、鄴鎛「凡及君子父㝌」等銘文，觀其文意，「㝌」
字均作「兄」解，那麼，「㝌」字爲「兄」字之假借字或異體字呢？

首先來分析二字在聲韻上的關係。「㝌」字左旁今隸變爲「主」（讀成往），
但均見於偏旁而未單獨存在，故轉而考查從其得聲之「往」字音讀以明之。查
《廣韻》，「往」字音「于兩切」，上古聲紐爲匣紐$*\gamma$-，韻部爲陽部$*$-$\alpha\eta$；「兄」
字爲「許容切」，上古聲紐爲曉紐$*$x-，韻部爲陽部$*$-$\alpha\eta$。二字在韻部上屬疊韻，
在聲紐上則同爲舌根音，發音部位相同，屬旁紐雙聲，二字可謂聲、韻俱近，
應可以「主」表「兄」之音讀。

其次要解決的是，「㝌」是否爲假借字的問題。查「㝌」字在金文中，如師
鼎、弔家父匡、沇兒鐘、嘉賓鐘等器，均見其字，且均用爲「父兄」之「兄」。
由此可知，「㝌」、「兄」二字通用爲常例，故「㝌」字應視爲「兄」字累增聲符
的異體字，容庚《金文編》亦將「㝌」字收歸「兄」字條下。

※「闗」與「關」

鄂君啓舟節銘文數見「闗」字，如：

> 女（如）載馬牛羊以出内（入）闗，則政（徵）於大腐，毋政（徵）
> 於闗。

根據文意，「闗」應即「關」字，郭沫若認爲「闗」字乃從門、串聲。〔註15〕考

〔註13〕李學勤：《戰國題銘概述》下，1959 年第 9 期，頁 58～61。

〔註14〕林清源：《兩周青銅句兵銘文彙考》，私立東海大學中國文學研究所碩士論文，頁
131～132。

〔註15〕郭沫若：〈關於鄂君啓節的研究〉，《文物參考資料》1958 年第 4 期，頁 3～6。

察其它各系金文，關字或作 𨳿 子禾子釜之形，高鴻縉釋形曰：「寄倚門畫其已關，自外見其門紐之形。」〔註16〕對照楚金文之「闌」字，「串」當非聲符，應即門紐、門閂之形，與子禾子釜之「關」字取象相近，故「闌」應即「關」異體字。

※「陞」與「陳」

陳字於楚金文均作「陞」，如陳往戈、楚王酓忎鼎等銘文。查「陳」字作「陞」，亦屢見於齊系金文中，如 𨺩 陳逆簠、𨻶 十四年陳侯午敦。戰國時期，齊國陳氏（或稱田氏）篡齊，「陳」變成國姓，然而陳氏之器卻均自銘爲「陞」，由此可知，「陞」必爲「陳」字之異體字，且爲齊國國姓之專用字。「陳」字從「阜」旁，「阜」字本爲土丘之意，「陞」字從「土」，則爲累加意符的異體字。

※「畏」與「異」

王子午鼎、王孫遺者鐘、王孫誥鐘三銘文，都有「畏媟（忌）趩=（趩趩）」之語，「畏」解釋爲「畏」。

《說文》云：「畏，從甶，虎省。鬼頭而虎爪可畏也。」查「畏」字古文字作 𢁧 乙699、𢁧 毛公鼎，李孝定曰：「象鬼執杖之形，可畏之象也。」〔註17〕所從之「卜」形，即鬼所執之杖。楚金文作 𤰞 王孫遺者鐘・47，既從卜，又從攴，王國維則曰：「從卜、從攴、從戈於偏旁皆可相通。」〔註18〕由此可知，「畏」字即「畏」字累加意符的異體字。

※「障」與「尊」

楚金文中數見「障」字，〔註19〕「尊」字僅見於曾姬無卹壺二器之一中，另一器亦作「障」。考楚金文「障」字，多「障臣」、「障缶」、「彝障」連文，由此可知「障」字用爲「尊」解。「障」字於古文字中屢見，如 𨻶 甲849、𨺩 頌壺、𨻶 郜公鼎等，其出現時間遠自甲骨文時期即有，且用法俱與「尊」字無別，《金文編》不但將「障」收歸「尊」字條下，「障」字之數量更遠較「尊」字爲多，此皆可證「障」爲「尊」字累加意符「阜」旁之異體字，繁加「阜」旁或者是爲了表示用「尊」之場所。

〔註16〕高鴻縉：《中國字例》，二篇，頁299。

〔註17〕李孝定：《甲骨文字集釋》，卷九，頁2909。

〔註18〕同前註。

〔註19〕參考本文附錄：楚金文字形表，頁96，「障」字條。

第三節　小　結

　　異體字的判別，是一件很不容易的事，尤其本文對於異體字的定義，采取狹義的解釋，因此除了留意一字於當世之用法，尚須顧及其歷時之演變，若此異體字於後世發展出獨立之字義或字音，則本文便將其從異體字的國度內剔除，如「游」與「遊」、「烏」與「於」二例，雖然於《說文》中為小篆與古文之異，但在後世的用法中，其字義並不能完全等同，「於」字甚至成為連接詞之專用字，皆不能再以異體字來解釋。

　　除此之外，春秋戰國時期，文字假借頻仍，要在眾多假借字中區別出何者為異體字，何者為假借字，必須非常審慎。上文所舉之字例，或有《說文》以為證，或有其它古文字資料為證，均為有明確證據證明其為異體字者，故本文遂定其為異體字。至如學者曾解釋為異體字者，或因字例過少，如「倪」與「兄」、「敇」與「命」、「奡」與「奠」、「𠔃」與「期」、「盧」與「荐」、「遄」與「傳」、「遷」與「彝」等字；或因字義上似有不完全等同之疑，如「觴」與「陽」、「棠」與「嘗」；或因數字通用現象太過於混亂，如「敀」與「造」、「啟」與「造」、「佶」與「造」等字，故本文不敢大膽將之歸為異體字，此可能有待匯集更多資料，方能有所論斷。

　　歸納上兩節對楚金文異體字的分析，可以發現，楚金文異體字的產生不外下列幾個方式：

　　　一、增加筆畫：如正字、利字、旬字、苟字、金字。

　　　二、重複部件：如敗字、秦字、雷字。

　　　三、累加意符：如登字、畺字、祟字、盤字、廥字、闡字、墜字、敓字、障字等。

　　　四、增加聲符：如彆字、窠字、靴字等。

　　　五、更換意符：如哲字、後字、難字、則字、槃字、期字、般字、灘字。

　　　六、更換聲符：如遲字、聞字等。

　　　七、形體改變：如嚴字、革字、烏字、倉字、享字、乘字、襄字、西字、閒字、民字、我字、續字、彝字、野字、四字、申字、亥字、戕字等。

第六章　楚金文之考釋

　　對於銅器銘文，除了研究其字形外，銘文所要表達的意思，亦即字義的方面，也是研究的一大課題。透過銘文的釋讀，可以探討先秦社會的政治、經濟、軍事、文化、藝術、民族、法律、天文、地理、曆法等各方面問題，以復原當時的社會面貌。由此可知，銘文能否正確釋讀，對上古史的研究，存在著很大的影響。楚金文中有許多第一次出現的古文字，既不見於甲骨文、金文，在其它各系文字中亦未見相對應的字，甚至也不見於後代字書收錄之列，這類字在考釋上自有其困難度，廣州中山大學中文系古文字研究室在〈戰國楚竹簡概述〉一文中便說：

> 其中有些字，根據上下文關係可猜測其意義，但無法確定其音讀……
> 更多的字則音義均無法通曉，有的連隸定都感到爲難。〔註1〕

由於首見字、特殊字考釋困難，因此雖然歷來研究楚金文的學者眾多，但在對某些楚金文的釋讀上，尚存在著異議紛生、各執一詞的情況。研究銅器銘文，除了掌握漢字形體的基本知識外，還必須具備一定的音韻學知識和訓詁學的基本原則，形、音、義是漢字的三要素，缺一不可。所以本章在釋讀楚金文時，擬透過字形的溯源、古音的考察以及典籍的校勘等方法，來分析舊說何者可信？何者非是？並提出個人之淺見。

〔註 1〕 廣州中山大學古文字研究室：〈戰國楚竹簡概述〉，《戰國楚簡研究》第五期，頁 1
　　　　～24。

一、釋 ⟨圖⟩

傳世器中有楚公豪鐘，其銘文云：

楚公⟨圖⟩自乍（作）寶大𣊟（林）鐘，孫=（孫孫）子=（子子）其永
寶。

第三字為器主之名，關於此字，自清代以來有多種釋形，羅列如下：

1. 釋守：阮元《積古齋鐘鼎彝器款識》引「或釋」。〔註2〕

2. 釋爲：孫詒讓引楊沂孫所釋。〔註3〕

3. 釋家：吳大澂釋。〔註4〕

4. 釋寫：孫詒讓釋。〔註5〕

5. 釋受：徐同柏釋。〔註6〕

6. 釋爰：柯昌濟釋為「爰」，並認為此楚公即為熊延，因為「延、爰古音
同部，古字或相假用」。〔註7〕

7. 釋豪：方濬益〔註8〕及後之學者所釋。

按銘文字形作 ⟨圖⟩⟨圖⟩⟨圖⟩⟨圖⟩ 四形，可以明顯地看出上半部从「爪」、从「宀」，
故將其隸定為「守」、「爲」、「家」、「爰」均誤；如此，則清人所釋僅餘「寫」、
「受」、「豪」三說，三字之異僅在於下部一从「爲」、一从「又」、一从「豕」，
現分別就「爲」、「又」、「豕」三字列表分析：

為、又、豕三字古文字形比較表

例 字	古 文 字 形
爲	⟨圖⟩益公鐘　⟨圖⟩趙孟介壺　⟨圖⟩弔男父匜
又	⟨圖⟩盂鼎　⟨圖⟩散盤　⟨圖⟩弔上匜
豕	⟨圖⟩頌鼎　⟨圖⟩豚卣「豚」字偏旁

〔註 2〕阮元撰：《積古齋鐘鼎彝器款識》，卷三，頁126。

〔註 3〕孫詒讓撰：《古籀餘論》，卷二，頁9。

〔註 4〕同前註。

〔註 5〕同註2。

〔註 6〕徐同柏撰：《從古堂款識學》。

〔註 7〕柯昌濟撰：《韡華閣集古錄跋尾》，甲篇，頁2～3。

〔註 8〕方濬益撰：《綴遺齋彝器考釋》，卷一，頁101～102。

由表中所列可見，三者當以「豕」字最接近器銘之形，故此字當從方濬益之說隸定為「豙」。

今之學者多同意此字當隸定為「豙」，然而對於「豙」字之釋讀則又有不同之意見：

1. 釋為：郭沫若認為豙蓋為字之異，公豙當即熊咢之子熊儀。〔註9〕

2. 釋眗：李零認為此字上所從爪有時側寫作ヒ，與目字相近，而豕字也與旬字相近，故此楚公要以熊徇特別是熊眗可能性較大。〔註10〕

3. 釋家：廣州中山大學古文字研究室成員認為，此字「從爪從家，當讀為家」，並引楚帛書「不可豙女取臣妾」句為證，豙取即嫁娶，故「豙」當讀為「家」；至於楚公豙其人為誰，則未加以考釋。〔註11〕張亞初則認為「豙」是「家」的繁體字，其人即楚公熊渠。〔註12〕

4. 釋至：《望山楚簡》一書認為「豙」字當分析為從「爪」、從「宀」、從「豕」聲或「至」聲，因為「豙」字或寫作「臷」；《史記‧楚世家》中曾記載楚公熊摯紅，熊摯紅即熊摯，而「摯」與「至」字古音極近，故此器之楚公當即熊摯。〔註13〕

郭氏釋作「為」，其誤已於字形隸定上說明，故器主自當不得為熊儀。其次，李零既已將此字隸定為「豙」，卻又以「形近」將此字釋為「眗」，則不知此字究為「豙」或「眗」矣。

扣除郭氏與李氏二人之說，僅餘「家」、「至」二說，此二說則均與望山一號墓楚簡有很大的關係。查望山一號墓楚簡「豙」字共出現六次，分別於1、7、13、14、15、16號簡，〔註14〕其文為「……以愴豙為邵固貞」、「臷豹以將豙……」、「□（臷）豹以賷（寶）豙為邵固貞」三種；17號簡則有「臷豹以保臷為邵固貞」，文例與「豙」字同。據此，《望山楚簡》一書認為「豙」、「臷」

〔註 9〕郭沫若著：《兩周金文辭大系圖錄考釋》第三冊，頁165。

〔註10〕李零：〈楚國銅器銘文編年匯釋〉，《古文字研究》第十三輯，頁353～397。

〔註11〕廣州中山大學古文字研究室：〈江陵望山一號楚墓考釋〉，《戰國楚簡研究》第3期，頁1～40。

〔註12〕張亞初：〈論楚公豙鐘和楚公逆鎛的年代〉，《江漢考古》1984年第4期，頁95～96。

〔註13〕湖北省文物考古研究所、北京大學中文系編：《望山楚簡》，頁87。

〔註14〕此處之簡號及釋文均依《望山楚簡》一書。

爲異體字，其物爲占卜時所用之一種蓍草；因爲「象」、「𡧤」爲異體字，所以「象」字構形應是「从爪、从宀、豕聲」。〔註15〕廣州中山大學古文字研究室成員於此之句讀，則與《望山楚簡》一書異，其均於「象」字斷句，釋文爲「□（塦）豹以賢（保）象，爲卲固貞」、「塦豹以保𡧤，爲卲固貞」，並引楚帛書「不可以象女取臣妾」句爲證，讀「象」字爲「家」，釋「𡧤」字爲「室」，家庭之意相對應。〔註16〕

究竟「象」字該讀爲「家」、「豕」、或是「至」呢？考查三字的古音，「家」字《廣韻》音「古牙切」，上古聲紐屬見紐*k-，韻部屬魚部*-α；「豕」字《廣韻》音「施是切」，上古聲紐屬透紐*-t'，韻部屬脂部*-æ；「至」字《廣韻》音「脂利切」，上古聲紐屬端紐*-t，韻部屬質部*-æt。「家」字和「豕」、「至」二字，聲紐發音部位相同，均爲舌尖音，韻部則對轉，其聲韻具有旁紐對轉的密切關係，故當可假借。個人以爲廣州中山大學古文字研究室及《望山楚簡》二說當以釋「家」較爲正確，最大的理由是楚帛書「不可以象女取臣妾」句，「象」字正讀爲「家」，絕不可讀爲「至」。《望山楚簡》一書雖也提及楚帛書，但卻解釋道：「因爲『象』字包含『家』字的字形，所以又有『家』音」，〔註17〕似乎「象」字可以是「从爪、家聲」，也可以是「从爪、从宀、豕聲」。若依其釋，則一字遂有兩種釋形及音讀，而「家」、「豕」二音卻根本不能假借，所以《望山楚簡》之說法頗值得商議。其失無非在於強將「象」、「𡧤」二字視爲異體字，若能跳脫，將望山楚簡的「𡧤」字讀爲「室」，「家」、「室」二字相對應，這樣不但能避免「象」字既可「从家聲」，又可「从豕聲」之矛盾，而且不論是在望山楚簡或是楚帛書裏，都能順利通讀。〔註18〕

綜上所論，楚公象鐘的「象」字應是「从爪、家聲」，讀爲「家」，如此則楚公象其人就不可能是熊儀、熊眴、或熊摯紅，因爲古音有異，不能訓讀，則或以張亞初所言之楚公熊渠可能性最大。

〔註15〕湖北省文物考古研究所、北京大學中文系編：《望山楚簡》，頁87。

〔註16〕廣州中山大學古文字研究室：〈江陵望山一號楚墓考釋〉，《戰國楚簡研究》第3期，頁1〜40。

〔註17〕湖北省文物考古研究所、北京大學中文系編：《望山楚簡》，頁87。

〔註18〕據張師光裕告知，在未發表的楚簡中有「百乘之象（家）」、「其邦象（家）」之句，「象」字正作爲「家」解。

二、釋　賸

在鄂君啓舟節及車節裏有一句相同的銘文作：

為鄂君啓之賡賸鑄金節

歷來之釋讀如下所列：

1. 釋賡：郭沫若云：「賡即賡字，在此讀為更，改也。」〔註19〕

2. 釋賡：李零認為「賡」當讀為「賡續」之「賡」，或「經營」之「經」。〔註20〕

3. 釋賡：《商周青銅器銘文選》此字為「賡」之或體，當訓為「續」。〔註21〕

4. 釋賣：朱德熙、李家浩認為此乃「商」之本字，當讀為商賈之「商」，在銘文中屬上讀，即「鄂君之府商」，指鄂君府中主市買職守的人。〔註22〕

5. 釋賣：劉彬徽認為此字乃從「帝」得音，當讀為「至」，「賣鑄」一詞似應與壽縣楚幽王墓銅鼎銘文中的「室鑄」同義，也就是「實鑄」的意思。〔註23〕

查鄂君啓節另有一字數見，其形作𨳿舟節122、𨤲車節107等，正與字賸偏旁相同，而𨳿字孔師仲溫已釋為「庚」，〔註24〕故賸字當隸定為「賡」，則朱德熙、李家浩與劉彬徽三人之說均誤。那麼，「賡」字倒底該訓為「更」，或是訓為「經」，還是訓為「續」呢？筆者認為《商周青銅器銘文選》所釋頗為可信，原因有三：

1、在鄂君啓節中「庚」字數見，文例相同，均為「庚」字下接地名，如「庚松昜」、「庚爰陵」、「庚郢」等，「庚」字在此借為「經」，也就是「至」的意思。〔註25〕而「賡」字在鄂君啓節僅一見例，〔註26〕其字形從「貝」、從「庚」，且

〔註19〕郭沫若：〈關於鄂君啓節的研究〉，《文物參考資料》1958年第4期，頁3〜7。

〔註20〕李零：〈楚國銅器銘文編年匯釋〉，《古文字研究》第十三輯，頁353〜397。

〔註21〕馬承源編：《商周青銅器銘文選》第四冊，頁433。

〔註22〕參見劉彬徽著《楚系青銅器研究》一書，所引朱德熙、李家浩：〈鄂君啓節銘文研究〉，《紀念陳寅恪先生誕辰一百周年學術論文集》一文。

〔註23〕劉彬徽：《楚系青銅器研究》，頁348。

〔註24〕孔師仲溫：〈再釋望山卜筮祭禱簡文字兼論其相關問題〉，第八屆中國文字學全國學術研討會論文，1997年3月。

〔註25〕孔師仲溫：〈再釋望山卜筮祭禱簡文字兼論其相關問題〉，第八屆中國文字學全國學術研討會論文，1997年3月。

其文例與「庚」字判然有別，其字必有其特殊意義，由此推斷，「賡」字當非「庚」之異體字或假借字，否則便不須特別用此「賡」字，盡用「庚」字即可。

2、《說文》收一「賡」字，從庚、從貝，即「續」字古文。考「賡」與「賡」所從部件皆同，雖然二者在部件的組成上有上下式與左右式的分別，但在古文字中，只要不影響字義的判別，部件的組合方式是容許更易的，所以「賡」或即「賡」字異體。

3、《周禮‧地官‧掌節》云：

……門關用符節，貨賄用璽節，道路用旌節，皆有期以反節。〔註27〕

由此可知，古代符節之使用是有期限的，就好像現今的出國簽證一樣，非能通行一輩子的。鄂君啓節既爲楚王頒發給鄂君啓經商的水陸通行憑證，亦當有其年限，舟節銘文：「屯（皆）三舟爲一舿，五十舿，戠（歲）罷（代）返」，及車節銘文：「車五十乘，戠（歲）罷（代）返」，「歲代返」是說不論車或船，均於一歲之內分批輪流往返，〔註28〕證明鄂君啓所持用符節之使用期限只有一年，隔年便需再換發，才能繼續享有通關優惠。

「賡」字若訓爲「續」，則意爲替鄂君啓新換發且爲續發的符節，文句不但能通讀，亦與當時持節之習慣相符。據這三點理由，筆者認爲「賡」也就是「賡」的異體字，當訓爲「續」。

三、釋 ☷

西元 1975 年湖北省當陽曹家崗五號楚墓出土一匜，其銘文作：

王孫☷作蔡姬飤（食）匜。

這是楚貴族王孫☷爲蔡姬所作之器。高應勤及夏淥考釋☷字，認爲上半部從「雨」，下半部從「焱」，以形義并聲類求之，當爲冰雹的「雹」字，本爲「從雨、焱聲」，後進一步簡化，才演變成現今習用「從雨、包聲」的「雹」字。〔註29〕

〔註26〕「賡」字在鄂君啓舟節及車節裏各一見，但文例相同，本文此處指其文例而言，非指字形。

〔註27〕《周禮》，卷十五，頁 12 下。

〔註28〕「罷」字各家或讀爲「能」，或讀爲「盈」，本文則循《望山楚簡》頁 101 所釋，讀爲「代」。

〔註29〕高應勤、夏淥：〈王孫雹簠及其銘文〉，《文物》1986 年第 4 期，頁 1011。

　　《說文》無「从雨、从焱」或「从雨、焱聲」之字，僅有一「霖」字，从「雨」、「众」聲，許慎釋義爲霖雨，與此銘形近。〔註30〕考𩁹之形，上半部所從確爲「雨」旁，而金文「人」字無與此銘形近者，故此字下半部所從並非三人之「众」；按从「犬」之字，如𣪊存下731、𣪊獻侯鼎、𣪊王孫誥鐘17.75、𣪊包山楚簡84反等，其犬旁與銘文極爲類似，據此，𩁹或當隸定爲「𩁹」。「𩁹」是否也就是「黿」字呢？趙德祥認爲「雨」旁與「風」旁有可能相互替代，因此「𩁹」、「飆」可謂同字異形；而《說文》收「飆」字古文作「颮」，故趙氏贊同將「𩁹」釋爲「黿」。〔註31〕然而，「雨」旁與「風」旁是否可相互替代，在古文字中未見其例；其次，「焱」與「包」雖於聲符上偶可更代，但這並不表示隨處皆適用，若照此例推之，那麼就會產生一大堆的異體字了；又，楚帛書中有一「黿」之異體字作「𩆜」，〔註32〕既然楚文字中已有「黿」字，是否還會再造另一個異體字「𩁹」呢？基於以上三點理由，故個人以爲驟將「𩁹」與「黿」二字視爲異體字，這種說法頗值商榷。

　　本文第二章第一節，討論王孫𩁹匜的器主，結論是「𩁹」字或爲「包」字假借，「王孫𩁹」即爲春秋晚期楚國名人申包胥。

四、釋 𣥸

　　壽縣楚幽王墓出土了數件「楚王酓𣥸」器，對於「𣥸」字該如何釋讀？「楚王酓𣥸」究竟是哪一個楚王的名字？自來說法不一，計有下列八種說法：（一）釋貲，指楚文王；（二）釋朏，指楚王負芻；（三）釋肯，指考烈王熊元；（四）釋肯，定爲哀王猶；（五）釋齡，指楚王負芻；（六）釋肓；（七）釋肯；（八）釋前。〔註33〕八說當中以釋「前」及釋「肯」二說得到較多的支持。

〔註30〕《說文》另有一「霖」字，从「雨」、「眾」聲，個人以爲「霖」、「霖」二字乃異體字。

〔註31〕趙德祥：〈簋銘王孫黿和蔡姬考略〉，《考古與文物》1993 年第 2 期，頁 58～59。

〔註32〕楚帛書中有一楚先祖名，字作「𩆜𣥸」，金祥恆認爲「𩆜」字乃从雷、勹聲，《說文》「黿」古文从雨从晶，楚帛書「𩆜」即「雷」字繁緒體，也就是「黿」之異體字，「𩆜𣥸」當隸定爲「黿虞」，也就是文獻中的包犧氏，或作庖犧、伏犧等。其說見〈楚繒書「黿虞」解〉（《中國文字》，西元 1967 年）一文。

〔註33〕此見於劉彬徽：《楚系青銅器研究》，頁 357 所引。

查楚金文「多」字又作 、 之形，陳月秋《楚系文字研究》據前二形，認爲上部所從爲「出」，下部所從爲「肉」，故釋此字爲「肯」。〔註34〕然而，若就第三形來看，則上部所從爲「止」，那麼是否此字也可以隸定爲「肯」呢？會有這樣的歧異，問題就在於究竟上部所從爲「出」還是「止」上。包山楚簡有一「多」字，其形正與楚金文同，惜此「多」字於包山簡中均作人名，故無法就上下文判斷其爲何字。然而「多」之形亦見於鄂君啓車節「毋載金革黽🖋」的「🖋」字偏旁，「🖋」字在此爲名詞，也就是弓箭的「箭」字，「箭」字是「從竹、前聲」，鄂君啓車節「箭」字下部所從既爲「多」，那麼「多」是否就是「前」字呢？《說文》釋「前」字云：「齊斷也，從刀、歬聲。」又「歬」云：「不行而進謂之歬，從止在舟上。」由此知「前」本爲「剪」之本字，故從刀旁意符；而「歬」本爲前後義的本字，後因借「前」爲「歬」，齊斷之義遂累加刀旁作「剪」，「歬」字則廢而不用。據此，則鄂君啓車節「箭」字下部所從之「多」，應爲「歬」字，即今通用的「前」字。

「酓多」既釋爲「酓前」，據第二章第一節之分析，知「楚王酓前」也就是楚考烈王「熊元」。

五、釋庶爐

王子嬰次爐銘文云：

> 王子嬰次之庶盧（爐）

「庶」字從广、從少、從火，當隸定爲「庶」。郭沫若認爲「庶」字在此讀爲「燎」，「庶爐」即燎炭之爐，也就是今日的火盆。〔註35〕劉彬徽在〈楚國有銘銅器編年概述〉一文中，則針對郭氏說法提出反駁意見，其文曰：

> 楚國取暖用的火盆（炭爐）就考古發現的實物來看，有圓腹三足爐
> 和長方形下有四足之爐，信陽楚墓，江陵望山楚墓、楚幽王墓內出
> 有這兩種炭爐。王子嬰次爐器呈長方形而下無四足，似不當爲炭爐。

並舉隨縣曾侯乙墓出土的雙層爐盤爲證云：

〔註34〕陳月秋：《楚系文字研究》，頁 134～135。

〔註35〕郭沫若：《兩周金文辭大系》，頁 182～183。

山土時上層盤內有魚骨，下層爐內有木炭，很明顯，這是一種煎炒
食物的炒具。王子嬰次爐既名爲炒爐，則其作用自當與曾侯乙墓之
爐盤相同。〔註36〕

因此，劉氏認爲王子嬰次爐非是燎爐，而當爲炒爐。然而劉氏在晚近的《楚系青
銅器研究》一書中，卻改而遵從郭沫若的說法，認爲此器腹底下有二十三個殘柱
痕，當即列柱狀圈足，與江西靖安出土的爐盤用途應相同，也屬炭爐。〔註37〕劉
氏一人，而前後持論不同，增人疑竇，究竟「庹爐」是炭爐還是炒爐呢？

曾侯乙墓對出土之爐盤形制有詳細的敘述，其文云：

> 全器是由上盤下爐兩個部分組成。盤直口方唇，淺腹，圓底。四個
> 獸足立於爐的口沿上。腹部兩側各有一對環紐套接一副提鏈……爐
> 體爲淺盤形，平底，底部有分布不勻、大小不等的小長方形穿孔十
> 三個……三矮足……出土時，盤內有魚骨，爐內有木炭，盤底有煙
> 炱痕跡。〔註38〕

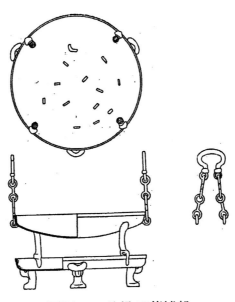

圖版一　曾侯乙墓爐盤

江西靖安出土之器，自銘爲「爐盤」，出土報告說明其形制如下：

> 這件爐盤形體較大，重達十六公斤，分爲盤體與底座兩部分……（盤

〔註36〕劉彬徽：〈楚國有銘銅器編年概述〉，《古文字研究》第九輯，頁331～372。

〔註37〕劉彬徽：《楚系青銅器研究》，頁307。

〔註38〕《曾侯乙墓》上冊，頁204～206。

體）平底，有兩個對稱的環鏈狀附耳……底座為環形，直徑 45 釐米，
其上置十個獸首銜環狀支柱，尾端上承盤體。〔註39〕

圖版二　江西靖安出土之爐盤

　　若以曾侯乙墓所出器上層之盤體，與靖安所出之器相較，可以發現二者相
似之處在於均為環形淺盤，且有提鏈附耳；相異之處則是前者為圓底、三短足、
底部有分布不勻大小不等的小長方形穿孔十三個，後者為平底、環狀支柱、底
部無孔。前者因出土之時內有魚骨，故定其為食器，後者則不能確定其主要用
途。回過頭來，再來看被認為與前二器相似之王子嬰次爐：

圖版三　王子嬰次爐器形及底部殘足

其形類似長方盤，平底，下有二十三個殘足痕，兩側有提鏈附耳。觀其形，與
曾侯乙墓所出二層器下層的爐體有點類似，但有提鏈，且足較多。

　　究竟王子嬰次爐的作用是等同於曾侯乙墓下層的爐體，還是與上層的盤體
相似呢？據劉彬徽引孫海波語云：

〔註39〕江西省歷史博物館、靖安縣文化館：〈江西靖安出土春秋徐國銅器〉，《文物》1980
　　　　年第 8 期，頁 13～15。

　　　　親驗其器，此器後柱高而前兩柱低，上不能置物。〔註40〕

此器上部既不能置物，那麼是否表示它可能是架於上層的食器呢？其實不然。就常理而論，架於炭爐之上的食器，其支柱不可過密，否則將造成通風效果不佳，而影響食物之烹炊，此由曾侯乙墓上層盤體僅三短足，且盤底有小長方形穿孔，皆可證明其作爲食器在形制上的基本要求。反觀王子嬰次爐，底部不但無小通氣孔，且二十三個支柱密密排列，實不合於作爲食器通風之要求，因此也就不太可能爲食器。其既與曾侯乙墓下層爐體相似，且又自名爲「盧（爐）」，所以它的作用也應該是炭爐，至於提鏈的有無不過是爲便於提取，並不妨礙其作爲炭爐的性質。其與曾侯乙墓之爐在作用上相異之處，就是曾侯乙墓之器主要是用於烹食，常與食器配合一起使用；王子嬰次爐因爲上部不能另架它器，所以它最主要的用途，可能是作爲取暖的火盆。

　　王子嬰次爐既爲炭爐，所以「庉」字當從郭沫若釋爲「燎」，也就是從广、炒聲。查「炒」字《廣韻》音「初爪切」，上古聲紐屬清紐*-ts'-，韻部爲宵部*-ɑu；「燎」字《廣韻》音「力昭切」，上古聲紐爲來紐*l-，韻部爲宵部*-ɑu。就聲韻關係而論，二字爲疊韻字，當可假借。所以王子嬰次爐雖自名爲「庉爐」，其實即「燎爐」，也就是取暖用的火盆。

六、釋大雷

　　楚金逆鎛出土於北宋年間，今僅有拓本傳世，如下圖：

楚公逆鎛（復齋本兩種）

〔註40〕劉彬徽：〈楚國有銘銅器編年概述〉，《古文字研究》第九輯，頁 331～372。

由於銘文行款並不整齊，再加上拓本不少地方已經失真，故字體很難辨認。不少學者已對銘文的釋讀花了很多心力，〔註 41〕但學者們的意見頗不一致，有不少問題還沒有獲得明確的解決。

銘文中最具爭議性的文字是「大雷」一詞，舊釋爲「夜雨雷」、「夜雷」，丁山則釋爲「吳雷」，讀爲「吳回」，並考訂吳回即楚之先祖祝融。〔註 42〕黃氏則認爲「ㅂ大」非爲一字，其口形當爲第一行首字「隹」之偏旁，也就是說第一行首字當作「唯」，第二行首字則爲「大」。李零也說：

> 吳回是楚人傳說的遠祖，但此既云「楚公逆自作」則不是用來祭吳
> 回，而君以吳回名鎛也是講不通的。我們考慮這幾個字從所處地位
> 看，應是與「龢林鐘」、「大林鐘」、「霝鐘」等詞相當的字眼。〔註43〕

筆者也認爲此二字不得釋爲「吳回」，主要原因有三：其一，金文吳字作ㄎ師酉簋、ㄎ吳盤等形，其口形均置於ㄎ形之左、右上方，也就是人形之頭側，無置於人形之腋下部位者；其二，金文中國君爲先祖作器，其文例多爲「用作某某寶尊彝」之類，如裘衛盉「用作朕文考惠孟寶尊彝」、永盂「用作朕文考乙公尊盂」等，鎛銘云「楚公逆自作」，與爲先祖作器之文例異，由此可知「自作」二字之下絕非楚先祖之名；其三，就文例來看，鎛銘當與楚公象鐘「大龎（林）鐘」相似，用以形容鐘的性質，而非一人名。

鎛銘第二行首字既不得爲「吳」字，那麼是否有可能爲「夜」字呢？查金文「夜」字作夾師酉簋、夾作中父簋、夾克鼎等形，除了腋下還有一撇外，其所從之月形亦無朝上作口形者，故知此亦非「夜」字，此字既不得爲「吳」，亦不得爲「夜」，則以黃氏所釋之「大」字的可能性較大。查金文中常見的句首語助詞，

〔註41〕如孫詒讓：《古籀拾遺》，郭沫若：《兩周金文辭大系》，丁山：〈楚公逆鎛銘跋〉（國立北平研究院史學研究所《史學集刊》第四期，西元 1944 年 8 月，頁 93～99），李零：〈楚國銅器銘文編年匯釋〉（《古文字研究》第十三輯，頁 353～396）、〈楚公逆鎛〉（《江漢考古》西元 1983 年第 2 期，頁 94）、〈再談楚公鐘〉（《江漢考古》西元 1986 年第 3 期，頁 90～91），劉彬徽：〈楚國有銘銅器編年概述〉（《古文字研究》第九輯，頁 331～372）等文。

〔註42〕丁山：〈楚公逆鎛銘跋〉，國立北平研究院史學研究所《史學集刊》第 4 期，1944 年 8 月，頁 93～99。

〔註43〕參見李零：〈楚國銅器銘文編年匯釋〉，《古文字研究》第十三輯，頁 355。

除「隹」字外，亦有作「唯」字者，如旗鼎、𢆶方彝等，鑄銘通篇反書，又兼行款不是很整齊，故鑄銘第一行首字有可能為「隹」字，亦有可能為「唯」字；但若與第二行首字放在一起來看，則應以一作「唯」一作「大」較說得通；又新出之楚鐘逆鐘，其銘文首句「唯八月甲午」，首字正作从「口」旁之「唯」，而不作「隹」。至此也就可以確定黃氏所釋無誤。

　　至於「大」下一字，或釋為「雷」，或釋為「雨雷」。查雷字金文作𤴡𤴡駒尊，《說文》籀文作𩂣，正與銘文形近，故此當釋為「雷」無誤，因其字形較長，所以一字佔了兩字的空間，銘文末行之「孫」字同為一字佔兩字空間，亦可為證。「大雷鎛」也就是指形體巨大而聲如雷鳴之鎛。

第七章 結 論

第一節　楚金文之研究價值

楚國享有八百多年歷史，擁有先進而獨樹一幟的文化，在先秦各國中，扮演著極重要的角色。楚金文則爲楚國文物中，歷時最長、數量最豐的可靠文獻，自然也就擁有非凡的研究價值。以下便就本文研究內容，歸納而得出楚金文之研究價值，在於下列數端：

一、保存大量地名、官名、人名，以及各種名物

楚金文中可以見到許多地名，其中又以鄂君啓節所見尤多，這對於研究先秦時期中國南方的地理方位非常有幫助。又大量的官名、人名以及各種名物的出現，也有助於我們對楚國歷史、經濟、社會、政治制度，以及各種生活、文化背景的復原，進而以之與文獻做驗證，做更深入的瞭解。

二、保存大量古文字資料

《說文》雖已收錄 9353 個字，但畢竟非古漢字全貌。楚金文中有許多同於《說文》重文之字，更有爲數可觀的字，爲《說文》之所無，如屄字、趨字、赵字、遒字、龠字等，除可補充《說文》之不足，亦可與《說文》本有之字相較，以訂補許愼說解字形、字義之闕漏與謬誤。

三、提供研究漢字發展和演變的豐富資料

楚金文是先秦時期各國金文中數量最大的，也是歷時最久的，上起西周晚期，下迄戰國末年。由於年限長、數量大，漢字在先秦時期的發展和變化傾向，幾乎在楚金文中都可見其跡，可說是提供了古文字研究者最豐富和完整的資料。

四、提供銅器斷代之標準器

據本文第二章第一節所分析，楚金文中可供作斷代標準之器有十八組之多，且年代由西周晚期至戰國末年均有，對於日後銅器斷代之研究，提供了許多客觀的比對標準，透過這十八組器的形制、花紋等資料，銅器斷代必將更爲簡易、準確。

五、提供銅器分域之材料

楚金文中表現出許多特有的飾筆、部件、結體，在明瞭這些文字特色之後，在面對新出土的銅器銘文時，必能更快速的判斷出其所屬爲何種地域性文字，而減少誤判甲國器爲乙國器的事情發生，進而能更精準的透過銅器銘文作其它方面的研究。

六、提供銅器器類、紋飾研究之材料

本文總共收羅一百四十二組楚金文，包含三十七種器類，而每類當中尚可分爲許多小類，如鼎又分爲鼎、鼎、鼎、鼎、鼎、鼎、鼎等，可謂器類豐富，由於楚金文多自銘器名，因此爲提供研究銅器器類的可靠材料，亦可呈顯出青銅器在先秦時期，其形制之演變，以及新器類的產生。而在爲數眾多的器類中，其所使用的花紋可謂千采紛呈，此亦提供青銅器紋飾研究，可資比對的廣大材料。

七、彌補研究楚國方音材料之不足

自來學者均懷疑南方的楚國，其語言並不完全等同於北方的詩經音系統，然而因爲流傳下來的楚國文學作品僅一部楚辭，若欲探究楚國方音之概況，總有稍嫌不足之感。楚金文中存在許多假借字，而假借字向來爲研究字音的一大工具，透過對楚金文中假借字的研究，必能補苴研究楚國方音之不足。

八、提供對異體字研究的驗證資料

正如本文第五章所言，異體字的判別是件很吃力的工作，須提出多項的證

據，方能論定二字爲異體字。楚金文中擁有豐富的文字資料，亦有爲數不少的異體字，對於驗證其它古文字是否爲異體字，提供了參考材料。

第二節　本文研究成果及展望

　　本文研究之重心，在於楚金文之收集，以及對楚金文字形的整理與分析。本文所收集到的楚金文，爲目前所見論著中數量最大的，然而因爲楚金文的出土散見各地，除了幾個大型墓葬，如壽縣楚幽王墓、淅川下寺楚墓等，有較完備的整理、介紹外，並無專責機構統籌挖掘、典藏之工作，故有關楚金文的資料，零星散見各期刊論文，收集頗費功夫。且大陸出版資訊緩慢，器物的出土，至正式發表公開，常是相距很長的一段時日，收集工作更形困難。復因個人能力之未殆，在收集上難免出現疏漏未收之器，或是該歸屬於楚金文而誤歸它國金文之例。因此，現存之楚金文，當不只本文所錄載一百四十二組之數，此則有待後續之補強。

　　在楚金文字形的研究上，根據本文第三、四章的分析，共得出以下數點結論：

　　一、楚金文在整個文字變化方面，與春秋戰國時期各系金文情形類似，都是自春秋中期開始，發展出具有地域性特色的文字。

　　二、楚金文在筆勢風格上的演變，大抵與其它各系金文之演變情形類似，均是由細長走向平扁，精緻走向粗率。

　　三、楚金文在形構演變上的趨勢，大致上亦與其它各系金文近似，唯楚金文及它系金文俱發展出獨特之飾筆、部件及結構，判然有別，絕不相混。

　　四、楚金文中的鳥蟲書爲各系金文中僅見的藝術性書體，展現楚文字強烈追求藝術性的取向。

　　而在楚金文字形表的編製上，本文所采取的編製方式，爲今日所見編製古文字字典特例。今日一般之古文字字典，其編製方式不外兩種：一爲圖版剪貼，一爲文字摹寫。因金文乃墨拓而成，故文字周遭滿佈墨色，圖版常有文字點畫與墨色混雜之遺憾；至於文字摹寫，因難免受摹寫者個人書寫習性，及對字形判斷準確度的影響，而導致摹寫失眞。本文楚金文字形表之編製，乃是先選取

清晰之楚金文圖版，經由電腦掃描器掃描，再加以反白處理，盡去其墨色，且加強銘文字體之黑白明暗度，以更加突顯字形，所以得到的文字個個俱是黑體子，而非墨拓的白體字。在編製字形表之時，因表格規格所限，且要求每字大小盡量一致，因此每一單字都經過放大或縮小處理，然而因為字形表的編製，乃利用電腦軟體處理，所以在形體大小的縮放上，是依著固定的比例，故不致於對文字原有形體的長寬比例產生影響。所以說，本文所編製的楚金文字形表，是現今所見古文字字典中，最貼近於文字形體原貌的一部字典。唯因清晰之圖版搜羅不易，或者是有些圖版殘損過甚，字形模糊不清，即使經電腦處理，情況仍不能改善，只好棄而不取。其次，表中每一單字條下所收錄的形體，乃是選擇清晰、具有特色者。所以本文之楚金文字形表所錄載的文字，並非一百四十二組楚金文文字之全貌，仍有刪減、闕漏之處，有待日後繼續修訂、補充。

　　雖然字形表中僅羅列六個待釋字，但這並不表示其它字都已得到正確的釋讀。許多在《說文》中找不到的字，它們也有可能是某某字的異體字，只是因為缺乏相關資料，還無法確定它們分別是哪些字的異體，只好暫時依其形體隸定，並獨立成為一個字條。而隸定正確的字，在整篇銘文的釋讀上，仍可能沒有得到正確的解釋，到目前為止，有許多字，都還未能建立出取得學者們普遍認知的說法，所以在文字考釋的工作上，仍須繼續加緊進行。

參考書目

一、專　書

1. 《商周金文錄遺》，于省吾，1993，北京：中華書局。

2. 《戰國楚簡研究》，中山大學古文字學研究室，1977，廣州：中山大學古文字研究室，油印本。

3. 《信陽楚墓》，中國社會科學院考古研究所，1986，北京：文物出版社。

4. 《毛詩注疏》，毛亨傳，鄭玄箋，孔穎達疏，642， 1974，臺北：藝文印書館，十三經注疏本。

5. 《類篇研究》，孔仲溫，1987，臺北：學生書局。

6. 《甲骨金文字典》，方述鑫等，1993，成都：巴蜀書社。

7. 《綴遺齋彝器考釋》，方濬益，1976，臺北：臺聯國風出版社。

8. 《包山楚簡文字研究》，王仲翊，1996，高雄：國立中山大學中國文學系碩士論文。

9. 《觀堂集林》，王國維，1921，1959，北京：中華書局。

10. 《大宋重修廣韻》，丘雍、陳彭年，601，1985，臺北：黎明文化事業股份有限公司，影印澤存堂本。

11. 《楚國歷史文化辭典》，石泉，1996，武昌：武漢大學出版社。

12. 《說文通訓定聲》，朱駿聲，1833，1975，臺北：藝文印書館。

13. 《戰國文字通論》，何琳儀，1989，北京：中華書局。

14. 《楚史新探》，宋公文，1988，開封：河南大學出版社。

15. 《甲骨文字集釋》，李孝定，1965，1991，臺北：中央研究院歷史語言研究所專刊之五十。

16. 《青銅器鑒定》，杜迺松，1993，桂林：廣西師範大學出版社。

17. 《中國青銅器發展史》，杜迺松，1995，北京：紫禁城出版社。

18. 《左傳注疏》，杜預注、孔穎達疏，1973，臺北：藝文印書館，十三經注疏本。

19. 《積古齋鐘鼎彝器款識》，阮元，1985，北京：中華書局，叢書集成初編本。

20. 《金文詁林》，周法高，1974，香港：香港中文大學。

21. 《青銅器銘文檢索》，周何、季旭昇、汪中文，1995，臺北：文史哲出版社。

22. 《戰國文字研究》，林素清，1983，臺北：國立臺灣大學中國文學研究所博士論文。

23. 《兩周青銅句兵銘文彙考》，林清源，1987，臺中：私立東海大學中國文學研究所碩士論文。

24. 《文字學》，林慶勳、竺家寧、孔仲溫，1995，臺北：國立空中大學。

25. 《淅川下寺春秋楚墓》，河南省文物研究所等，1991，北京：文物出版社。

26. 《文字學教程》，姜寶昌，1987，濟南：山東教育出版社。

27. 《韡華閣集古錄跋尾》，柯昌濟，1971，臺北：華文書局。

28. 《說文解字注》，段玉裁，1807，1986，臺北：黎明文化事業股份有限公司，影印經韻樓版。

29. 《睡虎地秦簡文字研究》，洪燕梅，1993，臺北：國立政治大學中國文學研究所碩士論文。

30. 《古籀餘論》，孫詒讓，1971，臺北：華文書局。

31. 《金文著錄簡目》，孫稚雛，1981，北京：中華書局。

32. 《商周彝器通考、圖錄》，容庚，1985，臺北：文史哲出版社。

33. 《金文編》，容庚，1986，京都：中文出版社。

34. 《漢語古文字字形表》，徐中舒，1980，1988，臺北；文史哲出版社。

35. 《甲骨文字典》，徐中舒，1988，成都：四川辭書出版社。

36. 《從古堂款識學》，徐同柏，1985，北京：中華書局，叢書集成初編本。

37. 《中國青銅器》，馬承源，1988，上海：上海古籍出版社。

38. 《商周青銅器銘文選》，馬承源，1986，北京：文物出版社。

39. 《楚文化史》，張正明，1987，上海：上海人民出版社。

40. 《包山楚簡文字編》，張光裕、袁國華，1992，臺北：藝文印書館。

41. 《東周鳥篆文字編》，張光裕、曹錦炎，1994，香港：翰墨軒出版有限公司。

42. 《漢字的結構及其流變》，梁東漢，1959，上海：上海教育出版社。

43. 《甲骨文編》，孫海波，1934，1974，臺北：藝文印書館。

44. 《古文字類編》，高明，1980，1986，臺北：大通書局。

45. 《中國字例》，高源繻，1960，臺北：三民書局。

46. 《先秦楚文字研究》，許學仁，1978，臺北：國立師範大學中國文學研究所碩士論文。

47. 《戰國文字分域與斷代研究》，許學仁，1985，臺北：國立師範大學中國文學研究所博士論文。

48. 《兩周金文辭大系圖錄考釋》（又名《周代金文圖錄及釋文》），郭沫若，1931，臺北：大通書局。

49. 《戰國楚簡文字編》，郭若愚，1994，上海：上海書畫出版社。

50. 《爾雅注疏》，郭璞注，邢昺疏，1973，臺北：藝文印書館，十三經注疏本。

51. 《楚系文字研究》，陳月秋，1992，臺中：私立東海大學中國文學研究所碩士論文。

52. 《古音學發微》，陳新雄，1983，臺北：文史哲出版社。

53. 《楚國青銅器之研究》，曾傳林，1988，臺北：國立師範大學美術研究所碩士論文。

54. 《字樣學研究》，曾榮汾，1988，臺北：學生書局。

55. 《長沙楚帛書文字編》，曾憲通，1993，北京：中華書局。

56. 《望山楚簡》，湖北省文物考古研究所、北京大學中文系，1995，北京：文物出版社。

57. 《包山楚墓》，湖北省荊沙鐵路考古隊，1991，北京：文物出版社。

58. 《曾侯乙墓》，湖北省博物館，1989，北京：文物出版社。

59. 《戰國銘文選》，湯余惠，1993，長春：吉林大學出版社。

60. 《湖北出土商周文字輯證》，黃錫全，1992，武昌：武漢大學出版社。

61. 《春秋左傳注》，楊伯峻，1991，高雄：復文書局。

62. 《戰國史》，楊寬，1991，上海：上海人民出版社。

63. 《文字學概要》，裘錫圭，1988，北京：商務印書館。

64. 《戰國策》，劉向集錄，臺北：里仁出版社。

65. 《楚系青銅器研究》，劉彬徽，1995，武漢：湖北教育出版社。

66. 《禮記注疏》，鄭玄注，孔穎達疏，642，1973，臺北：藝文印書館，十三經注疏本。

67. 《周禮注疏》，鄭玄注，賈公彥疏，1973，臺北：藝文印書館，十三經注疏本。

68. 《儀禮注疏》，鄭玄注，賈公彥疏，1973，臺北：藝文印書館，十三經注疏本。

69. 《三代吉金文存》，羅振玉，1936，臺北：洪氏出版社。

70. 《楚國八百年》，羅運環，1992，武昌：武漢大學出版社。

71. 《史記會注考證》，瀧川龜太郎，1983，臺北：漢京文化事業有限公司。

72. 《金文總集》，嚴一萍，1983，臺北：藝文印書館。

二、期刊論文

1. 〈楚公逆鎛銘跋〉，丁山，1944，國立北平研究院史學研究所《史學集刊》第四期，頁 93～99。

2. 〈"楚公豪戈"辨偽〉，于省吾、姚孝遂，1960《文物》第 3 期，頁 85。

3. 〈天馬——曲村遺址北趙晉侯墓地第四次發掘〉，山西省考古研究所、北京大學考

古學系,1994,《文物》第 8 期,頁 1～21。

4. 〈論郳陵君三器的幾個問題〉,孔仲溫,1984,紀念容庚先生百年誕辰暨中國古文字學學術研討會論文,廣州:中山大學。

5. 〈再釋望山卜筮祭禱簡文字兼論其相關問題〉,孔仲溫,1997,第八屆中國文字學全國學術研討會論文。

6. 〈"楚王孫鐘"辨析〉,王文敞,1989,《考古與文物》第 4 期,頁 89～90。

7. 〈江陵發現一件春秋帶銘夔紋戈〉,王毓彤,1983,《文物》第 8 期。

8. 〈楚王孫漁銅戈〉,石志廉,1963,《文物》第 3 期,頁 46～47。

9. 〈試論楚國青銅器與江南古銅礦的關係〉,后德俊,1995,《江漢考古》第 3 期,頁 55～58。

10. 〈安徽貴池發現東周青銅器〉,安徽省博物館,1980,《文物》第 8 期,頁 21～25。

11. 〈盛君縈及擂鼓墩二號墓墓主的國別〉,何浩、賓暉,1987,《楚文化研究論集》第一集,頁 224～234。

12. 〈戰國時期楚封君初探〉,何浩,1984,《歷史研究》第 5 期。

13. 〈"楚屈叔沱戈"考〉,何浩,1985,《安徽史學》第 1 期。

14. 〈郳陵君與春申君〉,何浩,1985,《江漢考古》第 2 期,頁 75～78。

15. 〈楚郳陵君三器考辨〉,何琳儀,1984,《江漢考古》第 1 期,頁 103～104。

16. 〈楚公逆鎛〉,李零,1983,《江漢考古》第 2 期,頁 94。

17. 〈再談楚公鐘〉,李零,1986,《江漢考古》第 3 期,頁 90～91。

18. 〈楚國銅器銘文編年匯釋〉,李零,1986,《古文字研究》第十三輯,北京:中華書局,頁 353～397。

19. 〈楚燕客銅量補正〉,李零,1988,《江漢考古》第 4 期,頁 102～103。

20. 〈關於《竟鐘》年代的鑒定〉,李瑾,1980,《江漢考古》第 2 期,頁 55～59。

21. 〈戰國題銘概述〉上中下,李學勤,1959,《文物參》第 7 期,頁 53～54;第 8 期,頁 60～63;第 9 期,頁 58～61。

22. 〈從新出青銅器看長江下游文化的發展〉,李學勤,1980,《文物》第 8 期。

23. 〈論漢淮間的春秋青銅器〉,李學勤,1980,《文物》第 1 期,頁 54～58。

24. 〈曾侯戈小考〉,李學勤,1984,《江漢考古》第 4 期,頁 65～66。

25. 〈楚邘客銅量銘文試釋〉,周世榮,1987,《江漢考古》第 2 期,頁 87～88。

26. 〈館藏銅器介紹〉,宜昌地區博物館,1986,《江漢考古》第 2 期,頁 93～96。

27. 〈武漢市漢陽縣熊家嶺東周墓發掘〉,武漢市考古隊、漢陽縣博物館,1993,《文物》第 6 期,頁 65～76。

28. 〈楚子超鼎淺釋〉,夏淥、高應勤,1983,《江漢考古》第 1 期,頁 31。

29. 〈楚器"王孫遺者鐘"考辨〉,孫啓康,1983,《江漢考古》第 4 期,頁 41～46。

30. 〈鳥書考〉,容庚,1964,《中山大學學報》第 1 期,頁 75～91。

31. 〈壽縣出土的「鄂君啓金節」〉，殷滌非、羅長銘，1958，《文物參考資料》第 4 期，頁 8～11。

32. 〈壽縣楚器中的‘大廥鎬’〉，殷滌非，1980，《文物》第 8 期，頁 26～27。

33. 〈對“楚公豪戈辨僞”一文的商討〉，高至喜、蔡季襄，1960，《文物》第 8、9 期，頁 79～80。

34. 〈王孫霝簠及其銘文〉，高應勤、夏淥，1986，《文物》第 4 期，頁 1011。

35. 〈楚公豪戈眞僞的我見〉，商承祚，1962，《文物》第 6 期，頁 19～20。

36. 〈論楚公豪鐘和楚公逆鎛的年代〉，張亞初，1984，《江漢考古》第 4 期，頁 95～96。

37. 〈淅川下寺二號墓的墓主、年代與一號墓編鐘的名稱問題〉，張亞初，1985，《文物》第 4 期，頁 54～58。

38. 〈邵王之諻鼎及段銘考證〉，張政烺，1939，前中央研究院《歷史語言所集刊》第八本第三分冊，頁 371～378。

39. 〈試論銅器銘文形式上的時代標記〉，張振林，《古文字研究》第五輯，頁 67～86。

40. 〈介紹廣東省博物館收藏的四件青銅器〉，張維，1984，《考古與文物》第 3 期，頁 5～7。

41. 〈關於古代字體的一些問題〉，啓功，1962，《文物》第 6 期，頁 20～49。

42. 〈信陽墓的年代與國別〉，郭沫若，1958，《文物參考資料》年第 1 期，頁 5。

43. 〈關於鄂君啓節的研究〉，郭沫若，1958，《文物參考資料》第 4 期，頁 3～7

44. 〈沅陵楚墓新近出土銘文法碼〉，郭偉民，1994，《考古》第 8 期，頁 719。

45. 〈蘇兒罍及郜國地望問題〉，陳萬千，1988，《考古與文物》第 3 期，頁 75～77。

46. 〈當陽季家湖楚城遺址〉，湖北省博物館，1980，《文物》第 10 期，頁 31～39。

47. 〈湖北江陵拍馬山楚墓發掘簡報〉，湖北省博物館，1973，《考古》第 3 期，頁 151～161。

48. 〈略論戰國文字形體研究中的幾個問題〉，湯余惠，1986，《古文字研究》第十五輯，頁 9～100。

49. 〈關於“楚公豪”戈的眞僞并略論巴蜀時期的兵器〉，馮漢驥，1961，《文物》第 11 期，頁 32～34。

50. 〈山西晉侯墓地所出楚公逆鐘銘文初釋〉，黃錫全、于炳文，1995，《考古》第 2 期，頁 170～178。

51. 〈楚器銘文“楚子某”之稱謂問題辨證〉，黃錫全，1986，《江漢考古》第 4 期，頁 75～82。

52. 〈楚公逆鎛銘文析論〉一文，黃靜吟，1995，’95 黃侃國際學術研討會，武漢；武漢大學。

53. 〈山東太安發現的戰國銅器〉，楊子范，1956，《考古》第 6 期，頁 65。

54. 〈談談隨縣曾侯乙墓的文字資料〉，裘錫圭，1979，《文物》第 7 期，頁 25～31。

55. 〈楚屈子赤角考〉，趙逵夫，1982，《江漢考古》第 1 期，頁 46～48。

56. 〈簠銘王孫甸和蔡姬考略〉，趙德祥，1993，《考古與文物》第 2 期，頁 58～59。

57. 〈楚國有銘銅器編年概述〉，劉彬徽，1984，《古文字研究》第九輯，頁 331～372。

58. 〈湖北出土兩周金文國別年代考述〉，劉彬徽，1986，《古文字研究》第十三輯，頁 239～351。

59. 〈楚國、楚系有銘銅器編年補述〉，劉彬徽，1991，《文物研究》總第七輯，頁 237～243。

60. 〈王孫遺者鐘新釋〉，劉翔，1983，《江漢論壇》第 8 期。

61. 〈信陽一號楚墓的地望與文物〉，顧鐵符，1979，《故宮博物院院刊》第 2 期，頁 76～80。

附錄　楚金文字形表

凡　例

1. 本表所收列字形，爲先秦時期之楚金文，包含樂器、食器、酒器、水器、兵器、符節、度量衡器、車馬器及雜器等有銘楚國銅器，而貨幣、銅印則不在本表收列範圍。

2. 本表以《殷周金文集成》所收錄圖版爲基礎材料，並搜羅《殷周金文集成》一書未收錄之其它圖版，製作成本字形表。

3. 表中選用字形，絕大多數是採用圖版或照片，經掃描器掃描處理所得，再依版面之需要，加以放大或縮小，基本上仍維持其字形原貌及固定之長寬比例。其次，少數圖版不清或未見圖版者，則採用傳世影寫謹嚴可靠的摹本，再經掃描器掃描處理收入，而不二度摹寫。複次，部分圖版殘損、模糊不清之器，而又未有摹本流傳者，則本表捨棄不予收錄。

4. 本表大體上按文字發展的歷史層次分三欄排列，依次爲西周、春秋、戰國三個時期，欄內各器則自由編列，並未按時代先後及器類排序。

5. 本表所收器物之時代，及文字之考釋，各家考證或有分歧，則斟酌情況，擇善而從。

6. 本表計收錄 500 個單字，5 組合文，以及 7 個待釋字。

7. 本表所收各單字，其排列順序基本上依照許慎《說文解字》五百四十部之次序，同部首的字也依《說文》的次序加以排列。《說文》中未見的字形，若能定出部首者，則附於《說文》該部字（字群）之後。

8. 本表各欄之上標注各字之小篆，若所收錄字形與《說文》或體、籀文、或古文較接近，則除標注小篆外，亦將其《說文》或體、籀文、或古文一并標注出來；若爲《說文》所無之字，則標注隸定之楷書。

9. 欄中收錄字形標準，盡量各器收錄一字，或選取字跡清晰，寫法較具代表性者，每字之下則標明器名及位置。

10. 本表天頭部分，標示卷別及該頁所收錄楚金文隸定之楷書，並以括弧標示出其異體字。

11. 本表表前附有筆畫索引，以便翻閱查對。

筆畫索引

楚金文字形表

卷 一

一、元、天、下、福、祀、祖、裳、祡、祗、禜、三、王、皇、鈗、璜、璋、士、中、屯、芸、苟、若、折、蒿、萱、茇、莫

	西 周	春 秋	戰 國
一			一王命節・05
元		王孫誥鐘十三・23 王孫遺者鐘・24	
天		佣戈 08 齋鎛五・71 齋鎛四・71	
下		齋鎛一・72	鄂君啓車節・120
福		王子午鼎・49 王孫誥鐘三・69 王孫誥鐘十六・69	

祝		王子午鼎・45 王孫誥鐘五・65 王孫誥鐘十四・65	楚王酓章鎛・07 郟陵君豆一・17 郟陵君豆二・16
祖			郟陵君豆一・19 郟陵君豆二・18
棠			楚王酓前匜二・12 楚王酓前匜三・12 楚王酓前盤・12 楚王酓忎鼎・22 郟陵君豆二・14
柰			䣄篙鐘 05
㞑			鄂君啓舟節・15 鄂君啓車節・15
眔		王孫誥鐘十一・44 王孫誥鐘十・64 �509鎛二・60 �509鎛五・61	
三			鄂君啓舟節・58 楚王酓忎鼎・01
王		楚王媵邛仲嬭南鐘・09 王子嬰次爐・01 楚嬴匜・17 邵王之諻簋・02 王子申盞盂・01 王子午鼎・08	楚王酓章鎛・02 王命節・01 曾姬無卹壺・02 楚王酓前匜二・02 楚王酓前盤・02

		楚王孫漁戈·02 卲王之諻鼎·02	鄂君啓車節·35 楚王酓忑鼎·02 郍陵君豆二·04 巨荁鼎·02 陳郢量·01 燕客銅量·06 敔作楚王戟·04
皇		王孫遺者鐘·34 王子午鼎·27	郍陵君豆一·18 郍陵君豆二·17 番仲戈·05
皉		王孫遺者鐘·100	
璜		楚屈子赤角匿·16	
璋			楚王酓章戈·11
士		王孫誥鐘七·98	
中		楚王媵邛仲嬭南鐘·12 王孫遺者鐘·20 楚屈子赤角匿·14 王孫誥鐘六·19 中子化盤·01	鄂君啓車節·97 中賻王鼎·01 番仲戈·02
屯			鄂君啓舟節·57 鄂君啓車節·84
芚			鄂君啓舟節·78
苟			專秦勺·04 楚王酓忑鼎·06

	西周	春秋	戰國
〔言〕		瞓鑄二·20 瞓鑄四·21	
〔新〕		王孫誥鐘四·55 王孫誥鐘十·55	
〔㝬〕			曾姬無卹壺一·21 曾姬無卹壺二·21
萺			巨萺鼎一·02 巨萺鼎一·02
茇			鄂君啓車節·25 燕客銅量·08
茸			燕客銅量·17

卷 二

小、少、分、八、曾、尚、公、余、番、審、牛、哲（惁）、君、命、唯、右、吉、嚴、趣、趑、趚、超、赵、辵、登、歲、正、是、邁、徙、造、逾、逆、徙、返、遲（遟）、連、遺、途、遣、測、遷、德、往、後、得、御、廷、征、行、衛、穌、龢、嗣

	西周	春秋	戰國
小			王后少府鼎·07
少		瞓鑄一·11 瞓鑄五·12 瞓鑄六·12	楚王酓前盤·15 燕客銅量·39 燕客銅量·44
分			燕客銅量·20
八	楚公逆鏄·02	楚子暖固·02	
曾			楚王酓章鏄·17 曾姬無卹壺一·12

		曾姬無卹壺二・12
尚		楚尚車轄・02
公	楚公豪鐘三・02 楚公豪鐘四・02 楚公逆鎛・07	考叔脂父匜・09 叔嬭番妃賸匜・10	
余		王孫遺者鐘・42 王孫遺者鐘・83 王子午鼎・50 王孫誥鐘・34 鱍鎛四・52	
番		叔嬭番妃賸匜・18	番仲戈・01
圖		楚王酓審盂・04	
半			鄂君啓舟節・148
哲		王孫遺者鐘・51	
君		鱍鐘一・40	坪夜君鼎・03 鄂君啓舟節・49 鄂君啓車節・49 斯陵君豆二・03
命		王子午鼎・65	鄂君啓車節・36 王命節・02 燕客銅量・26
唯	楚公逆鎛・01		
曰			右笿刃鼎・01

吉		吉 楚王膡邡仲嬭南鐘·05 吉 考叔㫛父匜一·05 㫛 考叔㫛父匜二·05 吉 王子午鼎·05 吉 楚王領鐘·06 吉 以鄧會匜·16 吉 王孫誥鐘十·13 吉 楚屈子赤角匜·05 吉 楚嬴匜·21 青 王孫遺者鐘·14 㫛 中子化盤·14	吉 楚王酓前鼎·11 吉 楚王酓前盤·11
嚴 嚴		嚴 王孫誥鐘十四·28	嚴 楚王酓章戈·12
㦸		㦸 王孫遺者鐘·49 㦸 王孫誥鐘十·53 㦸 王子午鼎·41	
趄			趄 曾姬無卹壺一·06 趄 曾姬無卹壺二·06
趄		趄 王孫誥鐘一·99 趄 王孫誥鐘十六·99	
趄		趄 王孫誥鐘十·100 趄 王孫誥鐘十五·100 趄 王孫遺者鐘·101	
趙		趙 中子賓缶·05	

走			燕客銅量・24
登		盅之登鼎・03	
歲		鼲鐘一・45 鼲鎛三・44	
正		楚王臏邛仲嬭南鐘・02 考叔脂父匜・02 考叔脂父匜一・02 考叔脂父匜二・02 王子午鼎・02 以鄧會匜・02 楚嬴匜・18 王孫遺者鐘・02 王孫誥鐘四・02 中子化盤・09	楚王畲忑鼎・09 楚王畲忑盤・09 正陽鼎・01
咠		王子午鼎・80	
遷		王孫誥鐘八・101 王孫誥鐘十・101 王孫誥鐘十六・101	
逵			鄂君啓車節・83
造		楚子迮鼎・03	
逾			鄂君啓舟節・80 鄂君啓車節・84
逆	楚公逆鎛・08 楚公逆鎛・24		鄂君啓舟節・43 鄂君啓車節・43

趞			鄂君啟舟節‧73 鄂君啟舟節‧120
趄			楚王酓章鎛‧08 鄂君啟舟節‧67 鄂君啟車節‧63
趯		王孫誥鐘十‧50	
逴		王孫誥鐘十二‧50	
連			燕客銅量‧21
讀		王孫遺者鐘‧10	
途		楚叔之孫途為之 盉‧05	
遒		斁鎛二‧30 斁鐘二‧31	
遹			王命節‧03
遷		王子午鼎‧18	
德		王孫遺者鐘‧57 王孫遺者鐘‧90 王子午鼎‧58 王孫誥鐘十‧42 王孫誥鐘十七‧42	鄂君啟車節‧75
往			鄂君啟車節‧100 陳往戈‧02
後			曾姬無卹壺一‧32 曾姬無卹壺二‧32

	西周	春秋	戰國
得		瓡鎛二·77 瓡鎛五·78	
御			卲之御鈷·03 御銍匜·04
徙		佣戈·14	
延		王孫遺者鐘·87	
行		郎子行盆·08 王孫誥戟·05	
衛		中妃衛旅匜一·10	
鐘		楚王賸邛仲嬭南鐘·15 王孫誥鐘十七·17 王孫遺者鐘·18 王孫遺者鐘·91	
龢		瓡鎛四·30 瓡鐘一·30	
畫			曾姬無卹壺一·33 曾姬無卹壺二·33

卷 三

　　嚚、器、句、十、千、言、誨、諆、訶、諻、返、詤、競、音、章、僕、兵、葬、畀、共、革、爲、爲、執、埶、又、父、尹、叡、及、反、友、燮、卑、事、肅、聿、臣、臧、毆、專、啓、政、救、敓、攸、敗、鼓、攻、敂、敓、敏、用

	西 周	春 秋	戰 國
嚚			燕客銅量·18 燕客銅量·22
器			大�銅牛·04

字頭		字例二	字例一
司			大后脰官鼎・05 王后六室匜・05 王后六室豆・05
十			楚王酓章鎛・04 鄂君啓舟節・63 鄂君啓車節・59 巨萱鼎二・03
仟		黻鎛三・44 黻鐘一・44	
音		楚王領鐘・19	
諆		王孫遺者鐘・62 王孫誥鐘十・74 王孫誥鐘十一・74 王孫誥鐘十七・74	
謀		王子吳鼎・23 東姬會匜・29 王孫遺者鐘・105 王子午鼎・77 倗浴鼎・18	
訶		黻鎛一・33 黻鎛四・34 黻鎛五・34 黻鐘一・34	

諻		![字形]邵王之諻簋・04 ![字形]邵王之諻鼎・04 ![字形]王孫誥鐘五・26 ![字形]王孫誥鐘十七・26	
訧		![字形]䣄鎛一・07	
訧		![字形]䣄鎛三・18 ![字形]䣄鐘一・18	
競			![字形]秦王卑命鐘・05 ![字形]䎸篙鐘・12 ![字形]䎸篙鐘・33
音		![字形]䣄鎛一・09 ![字形]䣄鎛三・10	
章			![字形]楚王酓章鎛・15
儋		![字形]䣄鎛一・61 ![字形]䣄鎛七・62	
肵			![字形]楚王酓忎鼎・07 ![字形]楚王酓忎盤・07
龏		![字形]王孫遺者鐘・44 ![字形]王子午鼎・36 ![字形]王孫誥鐘五・62 ![字形]王孫誥鐘十・48	![字形]楚王酓章戈・13 ![字形]燕客銅量・42
龏		![字形]王孫誥鐘十三・10 ![字形]王孫誥鐘十七・10	

芇			楚王酓前匜二·10 王酓前匜三·10 楚王酓前盤·10 楚王酓前鼎·10 楚王酓忑鼎二·07 楚王酓忑盤·07 鄴坒勺·05
革 芈			鄂君啓車節·67
爲		楚叔之孫途爲之盉·06	留鐘·02 鄂君啓車節·47 楚王酓前盤·06 大后脰官鼎·03 王后六室豆·03 集醻盤·03 集醻盤·06 楚王酓忑鼎·08 集𦈐鼎·11 盤埜勺·06 集脰鼎二·03
象	楚公象鐘一·03 楚公象鐘二·03 楚公象鐘三·03 楚公象鐘四·03		
豤		鈘鎛二·65 鈘鎛二·65	

勘		叔嬭番妃賸匜・22 王孫遺者鐘・48 王子午鼎・40	
		王孫誥鐘・27	楚王酓章鎛・05 曾姬無卹壺二・04
		考叔脂父匜・12 考叔脂父匜二・11 王孫遺者鐘・77 鼢鎛二・41 王孫誥鐘二・95 王孫誥鐘五・95 王孫誥鐘十三・95	陵君豆二・21
		王子午鼎・66	鄂君啓舟節・38 鄂君啓車節・38 燕客銅量・36
		王孫遺者鐘・22 王孫誥鐘十四・21 王孫誥鐘十七・21	
		王孫遺者鐘・79 王孫誥鐘十・93 王孫誥鐘十七・93 鼢鎛一・38 鼢鎛三・39	

月		![字形]瓚鎛六‧07 ![字形]瓚鐘二‧07	
𡗗		![字形]王孫遺者鐘‧82	
雙		![字形]佣戈‧14	
宰			![字形]秦王卑命鐘‧03
甬		![字形]王孫誥鐘十四‧31 ![字形]王孫誥鐘五‧31	
肅		![字形]王孫遺者鐘‧50 ![字形]王孫誥鐘三‧31 ![字形]王孫誥鐘十‧54	
聿		![字形]楚王領鐘‧17	
臣		![字形]瓚鎛五‧75 ![字形]瓚鐘五‧75	
臧		![字形]王孫誥鐘四‧56 ![字形]王孫誥鐘十三‧56	![字形]燕客銅量‧19
醫		![字形]王子午鼎‧69	
壽			![字形]專秦勺‧02 ![字形]楚王酓忎鼎‧03
啟		![字形]王子啟疆鼎蓋‧03 ![字形]王子啟疆鼎器‧03	![字形]鄂君啟舟節‧50 ![字形]鄂君啟車節‧50
政		![字形]王孫遺者鐘‧56 ![字形]王子午鼎‧57 ![字形]王孫誥鐘四‧41 ![字形]王孫誥鐘十四‧41	![字形]鄂君啟舟節‧131 ![字形]鄂君啟舟節‧144

殺			秦王卑命鐘・10 聖簠鐘・08
歃			斂作楚王戟・01
佩			㣛陵君豆二・06 㣛陵君豆二・27
賏			鄂君啓舟節・06 鄂君啓車節・06
鼓		王孫遺者鐘・112 王孫誥鐘十・107 王孫誥鐘十三・107 𤰞鎛二・45 𤰞鐘一・46	
巧		王孫誥鐘二・73 王孫誥鐘十三・73	鄂君啓舟節・31 燕客銅量・27
敁			㣛陵君豆一・09 㳠並果戈・05
敭		王孫遺者鐘・47 王子午鼎・52 王孫誥鐘十四・51 王孫誥鐘十五・36	
敏			鄂君啓舟節・45 鄂君啓車節・45 新弨戟・04

用		楚王賸邛仲嬭南鐘・26 楚季苟盤・15 考叔指父匿一・27 考叔指父匿二・27 王孫遺者鐘・38 楚屈子赤角匿・28 楚嬴匜・04 孟賸姬浴缶・21 王子午鼎・21 王子申盞盂・16 王孫誥鐘十四・81 飤匿・13	楚王酓章鎛・30 楚王酓章戈・04

卷　四

眉、自、者、䨻、隹、隻、雝、雁、羊、雧、難、鳴、烏（於）、丝、爭、惠、舒、爰、受、脰、膗、㦰、魯、䢕、利、初、荆、則、制、削、刃、角

	西　周	春　秋	戰　國
眉		楚王賸邛嬭南鐘・18 考叔指父匜・18 考叔指父匿一・12 王子吳鼎・20 東姬會匜・24 王子申盞盂・10 王孫遺者鐘・40 敬事天王鐘四・18 王子午鼎・33	

自	楚公㲬鐘一・04 楚公㲬鐘二・04 楚公㲬鐘三・04 楚公㲬鐘四・04 楚公逆鎛・09	考叔㫪父匜・13 考叔㫪父匜二・12 王子午鼎・15 王子吳鼎・15 王子啓疆鼎・05 鄬子行盆・10 王孫遺者鐘・16 中子化盤・16 王孫誥鐘十三・15 飤匜・05 㦤鎛五・36 㦤鐘一・36 楚王領鐘・12	新弨戟・03 楚王酓章鎛・09 鄂君啓舟節・68 鄂君啓車節・98
䍵		王孫遺者鐘・11 㦤鎛二・27 㦤鎛五・28 王孫誥鐘九・89 王孫誥鐘十・89 王孫誥鐘十五・89 王孫誥鐘十六・89	
羅			鄂君啓舟節・66 鄂君啓車節・66
隹		楚王媵邛嬭南鐘・01	曾姬無卹壺一・01 曾姬無卹壺二・01

		考叔脂父匜・01	楚王酓章鎛・01
		考叔脂父匜一・01	詧篙鐘・01
		王子午鼎・01	
		楚王領鐘・01	
		中妃衛旅匜二・01	
		以鄧會匜・01	
		楚子暖匜・01	
		楚屈子赤角匜・01	
		楚嬴匜・16	
		孟膪姬浴缶・01	
		王孫誥鐘四・01	
窶			楚王酓忎鼎蓋・06
			楚王酓忎鼎器・06
			楚王酓忎盤・06
雜		東姬會匜・13	
雁		佣戈・06	
羊			鄂君啓舟節・149
集			楚王酓前鐈鼎・01
			鄂君啓舟節・37
			集鑄鼎・04
			集鑄盤・04
			集脰鼎二・04
			楚王酓忎鼎・01
			燕客銅量・40
鄭 雜		瞅鎛二・76	
		瞅鎛四・77	

嗌		王孫遺者鐘・25 王孫誥鐘十六・24 王孫誥鐘十七・24	
絲			鄂君啓舟節・09 鄂君啓車節・24 燕客銅量・07 䩃篙鐘・10
絲			曾姬無卹壺一・18 曾姬無卹壺一・18
絆			拥陵君豆一・08 拥陵君豆二・07
惠		王孫遺者鐘・54 王子午鼎・55 王孫誥鐘一・39 王孫誥鐘十三・39	
鉥		王孫誥鐘四・49 王孫誥鐘十・49	
羲			鄂君啓舟節・100
肩		王子午鼎・47 王孫誥鐘四・67 王孫誥鐘十・67	

𥂗			楚王酓前鎬鼎・02 大后脰官鼎・06 集脰鼎・05 楚王酓忎鼎・02
脽			鄂君啓舟節・33 鄂君啓車節・33
戠			楚王酓前匜二・11 楚王酓前鉈鼎・11 鄂君啓舟節・13 楚王酓忎鼎・19 䢵陵君豆二・13 大䈞鎬・07
魯			鄂君啓舟節・108
翏			集翏鼎・07 集翏鼎・10
杨 杨		倗戈・16	
初		楚王臒邟嬭南鐘・04 考叔脂父匜・04 考叔脂父匜一・04 考叔脂父匜二・04 王子臭鼎・04 王子午鼎・04 中妃衛旅匜一・04 以鄧鸞鼎・04 楚子暖匜・04 楚屈子赤角匜・04 楚嬴匜・20 王孫遺者鐘・04 楚王領鐘・05 王孫誥鐘十四・04 鄩中姬丹盥盤・05	

肯			楚王酓前匜三・04 楚王酓前鉈鼎・04 楚王酓前盤・04
刖 刖		戲鑄五・13 戲鐘一・13	鄂君啓車節・143 鄂君啓舟節・129
刜		王子午鼎・81	
削			燕客銅量・52
刃			右𤳰刃鼎・03
肉		楚屈子赤角匜・12	

卷 五

箭、節、笼、箇、箕（其）、其、差、巨、寅、曰、于、平、喜、彭、嘉、
虡、豑、盂、盛、盧、盆、盅、盬、盞、廬、盍、盐、盤、卹、飤、饋、舍、
會、倉、內、缶、侯（厌）、高、享、𣆶、夏、乘

	西　周	春　秋	戰　國
箭			鄂君啓車節・69
節			鄂君啓舟節・130 鄂君啓車節・56
笼			郢大廈銅量・06
箇			愸箇鐘・03
箕　其	楚公豪鐘二・12 楚公豪鐘三・12 楚公逆鎛・25 楚公逆鎛・34	楚王媵邛仲嬭南鐘・17 楚季荀盤・10 考叔脂父匜・10 考叔脂父匜二・17	楚王酓章鎛・27 鄂君啓舟節・128 鄂君啓車節・128

		以鄧䚅鼎·15	
		以鄧會匜·15	
		中妃衛旅匜·12	
		楚王領鐘·18	
		楚子暖匜·12	
		楚屈子赤角匜·19	
		楚嬴匜·08	
		王孫遺者鐘·13	
		王子申盞盂·09	
		中子化盤·13	
		王子午鼎·12	
		王孫誥鐘十·68	
		䣄鎛五·09	
		王子吳鼎·19	
涇		王子午鼎·54	楚王酓前鼎一·05
		王孫誥鐘五·38	楚王酓前鼎二·05
		王孫誥鐘十三·38	楚王酓前盤·05
			燕客銅量·46
𠤕			巨萱鼎一·01
			巨萱鼎二·01
寶		考叔脂父匜·08	
𦥑	楚公逆鎛·17		
于		王孫遺者鐘·98	楚王酓章鎛·24
		王子午鼎·60	
		王孫誥鐘四·59	
乎		䣄鎛二·31	
		䣄鎛五·31	

喜		王孫遺者鐘・72 王孫誥鐘十・84 鼄鎛一・36	
彭			鄂君啓舟節・91
嘉		王子申盞盂・05 王孫遺者鐘・75 王孫誥鐘十六・91	燕客銅量・04
虗			曾姬無卹壺一・16
麓			留鐘・04
盂		王子申盞盂・08 楚王酓審盂・06	
盛			盛君縈匜・01
盧		王子嬰次爐・07	
盆		鄔子行盆蓋・02 鄔子行盆器・02	
盅		盅之登鼎・01	
盥		考叔脂父匜・15 倗盥匜・03	
盞		王子申盞盂・07 鄔之盞・06	
盧		邵王之諻簋・06	
盍			楚王酓忎鼎・18 郷陵君豆一・11

盐		考叔脂父匜·16 楚嬴匜·07	
盬		倗盬鼎三·08 倗盬鼎四·08	
卹			曾姬無卹壺一·15 曾姬無卹壺二·15
劊		王子臭鼎·17 王子啓疆鼎·07 楚子暖匜·13 楚子适鼎·05 楚屈子赤角匜·17 倗飤鼎·03 飤匜·06 王孫遺者鐘·65 倗盬鼎三·07 倗盬鼎一·03 王孫誥鐘十三·77 鄝子行盆器·01	鄂君啓舟節·137 鄂君啓車節·137 王命節·07 大腐鎬·12 邵之飤鼎·03
饡		邵王之諻鼎·06	
金			鄂君啓舟節·135 鄂君啓車節·135
會		以鄧會匜·20 東姬會匜·21	掷陵君豆二·20

倉		瞰鎛二・32 瞰鎛五・33	
金		瞰鐘一・38	
内			鄂君啓舟節・96 鄂君啓舟節・152
缶		倗䤖缶一・04 倗䤖缶二・04 孟䐒姬浴缶・18 鄥子倗浴缶・10 鄥子倗䤖缶・06 倗浴缶二・03 倗浴缶一・03	
庆庆		鄥中姬丹盟盤・10 王孫誥鐘十・90 王孫誥鐘十七・90	楚王酓章鎛・18
高			鄂君啓舟節・117
盲		楚季苟盤・16 王子午鼎・22 楚嬴匜・05 王孫遺者鐘・29	楚王酓章鎛・31
矣	楚公豪鐘一・01 楚公豪鐘二・01 楚公豪鐘四・01		

	西周	春秋	戰國
鼎			燕客銅量·38 鄂君啓舟節·14 鄂君啓車節·14
焚			鄂君啓車節·60 鄂君啓車節·95

卷　六

木、松、果、槫、栩、槃（盤）、樂、枼、檜、格、東、楚、才、之、帀、出、南、華、國、賜、賓、賃、賡、賻、贃、賺、朡、暖、貯、郵、北、郎、鄧、郢、鄂、邡、邛、鄝、邽、酈、鄎、鄵、洀、鄵、邜、邔、酁、邨、鄔、郼、郳

	西　周	春　秋	戰　國
木			鄂君啓舟節·123
松			鄂君啓舟節·94
果			洀並果戈·03
槫			鄂君啓舟節·136 鄂君啓車節·136
栩		中子化盤·10	
槃（盤）		中子化盤·19 以鄧會匜·21	盤埜勺一·02 盤埜勺二·02 楚王酓忑鼎·03 楚王酓忑盤·16 楚王酓前盤·08
樂		王孫遺者鐘·74 王孫誥鐘十·86 鄬鐘一·35 鄬鎛一·34	

葉		⟨字⟩王孫遺者鐘・106	
檐			⟨字⟩鄂君啓車節・86 ⟨字⟩王命節・06
格	⟨字⟩楚公逆鎛・16		
東		⟨字⟩東姬會匜・17	
楚	⟨字⟩楚公豪鐘一・01 ⟨字⟩楚公豪鐘二・01 ⟨字⟩楚公豪鐘三・01 ⟨字⟩楚公逆鎛・06	⟨字⟩楚王賸邛仲嬭南鐘・08 ⟨字⟩楚季苟盤・01 ⟨字⟩楚王孫漁戈・01 ⟨字⟩以鄧會匜・08 ⟨字⟩楚子暖匜・08 ⟨字⟩楚屈子赤角匜・08 ⟨字⟩楚嬴匜・13 ⟨字⟩楚叔之孫途為之盉・26 ⟨字⟩倗盥鼎・01 ⟨字⟩鄔子倗浴缶・01 ⟨字⟩王孫誥鐘十・87 ⟨字⟩王孫誥鐘十六・32 ⟨字⟩鼒鎛五・57 ⟨字⟩中子化盤・06 ⟨字⟩楚王領鐘・09	⟨字⟩楚王酓章戈・08 ⟨字⟩楚王酓章鎛・12 ⟨字⟩楚王酓前匜二・01 ⟨字⟩楚王酓前鉈鼎・01 ⟨字⟩楚王酓前盤・01 ⟨字⟩楚王酓忎鼎・01 ⟨字⟩楚王酓忎盤・01 ⟨字⟩楚尙車轄・01 ⟨字⟩剒篙鐘
十		⟨字⟩鼒鎛二・69 ⟨字⟩鼒鎛五・70	⟨字⟩曾姬無卹壺一・37 ⟨字⟩曾姬無卹壺二・37

止		考叔脂父匜・27	楚王酓章戈・02
		考叔脂父匜一・28	楚王酓章鎛・23
		考叔脂父匜二・28	卲之飤鼎・02
		楚王孫漁戈・05	盛君縈匜・04
		王子嬰次爐・05	曾姬無卹壺一・09
		王子吳鼎・29	鄂君啓車節・51
		以鄧會匜・10	大𪩘銅牛・03
		以鄧𪓷鼎・25	楚王酓忎鼎・17
		叔嫚番妃媵匜・34	楚王酓前盤・09
		盅之登鼎・08	𧿒陵君豆二・25
		鄝子佣𨪚缶・04	王命節・08
		王子申盞盂・17	集脀鼎・12
		王孫誥鐘十七・108	盤埜勺二・07
		楚子暖匜・19	
		楚屈子赤角匜・29	
		王孫遺者鐘・113	
		佣匜・02	
		卲王之諻簋・03	
		佣𨥓鼎・02	
		王子午鼎・71	
帀			鄂君啓舟節・08
			鄂君啓車節・08
			楚王酓忎鼎・02
屵			鄂君啓舟節・151

南		南 楚王賸邛仲嬭南鐘・14	
羍		羍 瓤鎛一・21 羍 瓤鎛五・23 羍 瓤鐘一・22	
國		國 王孫遺者鐘・99 國 王孫誥鐘四・61 國 王孫誥鐘・61	
賜			賜 燕客銅量・43
賓賓		賓 王孫遺者鐘・76 賓 王孫誥鐘十七・92 賓 中子賓缶・03	
賨			賨 王命節・04
賡			賡 鄂君啓舟節・52 賡 鄂君啓車節・52 賡 大賡銅牛・02 賡 大賡銅量・03 賡 大賡匜・02
賻			賻 中賻王鼎・02
賹			賹 燕客銅量・54
賺			賺 鄂君啓舟節・107
賸		賸 楚王賸邛仲嬭南鐘・10 賸 楚季苟盤・07 賸 鄬中姬丹會匜・12 賸 叔嬭番妃匜・20	

暖		楚子暖匜蓋・10 楚子暖匜器・10	
盰		啟之盞・01	
郵			長郵戈・02
郖			鄂君啓舟節109
郞		郎子行盆蓋・06 郎子行盆器・06	
鄧		以鄧籚鼎・13 以鄧會匜・13	
郢			鄂君啓舟節・26 鄂君啓舟節・26 大賸銅量・01 燕客銅量・09
郙			鄂君啓舟節・48 鄂君啓車節・99
郗			鄂君啓車節・104
邛		楚王賸邛仲嬭南 鐘・11	
鄝		鄝子妝戈・01	
邯			鄂君啓舟節・83
郿			鄂君啓舟節・114
鄩			鄂君啓舟節・124
鄝			王孫霝匜・05 鄂君啓舟節・121
淋			淋並果戈・01
鄢			鄂君啓舟節・05 鄂君啓車節・05

㹙		![字形]㹙陵君豆二・01
邔		![字形]鄂君啓舟節・87
酈		![字形]燕客銅量・16
邨		![字形]中子賓缶・01
鄔	![字形]鄔子佩浴缶・05 ![字形]鄔子佩鐏缶・01 ![字形]敔之鼎・01	
郼		![字形]郼之新造戈・01
鄸		![字形]燕客銅量・01

卷　七

日、時、晉、游（遊）、旅、牆、牅、牏、韽、月、期、盟、夜、卤、甬、
齊、鼎、鼒、鼐、鼑、禾、穆、年、秦、䄷、䄪、室、宣、定、寶、客、宗、
奠、宎、宮、呂、牓、白

	西　周	春　秋	戰　國
日			![字形]鄂君啓舟節・21 ![字形]鄂君啓車節・21 ![字形]楚王酓忎鼎・12
時			![字形]楚王酓章鎛・29
晉			![字形]鄂君啓舟節・07 ![字形]大腐鎬・13 ![字形]聑篙鐘・06
游　遊			![字形]鄂君啓舟節・28 ![字形]鄂君啓車節・28
牏		![字形]中妃衛旅匜一・17 ![字形]中妃衛旅匜二・17	

膓		王孫遺者鐘·23 王孫誥鐘十三·22 王孫誥鐘十七·22	楚王酓章戈·06 楚王酓章鎛·20
庿		王孫遺者鐘·39	
㡭		王子午鼎·32	
諓		王孫遺者鐘·21 王孫誥鐘五·20 王孫誥鐘十六·20	
月	楚公逆鎛·03	楚王媵邛仲嬭南鐘·03 考叔脂父匜·03 考叔脂父簠一·03 考叔脂父簠二·03 王子午鼎·03 中妃衛旅簠二·03 王子吳鼎·03 以鄧鼄鼎蓋·03 叔嬭番妃媵簠·03 楚王領鐘·04 楚屈子赤角簠·03 楚嬴匜·19 王孫遺者鐘·03 孟縢姬浴缶·03 王孫誥鐘六·03	鄂君啟車節·17 楚王酓忎盤·10 楚王酓忎鼎·10

		王子申盞盂·13 王孫誥鐘一·104 王孫誥鐘十七·104	
		王子午鼎·44	
	楚公逆鎛·11		
		王孫遺者鐘·43 王子午鼎·35 王孫誥鐘六·47 王孫誥鐘十三·47	
			曾姬無卹壺一·26 曾姬無卹壺一·34 𣏟陵君豆二·24
			大膚鎬·05
鼎		王子午鼎·20 倗飤鼎·04 邵王之諻鼎·07 以鄧䜌鼎·21	邵之飤鼎·04 坪夜君鼎·06 楚王酓前鐈鼎·08 楚王酓忎鼎·16 太子鼎·03 中賵王鼎·04
		王子吳鼎·18	
		王子午鼎蓋·04	
		王子午鼎·17	
			留鐘·05 鄂君啓舟節·109

穆		𩵋王孫誥鐘十五・29	郤燕客銅量・29
考	𢆻楚公逆鎛・27	考考叔朡父匜一・20	曾曾姬無卹壺一・06
		考考叔朡父匜二・20	
		王孫遺者鐘・103	
		楚贏匜・10	
		王子午鼎・75	
		王孫誥鐘八・95	
		王孫誥鐘十六・95	
橚橚			盤楚勺一・04
			專秦勺・03
			楚王畬志鼎・04
			大𪓵鎬・01
糕			鄂君啓舟節・40
			鄂君啓車節・40
糙			集糙鼎・05
宔			曾姬無卹壺一・39
			王后六室匜・07
			王后六室豆・07
			楚王畬志鼎・13
宦		東姬會匜・09	
宨			秦王卑命鐘・09
寶	楚公豪鐘一・06	楚季苟盤・14	
	楚公豪鐘二・06	考叔朡父匜・14	
	楚公豪鐘三・06	考叔朡父匜一・26	
	楚公逆鎛・36	叔嬭番妃賸匜・32	

		〔字形〕以鄧會匜·2 5〔字形〕東姬會匜·33 〔字形〕以鄧䵼鼎·23 〔字形〕鄯子行盆蓋·04	
〔宮〕			〔字形〕大后䐈官鼎·02 〔字形〕集翗鼎·02 〔字形〕大膚鎬·02 〔字形〕鑄客鼎·02 〔字形〕集醻盤·02 〔字形〕燕客銅量·02
〔宗〕			〔字形〕楚王酓章鎛·20 〔字形〕曾姬無卹壺一·28 〔字形〕曾姬無卹壺二·28
奠			〔字形〕楚王酓章鎛·22
宲			〔字形〕曾姬無卹壺二·17
宮			〔字形〕鄂君啓舟節·29 〔字形〕鄂君啓車節·29
〔字形〕		〔字形〕瓤鎛四·53 〔字形〕瓤鐘二·53	
涽		〔字形〕考叔涽父匜·11 〔字形〕考叔涽父匜一·10 〔字形〕考叔涽父匜二·10	
〔字形〕			〔字形〕番仲戈·04

卷 八

人、保、俑、似、弔、倪、但、佶、化、比、丘、監、襄、壽、考、孝、
居、屖、屈、舟、朕、般、髣、兒、䚸、見、次

	西 周	春 秋	戰 國
人		王孫遺者鐘・94	曾姬無卹壺一・11 曾姬無卹壺二・11 聅篙鐘・07
保		楚王媵邛仲嬭南鐘・25 王子吳鼎・27 楚子暖匜・18 楚屈子赤角匜・27 王子申盞盂・15 王孫誥鐘十五・106 飤匜二・12 㰝鎛二・44	
俑		王孫遺者鐘・81 俑盤鼎三・05 俑匜二・01 俑障缶二・01 王子午鼎蓋・01 鄙子俑障缶・03 俑浴缶二・01	
似		王孫遺者鐘・85	
弔		考叔脂父匜一・09 考叔脂父匜二・09	留鐘・03

字頭			
		倗鼎・02	
		以鄧會匜・09	
		以鄧靁鼎・09	
		倗盥鼎・02	
		鄔子倗浴缶・02	
倪			郳陵君豆二・22
侶			盤埜勺二・01
			專秦勺・01
			楚王酓志鼎・01
			楚王酓志盤・01
佸			番仲戈・07
化		中子化盤・03	
爪		鄴鎛一・22	
		鄴鎛三・23	
		鄴鎛四・23	
		鄴鎛鐘二・23	
巫			鄂君啓車節・103
			鄂君啓車節・118
盟			郳陵君鑑・11
襲			鄂君啓車節・10
喬	楚公逆鎛・28	楚王媵邛仲嬭南鐘・19	
		考叔脂父匠二・18	
		考叔脂父匜・19	
		王子吳鼎・21	
		東姬會匜・25	
		叔嬭番妃媵匠・24	

		[字形]楚屈子赤角匠・21	
		[字形]王孫遺者鐘・41	
		[字形]王子申盞盂・11	
		[字形]瓡鐘二・49	
		[字形]王子午鼎・34	
		[字形]瓡鎛四・49	
[字形]		[字形]考叔脂父匠一・18	
		[字形]考叔脂父匠二・08	
		[字形]王孫遺者鐘・37	
		[字形]王子午鼎・30	
[字形]		[字形]王孫遺者鐘・31	[字形]燕客銅量・47
		[字形]王子午鼎・24	
居			[字形]鄂君啓舟節・123
厗		[字形]王孫遺者鐘・46	
		[字形]王子午鼎・38	
屜		[字形]楚屈子赤角匠・09	[字形]燕客銅量・23
			[字形]鄬篙鐘・04
肖			[字形]鄂君啓舟節・59
脪		[字形]楚屈子赤角匠・13	
		[字形]中子化盤・18	
脮脮		[字形]楚季荀盤・09	
騎			[字形]鄂君啓舟節・64

	西　周	春　秋	戰　國
𢔌		𢔌鎛一・75 �𧻚鎛五・76	
眖		𧾷王孫遺者鐘・78 𣥂王孫誥鐘十七・78 𣥂�鎛一・42	
見			鄂君啓舟節・127 鄂君啓車節・127
㳄		王子嬰次爐・04	

卷　九

領、文、司、卲、卸、印、旬、𩁺、苟、敬、廄、麻、廌、屬、厝、礭、
礪、長、易

	西　周	春　秋	戰　國
領		楚王領鐘・11	
文		王子午鼎・29 王孫遺者鐘・36	楚王酓章戈・07
司			鄂君啓舟節・02 鄂君啓車節・02
卲		卲王之諻簋・01 卲王之諻鼎・01	楚王酓章戈・05 卲之飤鼎・01 鄂君啓舟節・04 卲之御鈢・01 鄂君啓舟節・39 鄂君啓車節・39

鈳			盛君縈臣・05
邑		鼎鎛二・19 鼎鐘二・20	
肙		王孫遺者鐘・97	
喬			楚王酓前鐈鼎・07 楚王酓忎鼎蓋・15 楚王酓忎鼎器・15
簉		楚季苟盤・03	
戲		王孫誥鐘五・30 王孫誥鐘十五・30 王子午鼎・42	
廐		邵王之諻簋・07	
麻		楚子迠鼎・06	
庚		王子嬰次鐘・06	
屈		東姬會匜・26	
厤			鄂君啓舟節・76
硨		鼎鎛五・26 鼎鐘三・26	
礦		鼎鎛四・25 鼎鐘一・25	

䧹 左 兵		䧹鎛二・28 䧹鎛三・29 䧹鐘一・29	長郵戈・01
昜			鄂君啓舟節・79 鄂君啓車節・79 正陽鼎・02

卷 十

馬、駁、猷、焚、煌、䤵、赤、大、吳、壺、夫、尌、立、並、心、忐、
思、恁、忈

	西　周	春　秋	戰　國
馬			鄂君啓舟節・03 鄂君啓車節・127
駁			曾姬無卹壺・25
猷		王孫遺者鐘・63 王孫誥鐘十七・75	
焚			鄂君啓車節・112
煌		䧹鎛一・17 䧹鎛二・17	
䤵		䧹鎛四・01 䧹鎛五・01	
赤		楚屈子赤角匠・11	
大	楚公豪鐘一・07		鄂君啓舟節・01 鄂君啓車節・30

	楚公豪鐘二・07 楚公豪鐘四・07		大䧹銅牛・01 大䧹銅量・02 大䧹鎬・01 大后脰官鼎・04 太子鼎・01
吳		王子吳鼎・10	
壺			曾姬無卹壺一・31 曾姬無卹壺二・31
市			曾姬無卹壺一・10 曾姬無卹壺二・10
獸		王孫遺者鐘・45 王孫誥鐘・49 王子午鼎・37	
壺			郑陵君豆一・13 郑陵君豆二・12
竹			郑並果戈・02
屮		王孫遺者鐘・86	
屮			楚王酓忑鼎蓋・04 楚王酓忑鼎器・04
忠		王孫遺者鐘・58 王子午鼎・59 王孫誥鐘十・43	
廷		王孫遺者鐘・84	
丕			盤埜勺一・05 楚王酓忑鼎・07

卷十一

江、沅、漾、湘、澧、沽、灘、湯、浴、瀿、榖、濆、渗、灄、永、雷、霝、靁、漁

	西　周	春　秋	戰　國
江			鄂君啓舟節·98
沅			鄂君啓舟節·17
漾			曾姬無卹壺一·19 曾姬無卹壺二·19
湘			鄂君啓舟節·105
澧			鄂君啓舟節·118
沽			鄂君啓舟節·72
灘			鄂君啓舟節·74 鄂君啓舟節·81
湯		癟鐘二·14 癟鎛六·14 癟鐘一·14	
浴		孟縢姬浴缶·17 鄬子佣浴缶·09	
瀿			鄂君啓舟節119
榖			鄂君啓舟節16
濆			鄂君啓舟節97
渗		王孫遺者鐘·92	
灄			鄂君啓舟節112

𦥑	楚公豪鐘一‧13 楚公豪鐘二‧13 楚公豪鐘三‧13 楚公豪鐘四‧13 楚公逆鎛‧35	楚王媵邛仲嬭南鐘‧24 楚季苟盤‧13 考叔𦎫父匜‧24 考叔𦎫父簠一‧25 考叔𦎫父簠二‧25 楚子睘匜‧17 楚屈子赤角簠‧26 鄴子行盆器‧03 楚嬴匜‧03 王孫遺者鐘‧110 王子申盞盂‧14 𪗭鎛二‧43 王子午鼎‧46 王孫誥鐘九‧66	楚王酓章鎛‧28
靁 靁	楚公逆鎛‧12		
靁		𪗭鎛二‧18 𪗭鎛五‧19	
霝		王孫霝匜‧03	
濱		楚王孫漁戈‧04	

卷十二

孔、不、至、銍、西、閒（關）、闌、關（闡）、聖、職、聞、擇（嶧）、女、
姬、嬴、妃、母、威、嬰、妝、嬾、婆、民、弗、乓、戈、截、戎、戰、武、
哉、哉、戜、我、義、乍、無、匿、臣、弨、弫、孫

	西　周	春　秋	戰　國
孔		王孫遺者鐘・26 王孫誥鐘六・25	
不		王孫遺者鐘・64 王子午鼎・51 王孫誥鐘三・76	鄂君啓舟節・138 鄂君啓車節・138
至		黻鐘一・27 黻鎛四・27 黻鎛五・27	
銍			御銍匜・05
西			楚王酓章鎛・10 楚王酓章鎛・25
閒閒			曾姬無卹壺一・22 曾姬無卹壺二・22
闌		王孫遺者鐘・66 王子午鼎・63 王孫誥鐘十・78	

關			鄂君啓舟節・124 鄂君啓舟節・153
聖		王孫遺者鐘・52	曾姬無卹壺一・07 曾姬無卹壺二・07
聯			曾姬無卹壺一・36 曾姬無卹壺二・36
間聎		王孫誥鐘一・58 王孫誥鐘六・58	燕客銅量・05
擇		王孫遺者鐘・12 孟滕姬浴缶二・11 王子午鼎・11 王孫誥鐘五・11 瀕鎛六・02 以鄧鼄鼎・14 叔嬭番妃媵匜・11 中子化盤・12 以鄧會匜・14	
戌			鄂君啓車節・70 鄂君啓車節・72
姬		孟滕姬浴缶二・10 王孫霝匜・06 東姬會匜・18	曾姬無卹壺一・13 曾姬無卹壺二・13

嬴		楚嬴匜·14 䣄鎛一·10 䣄鎛六·11 䣄鐘一·11	
妃		叔嫚番妃媵匜·19 中妃衛旅匜二·09	
虎			鄂君啓舟節·132 鄂君啓車節·134
威		王孫遺者鐘·60 王子午鼎·61 王孫誥鐘一·45 王孫誥鐘十·45	
閼		王子嬰次爐·03	
妝		鄝子妝戈·03	
嫚		楚王媵邛仲嫚南鐘·13 楚季苟盤·05 叔嫚番妃媵匜·17 王子申盞盂·06 楚屈子赤角匜·15	
娿		王孫誥鐘三·52 王孫誥鐘六·52	
民		王孫遺者鐘·93 王子午鼎·70	
弗			新邵戟·05

卓	楚公逆鎛・15	王子午鼎・43 王孫誥鐘一・63 王孫誥鐘十二・63 王孫誥鐘十六・63	
夫			番仲戈・08 楚王酓章戈胡・03 楚王酓章戈援・03 郟並果戈・06
戟			新弨戟・06
戒		王孫誥鐘五・72	剌篙鐘・09 秦王卑命鐘・12
戰			楚王酓忑鼎・05 楚王酓忑盤・05
走		王孫遺者鐘・53 王孫誥鐘十・70 王孫誥鐘十四・70 王孫誥鐘十七・70	楚王酓章戈・01
馘		鼢鎛一・12	
哉		王孫誥鐘五・57	
戓		鼢鎛二・68 鼢鎛五・68	

我求		王孫遺者鐘・33 王子午鼎・26 王孫誥鐘一・94 王孫誥鐘十・94	
義		王孫遺者鐘・61 王子午鼎・62 王孫誥鐘三・46 王孫誥鐘十四・46	
比	楚公豪鐘二・05 楚公豪鐘四・05 楚公逆鎛・10	楚季苟盤・04 考叔脂父匜・14 考叔脂父匜二・13 王子啓疆鼎・06 中妃衛旅匜・16 東姬會匜・20 王子申盞盂・04 王孫遺者鐘・17 鄍子行盆・10 王子午鼎・16 王孫誥鐘一・16 楚王領鐘・13 中子化盤・17	楚王酓章戈・01 楚王酓章鎛・01 曾姬無卹壺一・27 楚王酓前匜二・05 楚王酓前匜三・05 楚王酓前鉈鼎・05 楚王酓前盤・05 敓作楚王戟・02 番仲戈・05
疐		楚王臏邛仲嬭南鐘・20 考叔脂父匜・20 考叔脂父匜二・21	曾姬無卹壺一・16 曾姬無卹壺二・16

		王子昊鼎・22	郪陵君豆二・28
		東姬會匜・28	郪陵君鑑・29
		楚屈子赤角匜・22	
		王孫遺者鐘・104	
		王子申盞盂・12	
		叔嬭番妃賸匜・27	
		王子午鼎・78	
		王孫誥鐘十・103	
		甐鎛四・50	
匽		王孫遺者鐘・70	
		王孫誥鐘七・82	
		王孫誥鐘十・82	
匝		考叔㫄父匝一・15	楚王酓前匝三・08
		倗匝・03	盛君縈匝・06
		叔嬭番妃賸匝・21	
		楚子暖匝・14	
		飤匝・08	
		楚屈子赤角匝・18	
諂			新㦈戟・02
佚			鄂君啓舟節・92
緐	楚公豪鐘二・05	楚王賸邛仲嬭南鐘・23	
	楚公豪鐘四・05	楚季苟盤・12	
	楚公逆鎛・10	考叔㫄父匜・23	
		考叔㫄父匝一・24	

| 楚王孫漁戈・03 |
| 王子吳鼎・25 |
| 以鄧會匜・23 |
| 王孫霝匜・02 |
| 楚子暖匜・16 |
| 楚嬴匜・02 |
| 王孫遺者鐘・108 |
| 楚叔之孫途爲之盍・04 |
| 王子午鼎・79 |
| 鄔子佣浴缶・04 |
| 王孫誥鐘十四・09 |
| 皷鎛五・56 |
| 以鄧囂鼎・11 |
| 叔嬭番妃賸匜・30 |

卷十三

續（贖）、紹（槃）、裁、縣、彝、縢、鹽、黽、二、亟、凡、坪、均、堂、城、毀、坌、陞、野（埜）、留、智、畺（疆）、男

	西 周	春 秋	戰 國
續 贖			瞻 鄂君啓舟節・53 瞻 鄂君啓車節・53
紹 紹			槃 楚王酓忎鼎・03
裁			裁 鄂君啓舟節・41 裁 鄂君啓車節・41
縣		縣 王子啓疆鼎・06 縣 以鄧囂鼎・20	縣 鄂君啓車節・114

鹽			楚王酓章鎛·21 曾姬無卹壺一·29 曾姬無卹壺二·29
媵		孟滕姬浴缶·09	
鹽			楚王酓忎鼎·07 專秦勺·05
電			鄂君啓車節·68
二		叔嬭番妃賸匜·08	巨萱鼎·04
至		王子午鼎·73	
尺		鼢鎛一·37 鼢鎛四·38 鼢鐘一·38	
至			秦王卑命鐘·06 坪夜君鼎·01
坦		鼢鎛二·16 鼢鐘一·17	
堂			鄂君啓車節·79 鄂君啓車節·88
城		鼢鎛二·57 鼢鎛五·58	鄂君啓車節·106
墅			鄂君啓車節·91
坓			楚王酓忎鼎蓋·04 楚王酓忎盤·04 右坓刃鼎·02

	西　周	春　秋	戰　國
墜			楚王酓忑鼎・06 楚王酓忑盤・06 陳往戈・01 燕客銅量・37
野壄			盤埜勺二・03 楚王酓忑鼎腹・04
畱			留鐘・01
甾			甾篙鐘・02
畺彊		楚王媵邡仲嬭南鐘・21 考叔脂父匜・21 考叔脂父匜一・22 考叔脂父匜二・22 王子啓疆鼎・04 楚屈子赤角匜・23 瓠鐘二・51 瓠鎛四・51	邶陵君豆二・29
男		瓠鎛四・63 瓠鎛五・63	

卷十四

　　金、銅、鑄（盥）、鎬、鈦、鈴、鐘、鎛、鉈、錙、鎰、尸、且、所、新、矛、車、載、軨、官、陵、陽、阢、障、四、五、六、九、萬、獸、甲、乙、丙、丁、戊、己、庚、辛、癸、子、季、孟、寅、以、午、申、臾、酉、酓、醻、尊、亥

	西　周	春　秋	戰　國
金金		王子吳鼎・14 中妃衛旅匜・14 以鄧會匜・17 王孫遺者鐘・15	楚王酓前匜三・07 鄂君啓舟節・55 鄂君啓舟節・129

		王子午鼎‧14 王孫誥鐘六‧14 中子化盤‧15 鼏鑄一‧04 鼏鑄六‧04	鄂君啓車節‧55 燕客銅量‧51
銅			楚王酓忎鼎‧08 楚王酓忎盤‧08
鐈		楚季苟盤‧08 以鄧𪉟鼎‧18 叔嬭番妃賸‧15 以鄧會匜‧18 楚子暖匜‧11 楚嬴匜‧15 鼏鑄六‧05 鼏鐘二‧05	楚王酓前匠三‧06 楚王酓前鉈鼎‧06 楚王酓前盤‧07 鄂君啓車節‧54 楚王酓忎鼎‧14 楚王酓忎盤‧14 御珪匜‧01 集鬻鼎‧01 集脰鼎‧01
鎬			大賡鎬‧14
鈦			郏陵君豆一‧10
鈴		楚王領鐘‧14	
鐘	楚公豪鐘一‧09 楚公豪鐘三‧09 楚公豪鐘四‧09	楚王賸邟仲嬭南鐘‧16 王孫遺者鐘‧68 王孫誥鐘十‧80 王孫誥鐘十七‧	

		飯鎛五·08	
		楚王領鐘·15	
鎛	楚公逆鎛·14		
鈡			楚王盦前鉈鼎·07
鎰			邵之御鎰·04
鎬		楚叔之孫途爲之盍·08	
斤			鄂君啓舟節·23
			鄂君啓車節·23
且		王孫遺者鐘·35	
		王子午鼎·28	
所		王子午鼎·72	
新		佣戈·01	新弨戟·01
矛		佣矛·04	
車			鄂君啓車節·57
載			坪夜君鼎·06
			鄂君啓舟節·146
			鄂君啓車節·65
軦			楚王盦章戈·02
肙			大官腐官鼎·07
			掷陵君豆二·26

陵			曾姬無卹壺一·20 鄂君啓舟節·11 鄂君啓車節·11 郹陵君豆二·02
陽		倗戈·15	
阢			鄂君啓舟節·46 鄂君啓車節·46
隓		楚季苟盤·06 考叔脂父匼一·14 考叔脂父匼二·14 倗隓缶一·03 鄴子倗隓缶·04	曾姬無卹壺二·30
四三		王孫誥鐘八·60 王孫誥鐘十七·60	
五			楚王酓章鎛·03 鄂君啓舟節·62
六			曾姬無卹壺一·05 楚王酓章鎛·06 王后六室匼·06 王后六室豆·06
九			巨萱鼎二·04
萬	楚公逆鎛·26	考叔脂父匼一·19 考叔脂父匼二·19 叔嬭番妃賸匼·25 王孫遺者鐘·102	

		楚嬴匜・09	
		王子午鼎・74	
戦		王子午鼎・64	
甲	十 楚公逆鎛・04		
丁		ʃ 東姬會匜・07	楚王酓章鎛・19
			鄂君啓舟節・18
			鄂君啓車節・18
			乙 楚王酓前匜・01
丙			燕客銅量・30
十		楚王臏邛仲嬭南鐘・06	
		考叔㡀父匜二・06	
		王子吳鼎・06	
		以鄧會匜・06	
		中妃衛旅匜・66	
		叔嬭番妃臏匜・06	
		楚屈子赤角匜・06	
		王孫遺者鐘・06	
		王子午鼎・06	
		王孫誥鐘十四・06	
戊			戊 楚王酓前匜一・01
己			燕客銅量・13
禹		考叔㡀父匜・06	鄂君啓舟節・122
		楚子暖匜・06	鄂君啓車節・107
		楚嬴匜・11	
		王子午鼎・68	

辛			楚王酓前匜三・01
癸			燕客銅量・48
子	楚公豪鐘一・11 楚公豪鐘二・11 楚公豪鐘三・11 楚公逆鎛・33	楚王媵邛仲嬭南鐘・22 楚季苟盤・11 考叔脂父匜二・23 王子嬰次爐・02 王子吳鼎・24 王子啓彊鼎・02 以鄧會匜・22 中妃衛旅匜・19 叔嬭番妃媵匜・29 楚子暖匜・15 楚屈子赤角匜・24 楚嬴匜・01 王子申盞盂・02 王孫遺者鐘・109 王子午鼎・09 鄬子佣鄭缶・02 飯鎛五・64 中子化盤・02 中子賓缶・02 鄬子行盆・07	𨒪陵君豆二・04 大賸鎬・04
李		楚季苟盤・02	
孟		孟滕姬浴缶・08	
庚			楚王酓章戈・14

〓		王孫遺者鐘・30 以鄧會匜・12 以鄧䜌鼎・12 王孫誥鐘十・85 王子午鼎・23	楚王酓章戈・04 鄂君啓舟節・150 楚王酓前匜・09 鄂君啓車節・87 楚王酓前匜三・09 楚王酓前鐈鼎・09 䣜陵君豆一・20 䣜陵君豆二・15 楚王酓忎鼎・19 楚王酓忎盤・17 燕客銅量・53
午		考叔𦙜父匜・07 楚嬴匜・12 王子午鼎・10 王子午戟・03	
申	楚公逆鎛・05	楚子暖匜・07 王子申盞盂・03	䣜陵君豆一・06 䣜陵君豆二・05
畏		東姬會匜・22	
酉			燕客銅量・14 鄂君啓車節・112
酓		楚王酓審盂・03	楚王酓章戈・10 楚王酓章鎛・14 楚王酓前匜二・03

			楚王酓前鈕鼎・03
			楚王酓前盤・03
			楚王酓忎鼎・03
			楚王酓忎盤・03
醹			集醻盤・05
英			曾姬無卹壺一・30
帀帀	楚王臟邜仲嬭南鐘・07	鄂君啓舟節・19	
	考叔脂父匜二・07	鄂君啓車節・19	
	王子吳鼎・07		
	以鄧會匜・07		
	中妃衛旅匜二・07		
	東姬會匜・08		
	以鄧鼄鼎・07		
	叔嬭番妃賸匜・07		
	楚屈子赤角匜・07		
	王孫遺者鐘・07		
	王子午鼎・07		

合文、待釋字

（合文）

一車	鄂君啓車節・80
	鄂君啓車節・89
一舿	鄂君啓舟節・61

之日	ᚐ燕客銅量・15
廿十	廿曾姬無卹壺一・03
	廿鄂君啓車節・85
	廿燕客銅量・50
享月	ᚐ燕客銅量・12

（待釋字）

ᚐ佣戈・05

ᚐ燕客銅量・55

ᚐ燕客銅量・56

ᚐ王子午鼎・19

ᚐ集脰鼎・06

ᚐ集脰鼎・08

ᚐ集脰鼎・09